그 남자,
날씬해진
그 여자의 사정

그 남자, 날씬해진 그 여자의 사정

초판 1쇄 찍은 날 § 2009년 3월 12일
초판 1쇄 펴낸 날 § 2009년 3월 20일

지은이 § 조은애
펴낸이 § 서경석

편집장 § 문혜영
편집책임 § 유경화
편집 § 조수희

펴낸곳 § 도서출판 청어람
등록번호 § 제1081-1-89호
등록일자 § 1999. 5. 31
어람번호 § 제5-0225호

주소 § 경기도 부천시 원미구 심곡 2동 163-2 서경B/D 3F (우) 420-822
전화 § 032-656-4452 팩스 § 032-656-4453
http://www.chungeoram.com
E-mail § eoram99@chollian.net

ⓒ 조은애, 2009

ISBN 978-89-251-1724-9 03810

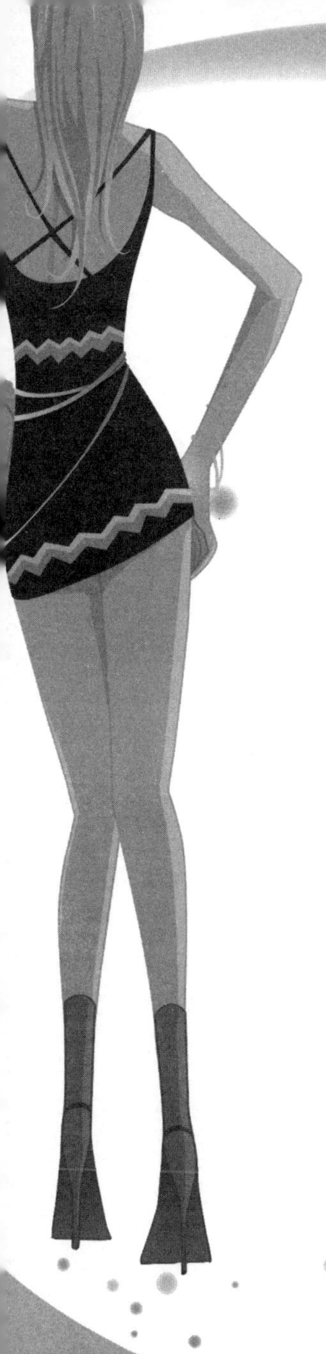

그 남자, 날씬해진 그 여자의 사정

조은애 지음

도서출판
청어람

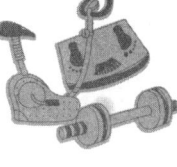

CONTENTS

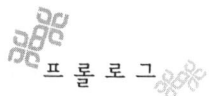

프 롤 로 그

그건 도희가 스물네 살 되었던 해의 어느 날이었다.

여름과 가을, 양자 중 정확히 어떤 계절에 속해 있는가 결론 내리기가 애매모호한 나날이었다. 도희가 속해 있는 총무부는 내일로 다가온 월급날 때문에 출근한 지 얼마 되지 않은 이른 시각임에도 불구하고 눈코 뜰 새 없이 바빴다. 이 건물에 근무하는 사람만 근 500명이었으니 월말마다 급여를 챙겨야 하는 총무부가 바쁜 것은 당연한 일이었다.

대성산업. 도희가 근무하는 곳은 모기업인 대성산업의 지사 격인 회사였지만 건물이 가진 위용은 본사 못지않았다. 시작할 때의 마음을 잃지 말라는 창립 회장의 고집 때문에 지은 지 오

래된 본사 건물을 신축하지 못하고 아예 지사를 설립하며 새로
지은 건물이었기 때문이다. 덕분에 본사 직원들의 수를 능가하
는 근무 직원들의 급여와 기타 등등으로 소요되는 회사 살림에
드는 비용이 모두 총무부를 통하고 있었으니 월말이 되면 정산
때문에 눈코 뜰 새 없이 바쁜 것이 당연했다.

"아우, 진짜 월말만 되면 미치겠다."

마리가 꽤 묵직한 서류철을 책상 위에 쿵 내려놓으며 푸념을
시작했다. 부지런히 키보드를 두들기며 급여명세서를 확인하고
있던 도희는 피식 웃었다.

"한두 번도 아닌데 뭘."

"한두 번이면 괜찮게? 왜 일에는 면역도 안 생길까. 32일, 33일
계속 이어졌으면 좋겠어."

겉으로는 그저 웃고 말았지만, 도희 역시 마리가 날라온 서류
철들을 훑으며 속으로 한숨을 쉬었다. 저만큼씩 앞으로 몇 번을
해야 할까. 게다가 오늘은 급여일 이브였으니 야근은 일순위로
예약이다.

앞으로 파도처럼 밀려들 일거리에 각오를 다지는데 어디선가
많은 인원이 우르르 다가오는 소리가 들렸다. 도희와 마리는 어
리둥절해하다가 똑같은 얼굴이 되어 파티션 너머로 고개를 쭉
내밀었다. 예상대로 족히 서른 명은 넘어 보이는 인원이 복도를
메우며 총무부 바로 옆의 회의실로 들어가고 있었다. 마리의 시
선이 대인원의 맨 앞에서 그들을 인솔하고 있는 사람에게 쏠렸

다. 가슴에 사원 명찰을 단 채 대인원을 통솔하고 있는 것은 마리도 아는 사람이었다.

"오늘이 그날이야?"

"무슨 날?"

마리는 여전히 파티션 너머로 고개를 빼고 있는 도희의 옆구리를 꾹 찔렀다.

"신입 사원 뽑는다 그랬었잖아. 인사부에 윤 대리 나와 있는 거 보면 그날 맞나 보네. 히야, 다섯 명 뽑는데…… 삼십 명도 넘게 왔나 보다."

삼십 명도 넘겠다는 말에 도희는 순간 인상을 쓰며 고개를 설레설레 저었다. 그러고 보니 사원 모집 공고가 있기는 있었다. 그런데 기껏 해야 다섯 명을 뽑는 자리에 서른 명도 넘게 사람이 몰리다니, 뉴스에서 떠들어대는 취업난이 정말 심각하긴 심각한가 보다 하는 생각이 들었다.

"아, 맞다. 부장님 오늘 면접 심사한다 그러지 않았어?"

도희의 물음에 어느새 구경을 끝낸 마리가 서류철을 끌어당기며 대답했다.

"그럴걸? 아 나, 이거 또 안 그래도 바빠 죽겠는데 면접생들한테 커피 돌리라고……."

그 순간 말이 끝나기도 전에 날아온 목소리는 마리에게 선견지명이 있음을 만천하에 증명했다.

"어이, 마리 씨하고 도희 씨! 커피 한 잔씩만 타지?"

두 사람의 어깨가 동시에 굳었다. 목소리의 주인은 도희와 마리 사이에선 '동전 주머니'라고 불리는 김 부장이었다. 이유인즉, 김 부장은 시시때때로 도희와 마리를 동전 넣으면 어느 때고 커피가 뽑혀 나오는 커피 자판기로 여기곤 했기 때문이다. 김 부장이 언제, 어느 때 커피 심부름이며 기타 차 심부름을 시킬지는 아무도 알 수 없었다. 사람들이 자판기 앞으로 달려가 커피를 마시는 시간이 딱히 정해져 있지 않은 것처럼.

　"지금 쪼끔 바쁜데요……."

　"아, 몇 잔만 타줘. 먼 길 왔는데 목이라도 축이게 해줘야지. 허허허, 부탁하네."

　마리의 보잘것없는 항변은 오늘따라 유난히 밝아 보이는 김 부장의 표정 앞에서 간단히 정리되었다. 오랜만에 있는 신입 사원 채용에 면접관 참석이라 들뜬 모양이었다. 마리는 인간이 얼굴근육으로 지을 수 있는 가장 우중충한 표정을 지으며 일어섰고 도희도 할 수 없이 그 뒤를 따랐다.

　"그래, 커피 한 잔 상큼하게 시켜 드시지 않고는 하루 시작이 안 되지."

　탕비실로 들어서며 있는 힘껏 비꼬는 마리의 비아냥거림에 도희는 쓰게 웃었다. 대충 종이컵을 꺼내놓다가 도희는 퍼뜩 고개를 들었다.

　"면접생들 몇 명이지?"

　"내가 보고 올게. 빨리 줘버리고 말아야지."

마리가 회의실로 향한 사이 어림잡아 종이컵을 늘어놓은 도희는 커피 통을 열고 몸에 익은 자세로 티스푼으로 정확히 한 숟갈씩 종이컵에 커피를 담기 시작했다. 서른 개가 넘는 종이컵은 단지 바라보는 것만으로 사람을 답답하게 만들었다.

"서른여덟. 특별 주문이시다. 면접관님 네 분은 녹차 드신단다. 합해서 마흔 두 잔."

도희는 킬킬거리며 웃었다. 설탕을 꺼내 도희와 똑같이 한 숟갈씩 담기 시작하던 마리가 갑자기 생각난 것처럼 입을 열었다.

"이따 커피 주러 들어가면 맨 뒤에 앉은 사람 한번 봐봐. 웬일이니! 정말 나 깜짝 놀랐다."

"왜?"

마리는 눈을 희번덕거리며 자신이 본 것을 손짓까지 섞어가며 설명하기 시작했다.

"키가 이만한데 덩치가 또 이마안해!"

장승의 키라도 재려는 것처럼 머리 위로 쭉 올라갔던 마리의 손은 다시 아름드리나무를 껴안는 것처럼 옆으로 최대한 벌어졌다. 그렇게 과장된 마리의 표현을 보며 도희는 얼빠진 얼굴이 되고 말았다. 아무리 그래도 저렇게 덩치 큰 사람이 있으려고. 그러나 마리는 진심으로 놀랐는지 설명을 멈추지 않았다.

"얼굴도 허여멀건해 가지고 완전 백곰이라니까! 거기다 무슨 땀은 그렇게 흘려대는지. 어휴, 정말 깜짝 놀랐다."

마리는 다시없을 끔찍한 것을 보기라도 한 사람처럼 진저리를 쳤다. 도희는 해죽 웃어준 다음 프림을 집어 들며 맞받았다.

"그래도 서류 통과했으면 괜찮은 사람이겠지."

"아무리 날고 기어도 그렇지 애, 누가 요새 그렇게 뚱뚱한 사람 뽑니? 몸무게는 말이야, 곧 자기관리 능력의 표시라고! 이력서에 사진 붙이는 칸은 괜히 있는 거 같아? 면접 전에 부분 수리하고 관리받는 거 이제 별난 일도 아닌데."

도희는 대답 대신 그냥 맞장구의 의미로 고개를 몇 번 끄덕였다. 주전자에 물이 끓어오르자 마리는 잽싸게 커피 잔을 채우고 젓기 시작했다.

"가서 봐봐. 너도 깜짝 놀랄걸?"

대체 어떻기에 그러나. 쟁반에 빽빽하도록 커피를 받쳐 들고 회의실로 향하며 도희는 마리가 그저 과장해서 호들갑을 떠는 것이려니 생각했다. 그러나 막상 회의실에 들어서서 무의식적으로 한 번 둘러보기 시작했을 때, 마리가 백곰이라 표현했던 그 면접생은 발견하려고 애쓸 필요도 없이 도희의 시선을 확 사로잡았다.

정말 덩치가 컸다. 아니, 덩치가 크다는 말도 저 사람에게는 빈말이 될 정도였다. 키가 남보다 머리 하나는 크기 때문일까. 지나치게 푸짐한 살들은 옹기종기 군락을 이루어 그의 몸집을 더욱 거대해 보이게 했다. 긴장한 기색이 역력한 얼굴에 아래로 처진 시선은 왠지 모르게 공허했다. 수시로 손으로 훔쳐 내는 이마는 꽤 떨어져 있는 도희가 보기에도 흥건하게 젖어 있었다.

한마디로 식은땀을 뻘뻘 흘리며 대책없이 긴장해 버린 모습이 었다.

"한 잔씩 드세요."

마리의 설명에 딱 들어맞는 모습에 제법 놀랐지만 태연을 가장하며 커피를 돌린 도희는 나머지를 가져오기 위해 서둘러 탕비실로 돌아왔다. 나머지 커피를 챙기던 도희는 잠시 망설이다가 쟁반 한 귀퉁이에 티슈 몇 장을 챙겼다. 그리고 머릿속으로 오늘 김 부장이 어떤 색 넥타이를 매고 왔는지 곱씹어보기 시작했다. 무슨 색이더라? 아, 와인색.

"그 사람 봤어? 진짜 미련하게 생겼지? 주변에 아무도 없이 혼자 앉아 있더라."

"그, 그래?"

마구 물어보는 마리에게 대답을 하는 둥 마는 둥 하고 다시 회의실로 돌아와 나머지 커피를 좌악 돌린 도희는 마지막 잔을 들고 그 뚱뚱한 면접생에게 다가갔다. 신경 써서 갖춰 입은 양복 왼쪽 가슴에 수험표를 붙이고 마리의 말대로 주변에 아무도 없이 홀로 앉아 있는 모습은 참 처량 맞았다. 응시생에게 다가가던 도희는 티슈를 쥔 손에 힘을 꽉 주었다. 혹시 이거 너무 주제넘게 나서는 거 아닐까. 무슨 짓이냐고 되레 화내면 어떻게 하지?

"저, 커피 한잔하세요."

"네? 아, 네…… 네."

무슨 생각에 잠겨 있었는지 백곰 같은 면접생은 도희가 종이 컵을 내밀자 화들짝 정신을 차리며 두 손으로 받아 들었다. 동글동글한 코에 파묻히다시피 걸쳐진 안경은 뺨과 턱에 살이 잔뜩 붙은 그의 얼굴과 어울려 '설상가상'이라는 사자성어를 연상시켰다. 도희는 면접생의 땀에 젖은 이마를 보며 조심스럽게 티슈를 내밀었다.

"너무 긴장하지 마세요."

"……감사합니다."

도희는 마른침을 꿀꺽 삼켰다. 설마 이런 거 들키면 나 정보 유출로 처벌받으려나? 허무맹랑한 상상을 하며 도희는 목소리를 최소한으로 깔았다.

"면접 들어가면요, 와인색 넥타이 맨 분은 똑바로 쳐다보지 마세요. 기분 나빠해요."

"예?"

난데없이 밑도 끝도 없는 조언에 면접생이 어리둥절해하는 순간 도희는 재빨리 주변을 돌아보았다. 다행히 다른 사람들은 일부러 그러기라도 한 것처럼 면접생과 약간 떨어진 자리에 몰려 있었고, 다들 미리 준비해 온 저마다의 대답을 연습하며 긴장을 풀고 있는 터라 두 사람에게 관심을 두고 있는 사람은 아무도 없었다.

"그리고 이거 기억해 두세요. 복숭아나무."

"복숭아…… 요?"

"우리 회사 마당에 심어져 있는 거예요. 가끔 이런 황당한 것도 물어보거든요."

후다닥 말을 맺는 것과 동시에 알 수 없는 낭패감과 창피함, 주제넘었다는 생각이 밀려와 도희는 면접생이 뭐라고 대답하기도 전에 몸을 돌렸다. 충동적으로 저지른 일에 얼굴이 화끈화끈 달아올랐다. 저 사람이 날 뭐라고 생각할까. 별 이상한 여자 다 본다고 생각하겠지.

종종걸음으로 회의실을 나서며 도희는 유리문에 비친 자신을 슬쩍 바라보았다. 평범한 청바지에 평범한 티셔츠. 착한 사람이라면 편의를 중시한 옷이라고 말해주겠지만 야박한 사람이라면 가차없이 디자인보다는 사이즈를 고려한 선택이라고 평가해 버릴 차림새였다. 도희는 괜히 꿈꿈해져서 혀를 한 번 찼다. 하긴, 사실이었으니 그렇다 해도 뭐라 대꾸할 말도 없었다.

누가 묻는다면, 도희는 상대방의 의사도 묻지 않고 호의를 베푼 이유가 나도 그 사람과 비슷한 처지라 동병상련이 들었기 때문이라고는 결코 말하지 않을 것이다. 그런 진실은 혼자만 알고 있어야 자존심을 건드리지 않는 법이었으니까.

"왜 이렇게 오래 걸려?"

"으응, 좀 많아야지."

도희는 마리의 물음을 자연스럽게 받아넘겼다. 면접관들 몫의 녹차 티백을 꺼내던 마리가 킥 웃었다.

"그 사람 뽑힐까?"

"누구?"

"그 있잖아, 덩어리 같은 사람."

도희는 순간 마리가 자기를 두고 한 말이 아니라는 것을 알면서도 '덩어리가 뭐야, 덩어리가!' 하고 빽 소리를 지르려다가 간신히 참았다.

"뽑힐 수도 있지, 왜!"

격하게 편들지 못한 것은 너도 뚱뚱하니 역성드느냐는 시선을 받을까 켕겼기 때문이다. 사실 의학적으로 따지자면 도희는 여름과 가을 사이에 낀 요즘 날씨처럼 평균을 넘어 비만을 아슬아슬하게 위협하고 있는 '과체중'인 상태였지만 스물넷의 여직원인 도희에게 과체중이라는 현실은 가끔 가혹하다는 것이 어떤 것인지 맛보여 주곤 했다.

"글쎄? 그렇게 투미해 보여서, 어디 실력 발휘나 제대로 할지 몰라."

하지만 마리는 그저 농담을 계속하며 히죽 웃었다. 박음질에 따라 55사이즈도 크다며 반품할 때가 있는 마리는 지금도 날씬하고 호리호리했다. H라인 스커트 밑으로 보이는 종아리가 매력적으로 시선을 잡아끌었다. 언젠가부터 신경 쓰이기 시작한 정강이 때문에 청바지를 고집하는 도희와는 사정이 달랐던 것이다.

"붙든 떨어지든 그게 우리랑 무슨 상관이니? 난 김 부장이 이런 거나 그만 시켰으면 좋겠다. 어디로 전출 안 가나."

"맞아!"

결국 도희는 얼렁뚱땅 말을 돌리며 마무리 지었다. 녹차 배달을 마무리하고 부서로 돌아와서 다시 업무를 시작한 지 얼마 되지 않아, 회의실에 가득했던 면접생들은 윤 대리의 인솔에 따라 네 명씩 짝을 지어 면접실로 향하기 시작했다. 도희는 그 덩치 큰 면접생은 언제쯤 면접실로 갈까 신경이 쓰였지만, 정신없이 밀려드는 일거리에 치여 곧 잊어버리고 말았다.

시침은 간신히 아홉 시에 걸쳐 있었지만, 누가 시간을 묻는다면 도의상으로라도 열 시라고 대답하는 게 타당할 때가 되어서야 도희는 회사 정문을 나설 수 있었다. 휴대전화 시계를 확인한 도희는 허탈감과 함께 밤하늘을 올려다보았다. 계절 중간에 끼인 날씨답게 바람은 시원하면서도 텁텁한 여운을 남겼다.

좀 있으면 카디건이 필요하겠구나.

그런저런 생각을 하며 도희는 지하철역으로 향하기 시작했다. 할 일이 사라지고 고심해야 할 것이 사라지자 잊고 있던 일들이 두서없이 떠올랐다. 오전에 회의실에서 있었던 일도 그중 하나였다. 그 덩치 큰 면접생은 붙었을까. 아니, 하루 안에 결과가 나오진 않으니 아마 며칠은 기다려야 할 것이다. 그럼 그 사람은 지금쯤 어쩌면 초조해하고 있겠구나.

그를 생각하자 왠지 씁쓸해졌다. 그의 인상 때문이 아니라 그의 주변에서 일어나던 반응들이 도희를 착잡하게 만들었다. 사실 말하자면 그 면접생은 마리나 다른 누구에게도 폐를 끼치지 않았다. 백곰이라느니, 미련해 보인다느니 하는 말을 들을 만한 짓은 하나도 하지 않은 것이다. 그저 조용히 혼자 앉아 있었을 뿐.

하지만 그 남자는 뚱뚱하다는 단 하나의 이유 때문에 등 뒤에서 일면식도 없는 사람에게 그런 말을 들었다. 만약 이런 사실을 그 면접생이 알았다면 그는 틀림없이 비참함을 느꼈을 것이다. 게다가 더 큰 상처가 되는 건 뱉어진 단어가 아니라 그 단어가 뱉어진 이유였다. 도희는 공감할 수 있었다.

뚱뚱하고 보잘것없었으니까.

도희는 깊은 한숨을 내쉬었다. 평균보다 체중이 조금 더 나가는 것은 죄가 아니다. 법으로 규정된 잘못도 아닌, 그냥 자신을 비롯하여 세상 사람들 다수를 포함하는 신체 사항일 뿐이었다. 하지만 어느새 몸무게는 숫자가 커질수록 형량이 무거운 죄가 되어 있었다. 누군가가 잡아가는 것도 아니었지만 도희는 종종 언젠가부터 이유없는 자책감을 느끼곤 했다. 옷을 사러 갔다가 점원으로부터 손님 사이즈는 어려울 거라는 얘기를 들었을 때나, 아침을 굶은 채 바쁘게 출근하다가 토스트를 사먹는 것이 눈치가 보일 때는 특히 그랬다. 다달이 적지 않은 돈을 저축하고, 주말마다 영어 학원을 다니고 짬이 날 때면 취미 생활도 이어가며 나름 알차게 살아가고 있다고 자부하는 도희였지만, 단지 몸무게가 조금 더 나간다고 누가 자신을 한심하게 쳐다보는 순간이 닥칠 때마다 스스로가 아무 계획도 목표도 없이 무가치하게 살아가는 사람처럼 느껴지곤 했다.

횡단보도를 건너려던 도희는 문득 멍하니 멈춰 섰다. 불이 꺼진 백화점의 쇼윈도가 시선을 사로잡았던 것이다. 고급스런 브랜드 로고 아래 날렵하게 세팅된 마네킹이 날아갈 듯한 여성복을 걸치고 있었다. 순간 예쁘다는 생각이 들었지만, 검게 반사된 유리창에 비친 자신의 모습을 보는 순간 나에게는 어림도 없으리라는 예감이 찾아왔다. 하나로 질끈 묶은 머리와 아무렇게나 편하게 들고 다니는 가방이 오늘따라 후줄근하게 보인다.

나는 언젠가 한 번이라도 저런 옷을 입을 수나 있을까?

잠시 후 도희는 쓰게 웃고는 시선을 돌렸다. 모르겠다. 그게 무슨 상관이야. 난 나대로 살면 되지.

……하여간 다들 오지랖들은 넓어가지고.

1

길거리에 슬슬 성탄절 분위기가 깔리는 12월이었다. 일기 예보는 연일 최저 온도를 갱신하는 한파를 예보하고 있었지만 두 툼한 터틀넥 스웨터를 입고 앉아 있는 도희의 입가에는 오늘 아침부터 웬일인지 웃음이 떠나질 않고 있었다.

"뭘 그렇게 웃고 있어? 좋은 일 있어?"

"응? 아, 별거 아냐."

마리의 말에 도희는 얼른 표정을 바로잡았지만, 곧이어 얼음이 녹듯이 마냥 흐뭇해지는 도희를 보며 마리는 헛웃음을 지었다.

'그걸로 뭐 할까?'

도희는 지금 만기 일주일을 앞두고 있는 적금 통장을 생각하고 있는 중이었다. 이 회사에 취직했던 스물넷 되던 해에 만든 첫 적금 통장이었다. 사고 싶고, 하고 싶은 것을 참아가며 매달 생활비와 학원비를 제한 전부를 때려 넣은 적금 통장은 3년이 지난 후 이제 빵빵하게 불어난 잔고를 자랑하며 도희를 황홀경에 빠지게 만들었다. 그렇게 모은 돈이 일곱 밤만 지나면 고스란히 손에 들어오는 것이다. 3년 전이나 지금이나 애인 없는 크리스마스인 것은 비슷했지만 두둑해진 통장이 있었기에 도희는 지금 환호성이라도 지르고 싶은 심정이었다.

"마리야."

"응?"

"넌 적금 타면 그걸로 뭐 했어?"

"나? 그냥 하고 싶은 거 하고 쓰고 싶은 데 썼지."

"······전부 다?"

"얼마는 남겨두고. 애, 다 쓰고 살자고 하는 짓인데 모았으면 쓰기도 하면서 살아야지. 무슨 부귀영화를 보겠다고 싸매고 있냐? 왜? 너 적금 타?"

"아니, 그냥 물어보는 거야."

도희는 마리의 대답을 곰곰이 생각해 보기 시작했다. 적금을 타면? 사실 몇 년 동안 모으기만 했으니 한 번은 통 크게 쓰고 싶기도 했다. 모처럼 큰돈이 생겼으니 이왕지사 좋은 옷이라도 한 벌 뽑을까? 도희는 당장 머리를 굴려보기 시작했다. 집에 필요한 게 뭐가 있었더라? 별거 없었던 것 같다. 세간들도 아직 낡았다고 하긴 뭣하고, 특별히 보수해야 할 곳도 없다. 운전면허는 있지만 기름 값과 유지비 때문에 차는 애초에 논외가 되었다. 펀드는 유행도 지났고 잘못하면 원금을 까먹으니 이것 역시 패스.

'청약 통장이 이자가 높다는데 청약으로 묶어볼까?'

그런 생각을 하며 도희는 나름 알찬 계획을 세우기 시작했다. 영어 말고 이제 일어를 배워볼까? 요샌 자격증 시대라는데 나도 뭐 하나 배워볼까? 이런저런 생각들을 하던 도희는 문득 자신의 오래된 가방을 내려다보고는 히죽 웃었다. 이것도 이제 들고 다닐 만큼 다녔으니까 명예퇴직 시켜주고 새 걸로 사야지. 홋홋홋.

"이거 청약으로 묶어주세요."

일주일 후, 점심시간을 이용해 잠깐 회사를 빠져나온 도희는 득의양양한 표정으로 꽉 찬 적금 통장을 은행 직원에게 다시 건넸다. 은행 직원은 소소하게 웃으며 말했다.

"3년이나 부었던 건데 바로 다시 드시네요?"

"네. 당장은 쓸데가 없거든요."

"알겠습니다. 그럼 이거 작성해 주세요."

은행 직원이 내미는 청약 저축 신청서에 기타 등등을 써넣으며 도희는 콧노래를 부르고 싶어졌다. 일사천리로 처리가 끝나고 깨끗한 새 통장을 받아 든 도희는 잠시 은행 의자에 앉아 직원의 설명을 꼼꼼히 되새겨 보았다.

'3년? 이자가…… 이 정도면 나쁘진 않네.'

앞으로 또 3년 동안은 팍팍하겠지만, 3년 후 불어나 있을 잔고를 생각하니 벌써부터 마음이 뿌듯했다. 사실 이번에 적금을 타면 조금만 떼어서 머리도 새로 하고, 백화점에서 옷도 한 벌 사고, 요새 부쩍 건조해진 손 때문에 네일아트도 받아보고 싶었지만 돈 모으는 재미에 빠진 도희는 그렇게 쓰면 없어질 것을 생각하니 작은 금액일지라도 아까워지는 것은 어쩔 수가 없었다. 결국 그런 것들은 다음 월급날로 미루며 당장 있는 돈에 손을 대고 싶지 않은 마음에 그대로 묶어두기로 결심한 것이다. 은행을 나서며 도희는 지금 그렇게 하기를 백번 잘했다고 생각하는 중이었다.

"가방이나 새로 사야지."

그렇게 혼잣말을 하며 도희는 발랄하게 은행을 나섰다. 아슬아슬하게 점심시간이 끝나기 전에 사무실에 들어선 도희를 가장 먼저 맞이한 것은 김 부장의 커피 호출이었다.

"아, 도희 씨! 나 커피 한 잔만 타줘."

방금 전까지 머리부터 발끝까지 세상이 잠시 나를 위해 움직여 주는 것 같던 발랄함이 드라마틱하게 스러지며 갑갑함이 몰려왔다. 이미 자리에 앉아 오후 업무 준비를 하고 있던 마리의 눈꼬리가 하염없이 위로 치켜져 올라가는 것과 비슷하게 도희가 자리에서 일어서는데, 파티션 여기저기에서 추가 주문이 들어왔다.

"도희 씨, 하는 김에 나도 부탁할게요."

"아, 나는 프림 빼주세요."

"나도 좀……."

은근슬쩍 말을 얹은 사람들을 확인할 때마다 부아가 솟았다. 처음에는 이러지 않았었다. 그러나 김 부장이 버릇처럼 시켜먹기 시작하고 아무도 거기에 제지를 걸지 못하자 어느 순간부터 사무실 남자 직원들이 하나둘씩 묻어가기 시작하더니, 이젠 매번은 아니었지만 다섯 번이면 세 번은 당연하게 자기들 것도 부탁하는 것이었다. 처음엔 켕겨서 그러지 못했지만 총무부 가장 윗 상사가 대놓고 그러니 꺼릴 이유가 없는 것이다.

탕비실에서 종이컵을 꺼내며 도희는 언젠가 저것들에게 대차게 한 방 먹여주리라 다짐하며 갈아내듯이 커피 가루를 퍽퍽 퍼 담았다. 지금이 어느 시대인데 아무리 말단이라지만 여직원에게 커피 심부름을 시킨단 말인가. 뜨거운 물을 부으며 커피 잔에 침을 뱉을까 심각하게 고민하다가 차마 그러지는 못하고, 이렇게 화가 나면서도 정작 침 뱉을 마음 하나 먹기 어려운 자신을 잠깐 처량해한 다음에야 도희는 쟁반을 들고 나설 수 있었다.

"미친 새끼들…… 그렇게 커피가 먹고 싶으면 지들이 타 마시던가, 왜 매번 시켜먹고 난리야."

자리에 돌아오자 마리가 마우스를 부서져라 굴리면서 씹어뱉었다. 도희는 대답 대신 한숨을 푹 쉬었다.

"정규로 전환되면 나아질까 했더니 말짱 황이다."

그 넋두리에 도희는 쓰게 웃었다. 올 초에 있었던 대대적인 고용 구조 개편 때문에 그때까지 계약직으로 근무하던 많은 사람이 정규직으로 전환받았다. 도희와 마리 역시 전환받은 사람들 중에 한 사람이었지만, 그렇다고 눈에 띄게 뭔가가 달라진 것은 아니었다. 도희와 마리는 여전히 총무부의 가장 말단이었고, 자리 역시 문에서 가장 가까운 위치였기에 다른 사람들과는 약간 떨어져 있었으며, 하는 일은 여전히 그대로였다. 불안정하던 상황은 끝났지만 알게 모르게 미묘하던 차이까지 사라진 것은 아니었다. 두 사람은 여전히 김 부장의 찻심부름 첫 타깃일 뿐이었다.

"버릇 고치는 게 쉽니?"

도희의 한탄에 마리는 분을 못 삭이겠는지 입을 삐쭉하고는 쾅쾅 키보드를 두들기기 시작했다.

"안 그래도 월말 며칠 안 남아서 예민한데…… 에이 짱나!"

마리는 여전히 분이 안 풀리는 모양이었지만, 그동안 사회 생활을 하면서 깨달은 것이 있다면 당장 해결이 나지 않는 일이라면 그게 무엇이든 대충 잊어버리는 것이 속 편하다는 것이었다. 그래서 도희와 마리는 흐르는 시간에 짜증을 실어버리고 일에 열중하기 시작했다.

"근데 점심시간엔 어디 갔다 왔어?"

"은행."

"조만간 누구 하나 들어올 거 같더라."

두서없는 대화였지만 오랫동안 같은 시간을 보냈기에 도희는 마리의 말을 알아듣는 데 어려움이 없었다. 눈이 동그래진 채 쳐다보자 마리는 생긋 웃으며 뒤를 이었다.

"점심시간에 너 은행 간 사이, 부장이 어디랑 막 통화하고 있더라. 들어보니 누가 오네 마네 하는 얘기하더라고. 오늘내일 하던데?"

"정말? 근데 한동안 사람 뽑는단 얘기 없었잖아?"

"뽑는 게 아니고 본사에서 뭣 때문에 내려 보낸다나 봐. 가끔 그러잖아? 본사에서 사람 내보내서 지사 동향 파악하고…… 뭐 그러는 거."

"진짜 본사에서 파악하라고 사람 보내면 좀 그렇겠다, 그치?"

"그러거나 말거나, 만약에 진짜 그런 거면 부장이랑 이하 떨거지들 확 실수라도 해서 대차게 찍혔으면 좋겠다."

이루어질 가능성은 미약한 희망 사항이었지만, 도희와 마리는 마주 보며 짓궂게 웃었다.

모처럼의 칼퇴근 후, 간단하게 저녁을 해결하고 텔레비전을 보며 한가한 시간을 보내고 있던 도희는 문득 일어나서 서랍장을 열었다. 태어나서 처음으로 거금을 모은 날 퇴근길에 백만 년 만에 백화점에 들러서 가방까지 사서 그런지 기분이 들떴던 것이다. 한참 동안 서랍을 뒤지던 도희는 작년인가 재작년 즈음에 산 H라인 스커트를 찾아낼 수 있었다. 새 옷은 아니었지만 유행을 타지 않는 디자인이라 요새도 길거리에서 흔하게 찾아볼 수 있는 치마였다.

흥이 돋은 도희는 콧노래까지 흥얼거리며 치마를 들고 거울 앞으로 달려갔다. 사고 나서 몇 번 입어보지 않은 까닭에 지금도 잘 맞을까 염려가 되었지만, 별 무리 없이 올라가는 지퍼에 그런 걱정은 눈 녹듯이 사라져 버렸다. 내친김에 블라우스까지 챙겨 입고 굽이 제법 되는 힐까지 찾아 신은 도희는 새로 산 가방까지 들고 나와 거울 앞에 서서 이리저리 비춰보기 시작했다. 한참을 패션쇼하는 모델처럼 요리조리 꼽아보고 도희는 슬며시 미소를 지었다.

"그래도 이상하진 않은데?"

월급날이 가까워질수록 얇아지는 지갑 사정에 요 며칠 동안 먹은 게 부실해서 그럴까, 왠지 가벼워진 듯한 몸매에 도희는 한껏 벅차올랐다. 치마 아래로 드러난 종아리는 각선미가 끝내주지는 않았지만 객관적으로 봤을 때도 눈살이 찌푸려질 정도로 비대하지도 않은 상태였다. 편하다는 것과 맨살을 드러내는 것이 낯설어 바지에만 익숙해져 있던 도희였기에 거의 일 년 만에 치마를 입자 왠지 스스로가 몹시 여성스러워진 것 같은 기분에 가슴이 들떴다. 내일 이렇게 입고 가면 사람들이 뭐라고 해줄까? 오늘 가방 사길 참 잘했지.

도희는 코디해 둔 옷들을 흐뭇하게 다시 벗어 옷걸이에 걸어 두고는 기분 좋게 욕실로 향했다. 뜨거운 물에 노곤노곤하게 샤워를 마친 도희는 등허리까지 내려오는 긴 머리를 수건으로 감은 채 거실로 나섰다. 적막을 없애기 위해 자동적으로 텔레비전을 틀어놓고 머리를 말리던 도희는 묶고만 다니던 사이 어느새 꽤 길어진 머리 타래를 만져 보며 잠깐 생각했다.

'파마해 볼까?'

평소 텔레비전에 나오는 여배우들의 파도치듯 굽실거리는 웨이브 머리를 항상 동경했던 그녀였다. 머리를 말리며 이리저리 비틀어보던 도희는 이번 휴일에 미용실에 가봐야겠다고 다짐하며 잠자리에 들었다. 퍽 마무리가 즐거운 하루였다.

"웬일이야, 치마 입었네?"

역시 도희의 옷차림을 가장 먼저 알아봐 준 것은 마리였다. 마리는 평소와는 딴판으로 변한 도희의 치마 차림에 눈을 휘둥그렇게 떴다.

"치마 있으면서 왜 그동안 안 입고 다녔어? 야, 훨씬 낫다."

"정말 괜찮아?"

도희는 쑥스럽게 웃으며 머리를 한 번 쓸어 넘겼다. 정말 꾸미려고 맘을 먹었는지 오늘은 머리도 한 갈래로 질끈 묶은 것이 아니라 생머리를 곱게 빗어 내리고 머리띠까지 했다. 모르는 사람이 본다면 수수함 이상을 느끼긴 힘들었겠지만 평소의 모습을 익히 알고 있는 마리는 도희의 다른 모습을 드라마틱하다고 느낄 정도였다. 언제나 세련되고 꾸미는 것을 좋아하는 취향 따라 자신을 다듬고 다니는 마리에 비하면 그다지 눈에 띄지 않았지만, 지금 도희는 무척이나 차분하고 일면에는 청순함마저 깃들어 있는 모습이었다.

"어, 도희 씨 오늘 예쁘게 하고 왔네? 무슨 일 있어?"

마침 곁을 지나가던 남자 직원 한 명이 치마 입은 도희를 알아보고 웃으며 물었다. 도희는 쑥스러워하며 고개를 흔들었다.

"아뇨, 그냥 입어봤어요."

"보기 좋네. 자주 그러고 다녀."

평소와는 색다른 차림을 하며 사실 조금은 용기도 내야 했는데, 빈말이라도 좋은 소리를 들으니 기분이 좋았다. 연신 도희를 훑어보던 마리의 눈길에 또 한 번 놀람이 스쳤다.

"계집애! 너 가방도 샀어?"

"응, 어제. 퇴근하다 백화점 들렀거든."

"아잉, 나도 부르지! 요 계집애 웬일로 꾸몄다 했더니 가방 산 거 자랑하려고 그랬구나?"

"오호홋."

도희는 뽐내듯 환하게 웃었다. 가끔 이렇게 꾸미고 다니는 것도 나쁘지 않겠다는 생각이 드는 참이었다.

그때 막 사무실로 들어서는 김 부장이 눈에 띄어 도희와 마리는 휙 고개를 돌렸다. 그런데 들어서는 김 부장은 혼자가 아니었다. 처음 보는 키 큰 남자가 그 뒤를 따라 총무부로 들어서고 있었다.

"자, 잠깐 여기 좀 주목해 줘요."

도희를 비롯하여 각자 자리를 잡고 있는 사람들의 시선이 일제히 김 부장을 향했다. 그 어깨 바로 뒤, 성큼성큼 들어서서 자리를 잡은 남자의 얼굴이 시야에 들어오는 순간, 마리는 자기도 모르게 입을 벌렸다.

"에, 지금 내 뒤에 계신 분은 본사에서 내려오신 박준혁 팀장님이십니다. 오늘부터 우리 총무부의 과장 자리를 맡게 되셨어요. 좀 갑작스러운 면이 없지 않지만 모두 환영해 주길 바랍니다."

김 부장의 소개에 총무부 신임 과장이 된 남자는 한 걸음 앞으로 나서서 꾸벅 머리를 숙였다. 보통 인사란 남 앞에 잠시 자신을 낮추는 행동을 말하는 것이었지만 준혁이 하는 인사는 그런 사전적인 의미와 전혀 달랐다. 허리를 굽히지만 거칠 것이 없고, 머리를 숙였지만 당당한 태도였다. 도희는 인사하는 준혁을 보며 맹포함이 바탕에 깔린 눈동자로 우아하게 자신의 영토를 둘러보는 흑표범을 떠올렸다.

"박준혁이라고 합니다. 잘 부탁드리겠습니다."

어두운 푸른색 정장은 고양잇과 맹수들의 가죽이 그러하듯이 그 몸에 흐르듯이 감겨 있었다. 간결하게 소개를 끝마치는 중저음 목소리는 날렵한 그의 생김새에 맞춤 주문한 듯이 잘 어울렸다. 울림이 좋은 준혁의 목소리는 그리 크지 않았음에도 사무실에 있는 모두가 알아듣기에 부족함이 없었다. 소개를 끝마친 준혁은 천천히 사무실 전체를 돌아보며 사람들 하나하나에게 눈인사를 보냈다.

"웬일이야……."

오관이 뚜렷하게 조화를 이룬 준혁의 얼굴이 마지막으로 자기 쪽을 향하는 순간 마리는 부지불식간에 탄식을 흘렸다. 도희는 멀리 떨어져 있는 준혁이 이쪽을 바라보며 미미하게 고개를 끄덕이는 것을 볼 수 있었다. 약간 창백한 얼굴에 드리워진 새카만 머릿결의 조화가 참 멋진 남자였다. 인사를 받았으면 돌려줘야겠지. 도희 역시 슬쩍 고개를 끄덕여 화답했다.

"자, 그럼 오늘은 새로 박 과장도 부임했으니 환영식 한 번 합시다. 모두들 저녁 약속 없지요?"

김 부장의 선언에 마리는 활짝 웃으며 소리 높여 대답했다. 환영식이 아니라 그 환영식에 따라 나올 준혁이 기대되는 것이리라.

"웬일이야, 웬일이야! 어머 진짜 웬일이니!"

준혁이 차례로 자리를 돌며 악수를 주고받기 시작하자 마리는 흥분을 감추지 못했다. 도희 역시 점점 가까워지는 훤칠한 실루엣이 그저 멋있게만 보여 넋을 놓고 바라볼 정도였다. 시시때때로 가까워지며 더 확실하게 눈에 들어오는 준혁의 몸매는 진실로 환상적이었다. 훌쩍 큰 키, 다부지게 벌어진 어깨, 늘씬

낭창한 허리에 상체보다 더 길게 쭉 뻗은 다리까지. 다리가 긴 남자들이 그러하듯이 준혁의 걸음은 무척이나 시원시원했다.

"안녕하세요."

얼마 걷지도 않은 것 같은데 마침내 준혁이 파티션 바로 앞에 멈춰 서자 도희는 자기도 모르게 숨이 죽는 것이 느껴졌다. 대단한 위압감이었다.

"아, 네."

준혁은 스스럼없이 손을 내밀었고 도희는 가까스로 그 손을 잡았다. 아귀는 크지만 손가락은 가늘고 유려한 손이 훨씬 작은 도희의 손을 무리없이 감쌌다.

"이제 매일 보겠네요. 잘 부탁드리겠습니다."

준혁은 정확히 도희에게 시선을 꽂은 채 여린 미소와 함께 일렀다.

"잘 부탁드려요, 과장님."

마리가 재치있게 끼어들자 준혁은 곧 마리에게도 악수를 청하며 살짝 고개를 끄덕였다. 마리는 짐짓 쾌활하게 인사하며 덧붙였다.

"과장 되신 거 축하드려요. 근데, 나이 어떻게 되시는지 물어봐도 돼요?"

왠지 장난기 어린 마리의 태도에 준혁은 입가에 미미한 미소를 떠올리며 무리없이 대답했다.

"이제 해 바뀌면 서른셋 됩니다."

그렇게 인사를 마치고서 준혁은 올 때처럼 성큼성큼 걸어서 자기 자리로 돌아갔다. 돌아가며 다시금 돌아보는 준혁을 향해 도희는 꾸벅 고개를 숙여 보였다.

"……쩐다, 쩔어."

좀 더 보지 못한 것이 아쉬운지 마리는 멀어져 가는 준혁의 뒷모습을 훔쳐보며 달아오른 얼굴을 부채질했다.

"이름이 박준혁이라고 했지? 이상하다. 본사에 저만한 킹카가 있었으면 여기까지 소문이 안 날 리가 없는데. 어떻게 감쪽같이 몰랐을까? 도희야, 너는 뭐 들은 거 없어?"

도희는 이내 고개를 설레설레 흔들었다.

"없어. 그나저나 느낌이 되게 세다. 어휴."

"나이도 얼마 안 먹었는데 팀장 하다가 바로 과장이야? 정말 완소남이네."

"완소남이 뭐야?"

"완전 소장하고 싶어지는 남자."

준혁을 소장품에 빗댄 마리의 표현에 도희는 키들키들 웃었다.

"반지도 없던데."

도희는 가까이 와서 악수를 권할 때 힐끗 보았던 준혁의 왼손을 되새겨 보며 중얼거렸다. 정말 애인이 없는 것인지는 알 수 없었지만 준혁의 왼손 약지는 확실하게 비어 있었다.

"그래? 이따 회식 때 알아봐야지. 만날 아저씨들만 보다가 이제 회사 다닐 맛 좀 나겠다."

"그러게."

그렇게 맞장구를 치며 도희는 실없는 줄 알면서도 해죽 웃었다.

아마도 오늘이 월말이 되기 전 마지막 회식이 될 것이다. 어쩌면 올해의 마지막 회식이 될 수도 있었다. 벌써 12월 중순이었으니까. 즐거운 퇴근 시간, 도희는 그런 생각을 하며 화장실로 들어섰다. 준혁의 환영식도 겸한 회식에 참석하기 위해 모두들 우르르 빠져나가고 있었다.

"흐흥, 흐흥."

아침에 바쁘게 고데기로 펴고 나온 머리는 하루가 다 저문 이 시간까지도 단정했다. 손재주가 부족해서 눈 화장은 하는 둥 마는 둥이었지만, 오늘따라 깨끗하게 먹은 화장도 다시 고칠 필요가 없을 만큼 멀쩡했다. 건조해진 입술에 색이 여린 립글로스만 살짝 두들겨 주고 도희는 가볍게 화장실을 나섰다. 아니, 나서려고 했다.

"웬일로 치마를 다 입고 왔대. 완전 깜짝 놀랐잖아."

여자 화장실과 입구만 다르고 바로 옆에 붙어 있는 남자 화장실에서 들려오는 소리였다. 도희는 불길한 예감이 엄습하는 것을 느끼며 그 자리에 멈춰 섰다.

"그러니까. 종아리 봤어? 완전 장딴지더라, 장딴지."

누군가의 말에 발작적으로 터지는 웃음소리가 뒤따라 들렸다.

"나는 만날 바지만 입고 다니기에 그 정도일 줄은 몰랐어. 참나, 용기가 대단하다고 해야 되나?"

"무식하면 용감하다잖아. 난 도희 씨 솔로인 이유를 몰랐는데, 오늘 알았다."

세 번째 목소리가 거침없이 끼어들자 다른 목소리들이 맞장구를 쳤다.

"허구한 날 책상 앞에만 앉아 있으니 그렇게 되지. 그 나이에 벌써 그렇게 푹 퍼져 가지고."

"그런 게 내 여자친구라고 생각해 봐. 어흐흐흐, 소름 돋아."

"구두 신은 거 봤어? 그 다리에 그 구두 신고 있으니 양념 묻은 족발 같더라."

신나게 떠들던 목소리 중에 하나가 갑자기 키들거리더니 칭찬을 늘어놓았다. 그러나 칭찬 속에 들어 있는 뜻은 차라리 드러낸 비난보다 더한 조롱과 비아냥이었다.

"그래도 도희 씨 말이야, 참 착하긴 해. 아, 여자가 착하면 됐지."

그게 카운터 펀치였다. 또 한 번 왁자지껄한 웃음소리가 들려오는 사이, 도희는 쫓기듯이 화장실 안으로 다시 들어갔다. 저벅거리는 발소리가 이어지고, 잠시 시간이 지나서야 도희는 가까스로 밖으로 걸어나올 수가 있었다. 엘리베이터가 있는 모퉁이로 꺾어지는 뒷모습은 모두 셋이었다.

행여나 마주치지 않도록 도희는 터덜터덜 발을 떼었다. 새로 산 지 만 하루도 지나지 않은 가방은 겨우 손에 들려 있는 모양으로 축 늘어져 있었다. 잘못 찍힌 사진처럼 하얗게 인화되어 버린 머릿속은 모든 것이 다 뒤섞여 버렸기에 오히려 아무것도 생각할 수 없었다. 그들이 떠나 버린 엘리베이터 앞에 서서 땡 하는 소리에 기계적으로 올라탄 후 일층으로 내려올 때까지 도희는 그 어떤 생각도 떠올릴 수가 없었다. 감정들이 너무 빨리 들끓었다가 사라지며 범벅이 되어버렸기 때문이다. 1층에 내려서서 회전문을 밀어젖히며 차가운 겨울바람에 따귀를 맞고 나서야 도희는 가까스로 정신을 차릴 수 있었다.

남자들도 화장실에서 남 뒷담화 까는구나.

건물 바깥에는 이미 내려와 있던 동료 직원들이 도희가 오기를 기다리고 있던 참이었다. 마리는 빨리 오라고 손짓을 하려다가 잠시 잠깐 사이에 송장이 되어버린 도희의 안색을 발견하고는 깜짝 놀라 물었다.

"왜 그래, 어디 안 좋아?"

"아니…… 찬바람 맞아서 그래."

"정말이야?"

도희는 대답도 없이 고개를 들었다. 저만치 앞, 김 부장의 곁에서 따라가고 있는 뒷담화 삼인방의 뒷모습이 눈에 들어왔다. 뭐가 그렇게 좋은지 연신 시시덕거리는 그들 곁에는 준혁이 묵묵하게 따르고 있었다.

"건배!"

벌써 몇 번째 듣는 건배 고함 소리인지 알 수 없었지만 신경
쓰고 싶지도 않았다. 오늘의 회식 장소는 별다를 것도 없이 여
태까지 단골로 가던 회사 근처 갈비집이었다. 규모도 크고 인테
리어도 깔끔한 갈비집에는 연말연시답게 다른 손님들로 만원을
이루고 있었다. 그러나 도떼기시장처럼 모든 사람이 왁자지껄
떠드는 한가운데서, 오직 도희만이 가끔 멍해진 얼굴로 자리를
지키고 앉아 있었다.

"얼른 먹어, 도희야. 아까부터 뭐 하니? 제대로 먹지도 않고."

"으응, 먹고 있어. 신경 안 써도 돼."

마리가 익은 고기를 앞으로 밀어주었지만 도희는 별로 관심
이 없는 것 같았다. 몫으로 받은 공깃밥도 채 절반 정도를 비웠
을 뿐이었다.

"아까 얼굴색 안 좋던데, 이상해?"

"아니. 만날 여기만 와서 질리나 보다."

실없는 농담이었지만 마리는 별다른 것을 눈치 채지 못하고
그저 웃고 말았다. 자리가 길어졌으니만큼 이제 상당수 직원들
은 얼큰하게 취기가 올라 있었다. 모처럼 차려입은 스커트와 블
라우스에 숯불 냄새, 갈비 냄새가 배는 것도 아랑곳없이 도희는
그냥 멍하게 앉아 있기만 했다. 어느 순간 무의식적으로 타 들

어가는 고기 조각을 향해 젓가락을 가져가던 도희는 그만 화들짝 굳고 말았다.

'그런 말을 듣고도 먹을 생각이 나니!'

절반이나 비운 밥그릇을 내려다보자 스스로에 대한 짜증이 더욱 격심해져 신경질적으로 젓가락을 내려놓는데, 상석에서 도희를 부르는 목소리가 들렸다.

"아, 우리 도희 씨도 한 잔 받아야지. 매일 수고하는데."

김 부장은 얼마나 따라주고 마셨는지 벌써 혀가 약간 돌아가 있었다. 그러나 모든 정나미가 떨어져 버린 도희는 권하는 술이 그저 싫을 뿐이었다.

"벌써…… 많이 마셨는걸요."

입에도 안 댄 술이었지만 핑계가 그것밖에 떠오르지 않았다. 그러나 김 부장은 손사래를 치며 맥주병을 집어 들었다.

"에이, 그러지 말고 딱 한 잔만 받아요. 상사가 권하는데."

뒤죽박죽이 된 속내 탓에 표정 관리하기가 힘들었다. 우물쭈물하며 거절할 궁리를 찾는데 도움의 손길은 뜻하지 않은 곳에서 날아왔다.

"제가 흑기사 하죠. 도희 씨 많이 마셨으니까요."

준혁이었다. 도희의 고개가 휙 돌아가는데 준혁은 이미 김 부장에게 다가가 공손하게 잔을 내밀고 있었다. 벌써 섭섭잖게 마셨을 텐데도 얼굴색 하나 변하지 않고 멀쩡한 모습이었다.

"으응, 그럼 우리 박 과장이 받을 텐가?"

취한 김 부장은 허허롭게 웃으며 무난하게 맥주를 따르는 것
으로 도희를 잊어버렸다. 준혁은 가득 따라진 맥주를 꿀꺽꿀꺽
시원하게 비워냈다.

"젊은 사람이라 시원하구먼! 시원해! 허허허허."

준혁은 김 부장의 웃음에 마주 웃었지만 소리 내어 와하하하
거리지는 않았다. 그냥 거슬리지 않게 의례적이라 할 만한 태도
였다. 의외였지만, 준혁 덕분에 위기를 모면한 도희는 그를 향
해 감사의 의미로 고개를 주억거렸다.

"다리 안 아파요?"

자리가 무르익어 가면서 원래 앉은 위치에서 뒤죽박죽이 된
가운데, 준혁이 비어 있는 도희의 옆자리에 다가와 앉으면서 넌
지시 물었다.

"네?"

"아니, 치마 입고 앉은 모양이 불편해 보여서요. 바닥 말고 의
자에 앉는 곳으로 갈 걸 그랬어요."

그제야 도희는 치마 때문에 편하게 앉지 못하고 억지로 한쪽
으로 모아 앉은 자신의 다리를 내려다보았다. 한쪽으로 쏠린 허
벅지가 아까부터 저려왔을 테지만, 지금 내려다보기 전까지는
느껴지지도 않던 것이었다.

"괜찮아요. 아무렇지도 않아요."

"정말이요?"

그렇게 되묻는 준혁의 말에는 자못 걱정스런 기색이 묻어 있

었다. 뭘까. 그런 의문이 들기도 전에 도희는 피하고 싶음을 먼저 느꼈다.

"네."

짧게 대답해 버리자 더 말 붙일 구석이 마땅찮아진 준혁은 그래도 짜내어 뭐라고 말을 붙였지만 단답형으로만 돌아오는 도희의 대답에 곧 말문이 막히고 말았다. 도희는 마리가 어이없는 눈길로 쳐다보는 것도 의식하지 못하고 준혁이 앉은 반대쪽으로 고개를 돌려 버렸다.

집에 가고 싶다.

지금 도희가 가장 강력하게 원하는 것이었다. 그런 말을 듣고 내가 뭐가 꿀려서 이 자리에 꾸역꾸역 앉아 있어야 하나. 그냥 못 간다고 하고 가버릴걸. 아니, 그냥 그 자리에 뛰어들어 가서 물이나 한 바가지씩 끼얹어줄걸.

하지만 도희는 알고 있었다. 실제로는 자신이 뛰어들어 가 물을 끼얹을 용기도, 자존심이 뭉개졌음에도 맘대로 말할 용기도 없다는 것을. 그래서 더 화가 났다. 하지만 이 화를 어디다 분출하면 좋을지 알 수도 없었다.

더할 나위 없이 화창한 황금 같은 주말이었지만, 지금 도희의 마음속이 날씨로 구현된다면 세상 사람들은 12월에 허리케인이 상륙하여 가로수를 뽑아버리는 광경을 볼 수 있을 것이다. 새로 산 가방, 예쁘게 차려입었던 블라우스는 회식 날 돌아와서 벗어

던져 둔 그대로 처박혀 있었다.

"허구한 날 책상 앞에만 앉아 있으니 그렇게 되지. 그 나이에 벌써 그렇게 푹 퍼져 가지고."

틀어놓은 텔레비전에서는 도희가 가장 좋아하는 쇼 프로그램이 재방송되고 있었지만 도희의 눈동자는 그 너머를 보고 있었다. 무표정한 얼굴 중에서 입술만 짓씹어졌다.

그동안 내가 그렇게 보였단 말이지.

갑자기 천장까지 길길이 뛸 만한 억울함이 들었다. 도희는 감히 맹세하건대 그 회사에 취직해서 이날 이때까지 잠시도 허투루 시간을 쓴 적이 없었다. 일이 많으면 많은 일 때문에, 가장 바쁜 월말이면 다른 사람들이 다 퇴근한 다음까지도 남아서 기필코 맡은 일을 다 끝냈다. 회사로부터 정당하게 받는 월급에 부끄럽지 않도록 게으름을 부린 적도 없었다. 떳떳하다고 생각했다. 그리고 믿었다. 열심히 일하면 언젠가 인정받는다는 말을. 비록 직급도 없는 말단 여직원이었지만 지각도, 결근도 한 적이 없었다. 그래서 3년 전 계약직에서 정규직으로 전환받았을 때 사실은 누구보다 기뻤다. 자신은 할 일이 없어서 자신을 방치한 채 책상 앞에 앉아 있었던 것이 아니었다. 책상과 컴퓨터를 떠나지 못했던 것은 그만큼 내려진 일의 하중이 컸기 때문이다. 도희는 정말 억울했다.

영어 학원 다녀서 토익 점수 올려놓으면 뭐 하나. 컴퓨터 학원 다녀서 자격증 다 따놓으면 뭐 하나. 취미로 배운 요리로 웬만한 음식은 다 할 줄 알게 되었으면 뭐 하나. 그게 다 무슨 소용이란 말인가. 결국 내가 무슨 용을 쓰든 남들에게 나는 그저 살 많고 퍼진 수제비처럼 보잘것없는 여자일 뿐인데. 내가 그런 소리나 들으려고 그 돈에 그 시간 써가며 나 자신을 꾸며왔던 것일까.

도희는 그렇게 믿었다. 외모를 가꾸듯이 자신의 다른 방면들을 가꾸는 것 역시 자신을 꾸미는 일에 다름 아니라고. 솔직히 말하자면 자기 능력은 제쳐 놓고 외모에만 목숨을 거는 여자들을 우습게 여기기도 했다. 하지만 현실은 아니었다. 그걸 이제야 깨달은 것이다. 결국 도희가 노력해 온 모든 것은 모조리 쓸데없는 일이 된 것이다. 아무리 갈고닦고 노력해도 '겉모습'이 예쁘게 채워지기 전에는 보여질 수조차 없는 두 번째였으니 완전히 헛짓을 해온 것이다. 순수하고 착하다고? 그런 말로는 모자랐다. 자신은 정말 바보였던 것이다.

대체 그깟 껍데기가 뭐가 그렇게 중요하다고!

이제 와 입술을 씹어봤자 때늦은 후회일 뿐이었다. 어쩌면 도희는 알면서도 인정하지 않았던 것일 수도 있다. 그래서 능력에는 관심도 없이 외모만 그럴듯하게 가꾸며 기회를 노리는 일부 사람들을 알게 모르게 비웃었던 대가를 이렇게 혹독하게 치르게 된 것이다. 그 사람들은 차라리 현명한 판단을 한 것이다. 세상에서 남이 가장 중요하게 살펴보는 것이 무엇인지 알고 있었으니까.

뜯어먹을 것처럼 입술을 잘근잘근 씹어대던 도희는 갑자기 벌떡 일어섰다. 성큼성큼 다가가 스커트와 블라우스를 집어 든 도희는 그것의 치수를 가늠해 보았다. 블라우스는 XL 사이즈에 스커트는 88. 순식간에 가늘어진 동공이 살기로 번득이는 순간 옷들은 인정사정없이 쓰레기통에 처박히고 있었다.

그래, 좋아. 좋다고.

2

　스커트를 쓰레기통에 처박은 후 돌아온 첫 번째 월요일에, 도희는 과감히 회사에 전화를 걸어 하루 휴가를 냈다. 쓰지 않은 휴가는 월말에 급여로 정산해 주었기 때문에 평소의 도희라면 절대 생각조차 하지 않았던 일이었다. 그러나 도희는 하루치 급여 따윈 휴지 조각으로 취급해 버리며 영업 시간이 시작되자마자 미친 듯이 은행으로 달려갔다. 벌써 기다리는 사람이 꽤 되었지만, 심장이 들끓는 통에 하나도 지루하지가 않았다. 마침내 차례가 되었을 때 도희는 한 번의 망설임도 없이 창구로 다가가 숨도 쉬지 않고 말했다.

　"이거 해약해 주세요."

얼마 전 새로 가입한 청약 통장이었다. 무리없이 통장을 거둬간 은행 직원의 손길이 잠시 멈칫했다.

"이번 달에 들으셨는데 바로 해약하세요?"

"네. 해약해서 이 통장으로 넣어주세요."

은행 직원은 아무래도 설득하고 싶은 얼굴이었지만, 살벌하게 일어선 도희의 표정에 대꾸조차 하지 못했다. 가입할 때와 마찬가지로 일사천리로 진행된 해약에 3년간 죽자사자 모은 돈이 고스란히 입금된 통장을 확인한 도희는 뒤도 돌아보지 않고 은행을 나섰다. 다음 행선지는 근방에서 가장 큰 대형 할인 마트였다.

"어떤 거 보세요?"

"러닝머신이요."

마트의 가전 매장 직원은 상냥하게 웃으며 도희를 맞이했다. 직원의 안내에 따라 둘러보기 시작한 가전제품 매장에는 러닝머신을 비롯하여 사이클에서 얼핏 보면 어떻게 사용하는지 알기 어려운 것들까지 운동에 사용되는 각종 운동 기계들이 역동적으로 진열되어 있었다.

"어떤 게 좋아요?"

"집에서 운동하시려고요? 그럼 이 제품이 가장 좋죠."

직원은 능숙하게 가장 좋은 자리에 진열되어 있는 러닝머신을 추천해 주었다. 운동 시간, 소모 칼로리, 강도, 거리가 모두 계산되고 손잡이를 잡으면 맥박까지 측정 가능한 장치가 달려 있는 최첨단 러닝머신이었다.

"이게 좋아요. 가볍고, 이동하기도 편하고. 경사 조절도 됩니다."

"신제품이에요?"

"아유, 그럼요."

가장 신제품이었으니 붙어 있는 가격은 입이 떡 벌어질 정도였다. 그러나 도희는 아무런 고민도 없이 바로 결정해 버렸다.

"이거 배달이랑 설치도 되죠?"

"그럼요. 이걸로 하시겠어요?"

"네. 그리고 체중계는 어디 있어요? 그것도 제일 좋은 걸로 주세요."

10분 후, 러닝머신과 디지털 체중계, 아령에 줄넘기까지 한 큐에 질러 버린 도희는 보무도 당당하게 할인 마트를 나섰다. 버스 정류장으로 향하던 도희는 순간 도끼눈을 뜨더니 당장 마트 앞 정류장에서 택시를 잡아탔다. 방금 한 달 월급과 맞먹는 가격의 러닝머신도 질렀는데 지금 버스 타게 생겼나!

"어디로 모실까요?"

"아저씨, 여기 피부과 아세요?"

도희는 주머니에서 병원 이름을 갈겨쓴 쪽지를 꺼내 기사에게 건네주며 물었다. 주소를 읽어본 택시 기사는 곧 고개를 끄덕였다.

"알지요. 그럼 여기로 모실까요?"

"네. 가능하면 빨리요."

휴일 동안 잠도 안 자고 인터넷을 뒤져 찾아낸, 근방에서 가장 솜씨가 좋기로 평판이 자자한 피부과였다. 방금 평소의 자신이었다면 결코 생각할 수 없는 거금을 써버린 도희였지만, 기분은 날아갈 듯이 상쾌하기만 했다.

"여드름 흉터가 남아 있기는 한데 전반적으로 나쁜 피부는 아니네요."

"이 흉터 없애려면 어떻게 해야 해요?"

의사는 도희의 피부를 한참 동안 살펴보더니 부드럽게 말했다.

"흉터도 그렇게 많지 않으시고, 모공이 좀 넓어졌기는 한데 새로 나는 여드름도 없이 말 그대로 흉터네요. IPL도 괜찮겠지만 다른 흉터 치료 방법이랑 병행하시면 훨씬 효과가 좋으시겠어요."

도희는 잠시 이를 앙다물었다.

"만약에 치료 다 받으면, 보들보들하게 비단결처럼 변할 수 있나요?"

"얼마만큼, 어떻게 치료하느냐에 따라 달라지겠지만 피부는 가꾼 만큼 보답해 줘요."

의사의 대답에 도희는 좀 전보다 약간 길게 이를 앙다물었다. 다시 입술이 열리며 나온 첫마디는 그 어느 때보다 단호했다.

"그럼 최상의 피부 상태로 만들어주세요. 기간이 얼마가 걸리든, 돈이 얼마가 들든 상관없어요."

"너 미쳤니? 밥이 그게 뭐야?"

마리가 뜨악해서 물었지만 도희는 아랑곳없이 식판을 들고
옆으로 이동했다. 마리는 도희가 식판에 담은 밥을 보고는 혀를
끌끌 찼다. 반 공기가 될까 말까 하는 작은 양에 반찬들 역시 새
모이만큼 조금씩 조금씩 담고 있는 도희의 얼굴은 석고상처럼
딱딱했다.

"나 오늘부터 뭐든지 반만 먹을 거야."

"뭐라고?"

"반식 다이어트! 나 그거 할 거야. 오늘부터 당장!"

마리는 시사고발 프로그램에 등장하는 부실 급식을 연상시키
는 도희의 식판을 바라보며 혀를 끌끌 찼다.

"그래서 그만큼씩만 드시겠다고? 너 그렇게 살 빼다 탈모 온
다. 쓰러진다고."

"걱정 마. 아침, 점심은 제대로 먹고 저녁엔 토마토만 먹을 거
야. 종합 영양제랑 종합 비타민도 어제 샀는걸?"

휴일 사이 완전히 딴사람이 되어버린 도희의 모습에 마리는
입을 쩍 벌렸다.

"너…… 무슨 일 있었니? 누구한테 무슨 이상한 얘기라도 들
었어?"

도희는 오래 씹기 위해 적게 뜬 밥을 그나마도 젓가락으로 집

어먹고 있었다. 꾹꾹 씹어지는 입술에 숨길 수 없는 결심이 느껴졌다.

"아니. 마리야, 난 깨달았어."

"뭘 깨달아?"

도희는 눈만 움직여 앞에 앉은 마리를 똑바로 바라보았다.

"나 같은 사람은 노력하는 방향을 바꿔야 돼."

알 수 없는 말이었지만 마리는 그게 무슨 소리냐고 되물을 생각도 못하고 도희를 멍하니 바라보기만 했다.

점심을 해결하고 난 후 도희는 회사 옥상 정원으로 올라갔다. 평소에는 쉬러 올라온 사람들로 붐비던 옥상 정원은 삭풍이 몰아치는 겨울이라 텅 비어 있었다. 잔디는 말라 버리고 나무들은 가지만 앙상하게 남아 분위기가 무척이나 썰렁했지만, 경치 구경하러 올라온 것이 아니었던 도희는 신경도 쓰지 않았다.

"하나, 둘! 하나, 둘!"

쥐꼬리만큼 먹었으니 뱃속은 뭘 먹었는지 말았는지 분간이 가지 않을 정도였다. 하지만 도희는 냉정한 얼굴로 바람이 쌩쌩 부는 옥상 정원을 힘차게 팔을 휘두르며 빙글빙글 걷기 시작했다. 회사에 있는 동안은 운동을 할 수 없으니 궁여지책으로 생각해 낸 방법이었다. 언젠가 꼭 여행 가겠다고 다짐하며 러시아어를 배우려고 생각했던 돈으로 요가 학원과 헬스장을 끊었다. 오늘은 퇴근하며 백화점에 들러 그동안 엄두조차 내지 않았던 브랜드의 화장품을 살 생각이었다. 그동안은 손재주도 없고 특히 아이라인이라도 그려볼라 치면 손이 떨리는 통에 기껏해야 선크림에 가볍게 파우더만 하고 다녔지만, 도희는 입술을 꽉 다물었다. 그까짓 거 연습하면 되지!

한참 동안 파워 워킹을 하던 도희는 시간을 확인하고 옥상을 나섰다. 점심시간이 거의 다 끝났기 때문이다. 볼은 발갛게 얼었지만 한결 상쾌해진 기분으로 계단을 통해 사무실까지 내려오던 도희는 사무실에 들어서자마자 커피 달라고 소리칠 김 부장의 목소리가 떠올라서 잠시 주춤거렸다. 그놈의 커피, 회사에서 하도 시달리다 보니 언젠가부터는 회사든 밖이든 커피는 쳐다보지도 않게 되었다. 정말 전생에 커피 못 먹고 죽은 귀신이 붙었나! 오늘도 커피 달라고 하기만 해봐라. 내 오늘은 참지 않고 한마디 날려줄 테니까!

그러나 나름 위풍당당한 결심을 하고 심호흡을 하며 사무실로 들어섰건만 김 부장은 도희가 들어왔는지도 모르고 있었다. 의외의 상황에 어리둥절하던 도희는 종이컵을 꼭 쥐고 앉아 있는 마리를 발견하고는 대뜸 물었다.

"김 부장이 너한테 시켰어?"

"아, 아니."

마리는 뭐가 그리 좋은지 종이컵을 더욱 꼭 쥐면서 새침하게 웃기까지 했다.

"박 과장님이 쫙 돌렸어. 저기 좀 봐라?"

도희는 마리의 손끝이 가리키는 곳으로 시선을 던졌다. 사무실 내에 비치된 정수기 머리 위에 커피, 프림, 설탕통과 종이컵이 질서 정연하게 놓여 있었다.

"탕비실 왔다 갔다 하는 것보다 이게 편하지 않겠냐면서, 자기가 직접 싹 옮겨놓더라. 아, 정말 우리 준혁 씨! 어쩜 저렇게 예쁜 짓만 하나 몰라."

콧소리 섞어 준혁 씨라고 부르는 마리를 뒤로한 채 도희는 어깨를 으쓱했다. 왠지 머쓱해진 기분이었다. 진작 저렇게 해놓을 걸 왜 그동안은 생각을 못했을까. 재빨리 준혁의 자리를 바라보았지만 어디 갔는지 빈 의자뿐이었다.

"준혁 씨는 무슨."

"앞에서 그러는 것도 아닌데 뭐 어떠니?"

그때 간발의 차이로 뒤에서 들려오는 구두 소리에 도희와 마리는 황급히 입을 다물며 얼음이 되었다. 슬그머니 돌아보자 막 들어서고 있던 준혁이 도희를 발견하고는 옅은 미소를 지었다.

"도희 씨 왔네요."

정장 상의는 벗어둔 채 소매를 반쯤 걷어붙인 모습이었다. 힘줄이 멋들어지게 도드라진 팔뚝은 남자다움이 넘치고 있었다.

"아까 없어서…… 커피 한 잔 드릴까요?"

준혁은 퍽 부드럽게 물었지만 식후에 설탕과 프림이 잔뜩 들어간 커피를 마시는 것은 밥 먹고 나서 또 밥을 먹는 것이나 다름없다. 그 생각에 도희는 자기도 모르게 버럭 일렀다.

"아니요!"

결코 일부러 그런 것이 아니었지만, 도희는 예상보다 훨씬 냉랭하게 말해 버린 자기의 목소리에 찔끔 놀라고 말았다. 설마 도희가 이렇게까지 격렬하게 싫다고 할 줄은 몰랐던 준혁 역시 머쓱해졌는지 가볍게 인사를 남기고는 성큼성큼 자리로 돌아가 버리고 말았다.

"싫으면 그냥 싫다 하면 되지 뭐 그렇게 정색을 하냐?"

"몰라! 아 정말 왜 그랬지."

마리의 면박에 불퉁하게 자책하며 도희는 슬쩍 준혁을 곁눈질했다. 일어서면 그렇게 큰 사람이 앉은키는 다른 남자들과 별 차이 없는 것을 보니 정말 다리가 길긴 긴 것 같았다. 표정이 어떤가 살펴보았지만, 어느새 무표정하게 굳어진 준혁의 얼굴에서는 어떠한 감정도 읽어낼 수가 없었다.

도희는 마음을 굳게 가지며 새로 산 체중계 위로 조심스럽게 올라섰다. 전광판의 숫자가 깜빡깜빡거리다가 급격히 올라가기 시작했다.

72kg.

각오는 하고 있었지만 눈으로 확인하니 새삼 심각성이 와 닿았다. 도희는 벽에 걸린 커다란 달력으로 다가가 오늘 날짜에 동그라미를 치고 매직으로 굵직하게 '72!' 라고 써넣었다. 앞으로 한 달마다 몸무게 체크를 할 생각이었다. 그렇게 적어 넣은 숫자를 물끄러미 바라보고 있던 도희는 문득 커다랗게 한숨을 쉬었다. 지금 자신의 키가 166㎝였으니 그 평균 몸무게인 53㎏이 되려면 아득하게 멀고 먼 여정이 남은 것이다. 그러나 다음 순간 도희는 눈을 부릅뜨며 72 옆에 또 다른 글자들을 적어 넣었다.

목표는 50!!

아득하니 어쩌니 하는 건 사치야! 속으로 부르짖으며 도희는 아령을 집어 들었다.

"아자!"

그렇게 도희의 파란만장한 나날들이 시작되었다. 찬장의 한 구석을 차지하고 있던 라면, 과자, 참치 캔, 깡통 햄 등 집 안에 있던 모든 인스턴트 식품과 밀가루가 쓰레기봉투에 담겨 버려졌고, 탄산음료와 설탕이 들어간 주스는 수챗구멍에 전부 쏟아부어졌다. 인스턴트와 즉석 식품을 빼자 자리가 텅텅 비어버리는 냉장고에 도희는 또 한 번 울컥하다가 신선한 야채와 과일로 그 빈자리를 가득 채웠다. 과일을 사며 같이 산 핸드 믹서기로 매일 삼시 세 끼 녹즙과 진짜 생과일 주스를 만들어 먹으며 도희는 점심시간마다 옥상 정원에서 매일 달리기를 하기 시작했다. 수십 년 만에 폭설이 내려 발목까지 눈에 빠지는 날에도, 도희는 발이 푹푹 빠지는 옥상 정원을 걷고 또 걸었다.

처음엔 이상한 냄새 때문에 고역스러웠던 치커리는 한 달 동안 먹고 나니 아무렇지도 않아졌다. 양상추와 토마토, 파프리카와 피망, 양념 없이 쪄낸 닭 가슴살과 브로콜리는 이제 도희의 주된 식단이자 간식거리였다. 엘리베이터와 에스컬레이터를 모르는 사람처럼 어디서든 계단을 이용하고, 집의 한구석을 떠억 차지하게 된 러닝머신을 가혹할 만큼 굴렸다. 비가 오나 눈이 오나 태풍이 부나 하루도 빠짐없이 요가 학원과 헬스장을 집처럼 드나들며 땀으로 목욕하기를 매일. 도희는 어느 순간 자신이 여태까지 입던 옷이 약간 커졌다는 것을 깨닫고 날아갈 듯이 놀랐다. 도희를 가르치는 헬스장 트레이너는 자신이 담당한 회원 중에 가장 빠른 속도로 드라마틱하게 변신하는 도희의 모습에 도희보다 더욱 경이로워하고 있었다.

일주일 혹은 보름에 한 번씩 피부과에 가서 관리를 받고, 내친김에 경락까지 받기 시작하면서 도희의 몸매는 본인이 미처 의식하기도 전에 유려해지고 있었다. 그럭저럭 뱃살은 드러나지 않게 해줬던 티셔츠가 우스꽝스러울 정도로 큰 박스 티가 되고, 볼 살 때문에 잘 보이지 않던 광대뼈가 볼록하게 모양을 찾고, 하루에 백 개씩 한 가슴 운동 때문에 사과처럼 부풀어 오른 가슴은 위로 봉긋 솟아오르며 원래보다 사이즈가 한 치수 늘었다.

크리스마스는 운동을 하느라 지나간 줄도 몰랐다. 마지막 급여와 연말정산이 겹쳐 미칠 듯이 바빴던 월말이 지나고, 갈비 냄새의 유혹을 이를 악 물고 참아낸 1월 신년 회식이 지나고, 개구리가 깨어난다는 2월이 지나갔다. 도희는 목표 체중에 도달하면 전부 다 사들이겠다는 다짐을 하며 온갖 화사하고 예쁜 봄옷들이 넘쳐 나는 3월을 눈물지으며 흘려보냈다. 4월이 되었을 때, 도희는 그동안 입고 다녔던 바지들이 아무리 허리띠를 조여도 헐렁헐렁한 통에 이 옷이 언제 이렇게 늘어났을까 하다가 옷이 늘어난 게 아니라 자신이 그만큼 살이 빠졌다는 것을 깨닫고는 뛸 듯이 기뻤다. 그 덕에 더욱 고무되어 매진한 계절의 여왕 5월이 도희에게 행운의 미소를 선사하고, 봄을 완전히 흘려보낸 계절은 늦봄이라 불러야 할지 초여름이라 불러야 할지 헷갈리는 6월로 접어들었다.

"아이고 죽겠네……."

근력 운동을 끝내고 한 시간 동안 러닝머신에서 파워 워킹을 한 도희는 땀으로 목욕을 한 모습이었다. 그러나 여기서 끝낼 수는 없었다. 끙끙거리며 일어선 도희는 마지막 스트레칭까지 끝마치고서야 홀가분하게 한숨을 쉬었다. 얼굴에 가득한 땀을 닦아내며 쳐다본 달력은 6월, 게다가 오늘 날짜에는 유달리 커다란 동그라미가 반복해서 그려져 있었다.

오늘이 운동을 시작한 지 꼭 6개월이 되는 날이었던 것이다.

도희는 감개무량한 표정으로 뒤로 넘긴 달력들을 다시 앞으로 좌르륵 넘겨보았다. 최초의 동그라미는 작년 12월, 하나하나

넘겨가며 확인한 동그라미는 12월까지 합하여 모두 일곱 개였다. 달이 지날수록 같은 날짜에 표시한 동그라미 곁에 적혀 있는 숫자는 72를 시작으로 해서 점점 줄어들고 있었다.

72! 목표는 50!!, 68! 아싸!, 63. 57 앞 숫자가 바뀌었다, 54, 52.

한 달 전인 5월에 체크한 마지막 몸무게가 52kg이다. 맨 앞에 적어놓았던 대로 목표는 50kg이었다. 과연 목표에 도달할 수 있을까. 갑자기 마음이 복잡해져 왔지만, 도희는 일단 이 역사적인 순간을 앞에 두고 목욕재계부터 해야겠다는 생각을 했다.

뜨거운 물로 박박 씻고 나서 도희는 혹시라도 숫자가 바뀔까봐 머리를 완전히 말리고 가벼운 파자마 차림으로 체중계 앞에 섰다. 이 순간 두 발로 밟고 서면 꽉 차는 체중계가 어떤 신전의 제단처럼 느껴졌다. 크게 심호흡을 하고 발을 떼려던 도희는 격심한 두근거림에 눈을 꽉 감았다. 그리고 밀어붙이듯이 체중계 위에 가까스로 올라섰다.

꼭 감긴 눈은 한참이 지났는데도 뜨여질 줄 몰랐다. 손을 가슴에 얹고 생각나지도 않는 것을 애타게 비는 마음으로, 도희는 억지로 실눈을 뜨고 겨우겨우 전광판을 내려다보았다.

4……

뭐, 뭐야. 고장났나? 하지만 그런 의심도 잠시, 도희는 전광판에 떠오른 숫자를 가만히 읽어보려고 했다. 마음만 그랬다는 말이다.

"사십구 점 팔?!"

믿어지지 않는 숫자에 목청껏 비명을 질러 버린 도희는 헛기침을 삼켰다. 눈을 부릅뜬 채 체중계의 전광판을 뚫어져라 내려다보는 도희의 시선을 느꼈는지 체중계는 거듭 말해주려는 것처럼 도희의 동공을 향해 확고부동하게 숫자를 투영시키고 있었다.

49.8kg.

"아……."

입은 열렸으나 목소리는 나오지 않았다. 목표 체중이 50kg이었는데! 전광판에 떠오른 것은 가 닿을 수 없는 무지개 저편같이 느껴지는 꿈의 숫자였던 것이다. 따져 보자면 50kg과 200g 차이밖에 나지 않았지만 예상을 훨씬 밑도는 숫자가 주는 희열은 대단했다. 그래서 도희는 자기 인생에 역사적으로 남을 이 순간을 만끽하며 마음껏 기뻐하기 시작했다.

"꺄아아아아아아!"

언젠가 저 쇼윈도를 바라보며 나는 어림도 없을 거라고 생각하던 순간이 있었지! 도희는 회심의 미소를 지으며 고급스런 브랜드 로고 아래 우아하게 세팅된 쇼윈도를 바라보고 서 있다가 당당하게 안으로 들어섰다.

"어서 오세요."

깍듯하게 맞이하는 종업원이었지만 도희는 알고 있었다. 이런 매장에서 일하는 직원들이 알게 모르게 사람 차별한다는 것을. 뚱뚱해서 사이즈가 없을 것 같으면 들어와서 구경을 하고 있어도 본체만체다. 어떻게 아느냐면, 직접 당해봤기 때문이다.

"저기 마네킹에 세팅된 원피스요, 입어볼 수 있나요?"

"그럼요. 이쪽으로 오시겠어요?"

기꺼이 웃으며 안내해 주는 직원의 태도에 도희는 짜릿함을 느꼈다. 그러나 희열은 곧 불안으로 바뀌었다. 호기롭게 물어보긴 했는데 안 맞으면 어떻게 하지?

"사이즈가 어떻게 되세요? 굉장히 날씬하신데."

날씬하다고! 태어나서 옷가게 직원에게 처음 듣는 말이었다. 그러나 살을 빼고 나서 처음으로 옷을 사러 나선 길이었던 도희는 자신의 사이즈가 얼마나 변했는지 알 수 없어 얼른 대답하지 못하고 우물쭈물거렸다.

"그럼 일단 55 입어보세요. 66은 좀 크실 것 같은데."

"네!"

직원이 권하는 대로 냉큼 받아 들며 탈의실로 들어간 도희는 신나게 원피스를 갈아입기 시작했다. 이제 더워지는 계절에 맞게 원피스는 고급스런 파란색에 움직일 때마다 시폰이 살랑거리는 신비스럽기 그지없는 디자인이었다. 수월하게 들어가는 팔다리에 웃음을 참기 힘들었던 도희는 그러나 지퍼를 올리고 나서 어딘가가 죄인다고 생각하며 탈의실을 나섰다.

"어머나, 너무 잘 어울리시네요."

직원의 칭찬도 칭찬이었지만 거울에 비친 자기 모습에 도희는 벌린 입을 다물 줄 몰랐다. 몸매 선을 따라 흐르듯이 미끄러지는 원피스는 마치 도희를 위해 맞춘 듯이 들어맞았다. 잘록한 허리와 봉긋한 엉덩이, 살랑거리는 스커트 자락은 무릎을 보일 듯 말 듯 스치며 그 아래로 쪽 뻗은 종아리를 돋보이게 했다. 도희는 만족으로 꽉 찬 얼굴로 이리저리 비춰보다가 여전히 어딘가가 죄이는 느낌에 팔을 들어보았다. 설마 옷이 작나?

"봐드릴게요. ……가슴이 약간 타이트한 것 같네요. 다른 곳은 다 맞는데."

"가슴이요?"

직원의 설명에 반색하며 도희는 속으로 입이 귀에 걸릴 정도로 웃었다. 다시 이어진 도희의 음성은 한껏 뿌듯해져 있었다.

"근데 한 치수 큰 걸 입으면 너무 클 것 같은데."

"네. 그럼 품만 조금 수선하실 수도 있어요. 해드릴까요?"

도희는 잠시 생각해 보았다. 안 된다고 할 이유가 무엇인가. 이 예쁜 옷이 '가슴만' 작다는데. 그럼 큰 내 가슴에 맞추면 되지.

"네!"

직원의 인사를 받으며 밖으로 나선 도희는 오호호홋! 하고 웃고 싶은 기분이었다. 햇살은 퍽 따끈따끈했지만 잔뜩 삼림욕을 한 것처럼 상쾌하기 짝이 없었다. 55사이즈를 입다니! 내가! 내가! 내가!

"아! 맞다, 맞다."

횡단보도 옆에 선 도희는 주머니를 뒤져 일부러 챙겨 가지고 나온 사진을 꺼내보았다. 지금 한창 이름을 날리고 있는 여자 연예인의 반신 샷이었다. 미용실에 가고 싶은데 말로 설명하기엔 무리가 있어서 조금 창피하긴 했지만 아예 사진으로 보여줄 생각이었던 것이다. 예전부터 동경해 마지않았던 길게 파도 치는 여신 같은 머리 모양을 시도해 볼 참이었다. 그런데 정말 사진 보여준다고 해서 이렇게 나올 수 있을까?

신호가 바뀌자 미용실을 향해 힘찬 걸음을 떼며 도희는 자신만만하게 웃었다. 마네킹 사이즈 옷도 입었는데 무슨 문제야!

"안녕하세요!"

경쾌한 아침 인사에 자연스럽게 고개를 문간으로 돌린 준혁은 그대로 조각이 되었다. 눈앞을 어지럽히는 파란 시폰 원피스. 가느다란 힐에 가죽끈으로 고정시킨 발목은 한 번 손으로 잡아보고 싶을 만큼 가녀렸다. 소매가 없는 덕분에 뽀얗게 드러난 어깨를 손으로 쓸어보면 어떤 느낌일까. 파란색 옷감은 도희의 뽀얀 피부를 더욱 하얗고 돋보이게 만들었다. 곧은 등허리에 쏟아져 있는 굵은 물결 같은 머리카락은 도희에게서 말 한마디도 함부로 붙이기 힘들 만큼의 고아함을 느끼게 했다.

"어, 그래요······."

한참의 공백 후 어눌하기 짝이 없는 대답들만 돌아오는 걸 보니 다른 사람들의 생각도 자신과 크게 다르지 않은가 보다. 이제야 도희의 얼굴을 제대로 볼 수 있게 된 준혁은 또 한 번 놀라고 말았다. 화장을 했나. 한눈에 띌 정도로 짙은 화장은 아니었지만 한결 화사해진 눈가와 도자기 같은 볼, 촉촉해 보이는 입술은 평소와 달랐다. 그것도 좋은 쪽으로.

준혁을 비롯한 사람들이 이렇게 놀라는 데는 이유가 있었다. 그동안 도희는 몸매를 다듬으며 살이 빠져 가는 중에도 화장은 고사하고 예전과 별다름 없이 청바지에 티셔츠, 질끈 묶은 머리를 하고 다녔던 것이다. 물론 도희는 치수가 변하면 못 입을 텐데 지금 새 옷을 살 필요는 없다고 생각해서 커지는 옷을 참으며 버틴 것이었지만 그걸 알 수 없었던 준혁은 지금까지 도희가 그저 조금 달라져 간다고만 생각하고 있었다. 자루처럼 커진 옷은 도희의 몸매를 드러내기는커녕 철저히 감추고 있었고 그나마도 후줄근했기에 오늘 도희의 달라진 모습은 그만큼 충격적으로 다가왔다.

"······인간 승리다."

환하게 웃으며 자리에 앉자 마리가 넋 나간 얼굴로 덧붙였다.

인간 승리라는 마리의 표현에 도희는 주마등처럼 스쳐 가는 6개월 동안의 대장정을 떠올렸다. 치킨과 피자 대신 야채와 녹즙, 앉아서 텔레비전 보기 대신 아령과 러닝머신과 함께 한 지난 6개월. 들어간 돈도 만만치 않았지만 눈물이 날 만큼 기분이 좋았다. 살을 뺐다고 해도 앞으로도 운동과 피부 관리를 게을리할 수는 없겠지만, 일단 자신은 달라졌다. 그것도 최상으로. 도희는 최상의 피부 상태로 만들어달라는 자신의 부탁을 열과 성을 다해 들어준 피부과 원장님을 생각하며 히죽 웃었다.

"엄마야! 너 그거 이번에 한정으로 나온 거 아냐?"

거울을 보려고 파우더를 꺼내는데 비명처럼 환호하는 마리에 도희는 헤실 웃었다.

"어? 아, 으응. 껍데기 예쁘지?"

"나도 이거 갖고 싶었는데. 도도희, 너 정말 달라졌나 보다. 노력하는 방향을 바꿔야 되네 뭐네 그러더니. 노력하긴 엄청 했나 보네, 기집애."

"좋잖아. 안 그래?"

"그래. 아까 너 들어올 때 사람들 넋 나가는 거 봤지? 만날 커피나 시켜먹는 주제에 이렇게 변할 줄 몰랐겠지. 야, 앞으로 네 이름처럼 도도하게 살아라."

도희는 생글 웃었다. 어제까지 똑같던 세상이 완전히 달라진 기분이었다. 천국에 간다면 이렇게 기분이 좋을까.

"나 이거 한 번만 발라봐도 돼?"

파우더를 향해 눈웃음을 치는 마리에게 도희는 흔쾌히 고개를 끄덕였다.

"그럼, 그럼."

준혁은 가차없이 A4 용지를 씹어 삼키는 복사기를 원망스런 눈길로 내려다보았다. 날이 더워져서 열을 받았는지, 준혁 바로 앞전에 복사를 하려던 다른 직원은 복사기를 거의 부숴 버릴 뻔했다.

어떻게든 해야겠다는 생각에 몸체 뚜껑을 열었지만 복잡하게만 보이는 복사기 내부에 준혁은 아연해지고 말았다. 예전에 복사기가 종이를 삼켰을 때 어떻게 고쳤는지 기억도 가물가물했다.

"과장님, 걔 종이 먹었죠?"

아무렇지 않게 고개를 돌렸다가 동공을 파고드는 청순한 어깨에 준혁은 눈을 질끈 감았다가 빠르게 떴다.

"도희 씨, ……예. 종이가 씹혔네요."

준혁이 옆으로 비켜나자 곁으로 다가선 도희는 준혁이 어떻게 했는지 짐작도 하지 못할 만큼 눈 깜빡할 사이에 부품 사이에 끼여 있던 종이를 끄집어냈다. 이리저리 씹혀서 구겨진 A4 용지를 쓰레기통에 넣으며 손을 탁탁 터는 도희의 모습은 지극히 자연스러웠다.

"어떻게 한 거예요?"

"아, 얘가 오래돼서 날 더워지면 잘 이래요."

키가 더 컸기 때문에 준혁은 비스듬한 시선으로 가르마 선이 곧은 도희의 정수리와 볼록한 가슴의 융기를 내려다볼 수 있었다. 긴 머리를 뒤로 꽂아 넘긴 귓바퀴는 동그랗고, 귀걸이가 달려 있는 귓불은 작은 꽃봉오리처럼 도톰했다. 숨을 들이쉬자 도희의 것이 분명한 아득한 향기가 콧속으로 파고들었다.

"담에 또 이러면 저한테 말씀하세요."

"알려주면 제가 고치죠."

고개를 들어 바라보자 준혁은 지그시 미소 짓고 있었다. 웬만한 영화배우는 양쪽으로 따귀를 때려 버릴 얼굴이었다.

"그럼 그땐 제가 가르쳐 드릴게요."

해죽 웃고 나서 도희는 선선히 자기 자리로 돌아갔다. 준혁은 이제 멀쩡히 작동되는 복사기는 내버려 둔 채 멀어지는 파란색 신기루 같은 뒷모습을 바라보며 작게 한숨을 내쉬었다.

3

　체중은 줄어들고, 몸매는 탄력이 넘치게 되었지만 도희는 운동을 게을리하지 않았다. 운동을 그만두고 늘어지면 원래대로 돌아가 버릴 것을 알기 때문이었다. 그래서 도희는 여전히 일주일에 5일은 운동을 했다. 운동법도 배웠고 집에 운동기구가 모두 있으니 이젠 굳이 헬스장을 갈 필요도 없었다. 6개월 동안 철저하게 담백하게 유지한 식단은 처음에는 신물이 올라올 정도였지만 이제는 아예 입맛이 바뀌어 버렸는지 옛날에 즐겼던 햄버거나 치킨들을 봐도 딱히 먹고 싶다는 생각이 들지 않았다.

　생전 처음 공단과 레이스로 만들어진 브래지어와 팬티를 입어보고, 허벅지 부분이 레이스 밴드로 처리된 스타킹도 신어보며 도희는 달라진 자신을 만끽했다. 이젠 더 이상 사이즈를 최우선으로 두고 옷을 고를 필요도 없었다. 그러자 쇼핑은 스트레스가 아니라 신나는 놀이로 변했다. 통장에 차곡차곡 예금이 늘어날 때마다 뿌듯함이 늘어났던 것처럼 꾸밀수록 달라지는 자신의 모습을 보는 것 또한 경이로운 즐거움이었다. 달라지고 나서 도희가 겪은 가장 심한 불만은 어째서 피부과는 보험 처리가 되지 않느냐 하는 것일 정도로, 그 외엔 모든 것이 만족스러웠다.

이번 휴일에도 도희는 외출을 나섰다. 명동 거리를 실컷 구경하고 나서 어느 분위기 좋은 카페의 테라스에 앉아 음료수를 마시며 다리를 쉬었다. 한참 동안 사람 구경을 하다가 근처 대학로로 가서 연극이라도 한 편 보고 싶다는 생각이 들어 도희는 자리를 털고 일어섰다.

"6,500원입니다."

도희가 지갑을 열어 지폐를 건네주자 대학생으로 보이는 남자 종업원은 계산이 끝났으면서도 얼른 거스름돈을 건네주지 않고 다소 우물쭈물거렸다. 기계가 무슨 문제가 있는지 자꾸 만지작거리는 모습에 재촉하지 않고 서 있는데 어느새 볼이 빨개진 종업원이 가까스로 입술을 떼었다.

"저, 저기요…… 휴대전화 번호 좀…… 알려주시겠어요?"

"예?"

도희는 눈을 동그랗게 떴다가 곧 헤실 웃었다.

"아, 현금 영수증이요? 괜찮아요. 필요없어요."

그러자 종업원의 얼굴이 더욱 빨개지는 것이었다. 도희는 아직까지도 무슨 일인지 짐작을 못하고 그냥 멀뚱멀뚱 쳐다보고만 있었다.

"아니요, 그게 아니라…… 손님이 참 아름다우셔서…… 그러니까…… 제가 그러니까…… 그게…… 이상한 게 아니라요."

간신히 간신히 쥐어짜듯 늘어놓는 종업원을 말을 듣고도 한참 동안 눈만 둥그렇게 뜨고 있던 도희는 갑자기 이해되는 모든 것에 방청객처럼 아아~ 탄성을 지르고 말았다. 용기를 내서 속마음을 털어놓은 종업원은 전혀 예상치 못했던 도희의 반응에 주눅이 들어서 곁눈질만 하고 있었다.

"거, 거스름돈 얼마예요?!"

그러나 튀어나오려는 말은 많은데 정작 밖으로 나온 것은 생뚱맞은 것이었다. 도희는 낭패하고 창피한 기색이 역력한 종업원이 건네는 지폐를 낚아채듯이 받아 들고는 후다닥 커피숍을 나섰다.

'나 원 참, 별꼴을 다 당하네!'

대학로로 향하며 도희는 몹시 놀림을 당한 기분에 분을 삭이지 못하고 씩씩거렸다. 몇 살인지는 모르겠지만 대학생처럼 앳되어 보이던 종업원의 얼굴을 되새기며 어린 놈이! 하고 부득부득 이를 갈던 도희는 생각할수록 어이가 없어서 걷다 말고 발을 쾅 굴렀다. 그러나 분이 풀리기는커녕 힐을 타고 곧장 발바닥으로 전해지는 충격에 '아이고'를 연발하며 비칠비칠 길옆으로 물러서고 말았다.

'잠깐…… 그런데 나 왜 어이없어하는 거지?'

발바닥이 아프면서 생각이 일소되어서 그런지 도희는 갑작스럽게 이성을 되찾았다. 좀 전까지는 그 종업원이 자신을 우습게 보고 놀렸다는 생각에 화가 났었는데 멈춰 서서 곰곰이 다시 곱씹어보자 왠지 그것이 아닌 것 같았다.

"손님이 참 아름다우셔서……."

종업원이 했던 말을 되새겨 보며 도희는 흡! 하고 배에 힘을 주었다. 마침 기대선 건물의 외벽은 매끈하게 깎인 검정 대리석이라 앞에 선 자신의 모습이 거울같이 비치고 있었다.

선이 곧은 청바지에 무난한 티셔츠, 그리고 캐주얼한 가방. 평범하기 짝이 없는 차림이었지만 벽면에 비친 도희의 모습은 평범하면서도 눈에 띄는 것이었다. 쭉 뻗은 청바지는 노출하지 않고도 허리에서 허벅지, 종아리로 이어지는 각선미를 더욱 유려해 보이게 만들었다. 적당히 피트되는 티셔츠는 얇은 옷감 밑으로 도희가 갈고닦은 몸매가 얼마나 훌륭한 것인지 발랄하게 표현하고 있었다. 사과처럼 부푼 가슴과 대조적으로 가느다란 허리. 굵은 웨이브를 넣어 간단하게 핀을 꽂아 고정시킨 머리카락은 바람이 불 때마다 살랑거리며 흔들리고 햇살을 받고 있는 정수리에는 어떤 샴푸 광고의 카피처럼 천사 같은 링이 반짝이고 있었다.

'닭 가슴살 열심히 먹은 효과가 있구나.'

엉뚱하게 그런 생각을 하던 도희는 다시 카페의 종업원을 떠올렸다. 그럼 설마 그 사람이 내가 마음에 들어서 그런 말을 한 것인가?

'설마 헌팅이야? 그게? 그게?'

대리석에 비친 도희의 입술이 샐쭉하게 구겨졌다. 예전 곧잘 헌팅당했었다는 마리의 경험담을 들을 때마다 도희는 대체 낯선 남자가 자신을 마음에 든다고 다가오는 것이 어떤 기분일까 상상해 보았었다. 상상 속에서는 분명히 기분 좋을 것 같았는데, 막상 직접 겪어보고 나자 상상하던 그것과는 영 딴판이었던 것이다. 솔직히 말하자면 나쁜 기분은 아니었지만 그렇다고 좋은 기분도 아니었다. 텔레비전에 나오는 근사한 레스토랑을 보고 기대하며 먹으러 갔는데 음식 접시에서 머리카락을 끄집어낸 기분이랄까.

태어나서 처음으로 겪어본 헌팅에 들뜨기는커녕 마음만 싱숭생숭해진 도희는 대학로에 들어서서도 뭘 보면 좋을까 고민하다가 길거리에 나온 홍보 요원이 나눠 주는 전단지를 받아 들고는 별 고민도 없이 티켓을 끊어버렸다. 다행히 도희가 선택한 연극은 코미디 뮤지컬이었고, 덕분에 한 시간 반 동안 아무 생각도 없이 배를 잡고 웃을 수 있었다.

"악!"

사무실 앞 복도에 깔려 있는 카펫 올에 굽이 걸리면서 미끄러지려는 것을 안 넘어지려고 버티고 버티다가 엄청 괴상망측한 포즈로 넘어져 버리며 도희는 짧게 비명을 질렀다. 얼굴 중간까지 올라올 정도로 수북하게 들고 있던 서류철들이 일렬로 미끄러지며 좌아악 흩어졌다. 기한이 지나서 문서 보관소로 옮기려고 들고 가던 참이었다.

"어이쿠, 도희 씨, 괜찮아?"

마침 지나가던 인사부 윤 대리가 넘어진 도희와 흩뿌려진 서류철을 발견하고는 얼른 다가와 손을 내밀었다.

"네, 괜찮아요. 안 넘어지려고 그러다가……."

"조심해야지. 무슨 짐을 이렇게 많이 들고 다녀?"

겨우 일어서서 서류철을 챙기며 도희는 넘어질 때 바닥에 닿았던 무릎을 살폈다. 빨개지긴 했지만 카펫 덕분에 상처는 없었다.

"무릎은 괜찮아?"

"네. 괜찮아요."

"이거 보관소에 갖다 놓을 거지? 내가 옮겨놓을 테니 들어가 봐."

"네? 아뇨, 괜찮아요."

"괜찮아. 다리도 다쳤는데 뭘."

단지 쓸려서 빨개진 것이 언제부터 다쳤다고 말할 수 있는 범위에 들어간 것일까. 윤 대리의 친절에 어리둥절하면서도 한사코 자기가 나서겠다는 그의 등쌀에 떠밀려 도희는 할 수 없이 총무부로 돌아올 수밖에 없었다.

그러나 잠시 후 더 놀라운 일이 벌어졌으니, 도희가 갖고 가던 문서를 보관소까지 옮겨놓은 윤 대리가 반창고를 들고 총무부를 찾아온 것이었다.

"도희 씨, 이거 붙여."

엉거주춤한 얼굴로 받아 들기는 했지만 이건 이것대로 당황스럽기 짝이 없었다. 마리까지 동그란 눈으로 쳐다보는데 설상가상으로 타 부서 사람이 방문한 것을 의아스럽게 여긴 다른 사람들까지 도희의 자리로 다가와서 물었다.

"윤 대리님, 웬 반창고예요?"

"도희 씨가 아까 서류 들고 가다가 넘어졌거든. 글쎄 서류를 산더미같이 들고 가더라니까."

아는 척하며 다가온 사람은 작년 12월 도희를 가열차게 씹었던 화장실 삼인방 중 한 명이었다. 도희의 입술이 부지불식간에 구겨졌다.

"아니, 도희 씨 넘어졌어? 조심해야지."

얼굴 보는 것만으로 기분이 상하는데 그가 하는 말은 더 가관이었다.

"도희 씨, 언제나 너무 열심히 일하는 거 같아. 그러니까 다치지. 힘든 거 있으면 나한테 부탁하라고."

웃기고 있네! 받아 든 반창고를 얼굴로 집어 던지고 싶었지만 차마 그럴 수는 없었기에 도희는 그냥 푸르죽죽한 얼굴이 되어 마지못해 알겠노라고 대답하고 말았다. 윤 대리와 삼인방이 돌아가고 나서 무릎을 내려다본 도희는 들고 있던 반창고를 책상 위에 던지듯이 놓아두었다. 빨갛게 쓸렸던 것도 가라앉은 무릎은 멀쩡했다.

"뭐야, 단체로 왜들 이래?"

"나도 몰라. 뭘 잘못 먹었나."

고개를 설레설레 흔들던 마리가 문득 덧붙였다.

"저것들 너한테 마음있는 거 아냐?"

"뭐?"

"그렇잖아. 너 이 회사에서 몇 년을 일하고 윤 대리를 모르니? 저 트리오는 또 어떻고."

마리의 지적에 도희는 자리로 돌아간 삼인방 중 한 명의 자리를 슬쩍 쳐다보았다. 마침 이쪽을 바라보고 있었던지 기가 막힌 타이밍으로 정통으로 눈이 마주쳐 버렸고, 히죽 웃는 삼인방을 향해 도희는 못 본 척 고개를 돌렸다. 트리오는 만날 여자 얘기를 입에 달고 다니는 통에 여직원들 사이에서 삼두마차라고 불리며 비호감 1위를 달리고 있었고, 서른 후반이 넘은 나이에 갑신정변 때나 통했을 농담을 날리며 남 꼬투리 잡는 것이 취미인 윤 대리 역시 그리 호감 가는 상대는 아니었다. 하지만 문제는 그것이 아니었다. 트리오와 윤 대리 모두, 아름다워지기 전에는 도희를 소 닭 보듯이 했었다는 것이었다. 만약 예전이었다면 도희가 넘어지든 계단에서 구르든 서류를 지게에 지고 가든 신경도 쓰지 않았을 것이다.

"하여간 비호감으로는 세계 최고라니까."

마리가 냉정하게 비아냥거리자 도희는 씁쓸하게 그 말에 공감했다. 휴일 명동에서 당했던 헌팅이든 윤 대리의 과도한 친절이든, 마음 한구석이 불편해지는 것은 똑같았다.

6월도 하순으로 접어들자 상반기 마지막 회식 날이 잡혔다. 이번에는 갈비집을 벗어나 보자는 다수 직원들의 의견에 따라 새로 정해진 회식 장소는 역시 회사에서 그리 멀지 않은 곳의 횟집이었다.

반창고 사건 이후 윤 대리는 도희와 마주칠 때마다 눈인사를 건넸다. 타 부서이기는 했지만 상사에다 한참 연장자인 까닭에 어쩌지도 못하고 있는데 삼두마차들까지 잊을 만하면 다가와 말을 거는 통에 도희는 예전보다 짜증이 배는 늘어난 것 같았다. 그냥 예전처럼 소 닭 보듯 내버려 둘 것이지 겉모습이 달라지고 나서야 슬슬 다가와서 친절하게 구니 보지 않으려 해도 빤한 속내가 다 들여다보였던 것이다.

"자자, 갑시다, 다들."

오늘도 퇴근 시간이 되자 김 부장의 선창에 직원들은 자리에서 일어섰다. 준혁이 커피를 정수기 머리 위로 옮겨 버린 다음 부터는 지척에 두고 꼬박꼬박 시켜먹기 무엇해졌는지 김 부장 이 도희와 마리에게 커피 심부름을 시키는 일은 많이 줄어들었 다. 물론 아직도 가끔은 시킬 때가 있었지만 예전에 비하면 없 어졌다고 말해도 좋을 정도로 적어진 것이다.

길게 붙여 자리를 만든 테이블에 모두 자리를 잡고 음식이 차 려지자 으레 그렇듯이 술이 몇 순배 돌았다. 도희는 회식이라 최소한 마셔야 하는 만큼만 마시고는 적당히 분위기를 맞추면 서 가능하면 피했다. 술은 애초에 잘하지도 못하는 데다가 독한 소주 냄새가 너무 역했기 때문이다. 그래도 오늘은 고기가 아닌 회를 먹으러 왔으니 음식은 좀 먹을 수 있을 것 같았다.

더워진 날씨 때문인지 분위기는 유달리 흥그러웠고 횟집에서 의 1차가 마무리될 즈음엔 대부분 2차까지 동행하는 분위기가 되었다. 그러나 아무래도 내키지가 않아 마리에게만 살짝 간다 고 말하고 빠져나온 도희는 밖으로 나와서 깊어진 밤공기를 깊 게 들이마셨다가 푸우욱 내쉬었다.

"무슨 한숨을 그렇게 쉬어요?"

갑작스런 물음에 홱 돌아본 자리에 서 있는 사람은 다소 뜻밖 의 인물이었다. 정장 재킷을 벗어 옆구리에 낀 채로 준혁은 하 릴없는 발걸음으로 도희를 향해 다가왔다. 언제나 보기 좋게 정 리되어 있던 머리가 살짝 흐트러져 있었기 때문인지 회사 안에 서보다 훨씬 편해 보이는 모습이었다.

"과장님, 2차 안 가셨어요?"

"안 내켜서요."

다가온 준혁은 싱긋 웃었다.

"아까 별로 안 먹는 거 같던데, 회 싫어해요?"

"아뇨, 그냥…… 좀 별로라서요."

차마 요즘 들어 삼인방에, 윤 대리에 이런저런 이유로 불편해져서 그랬다고는 털어놓을 수 없어 도희는 적당히 둘러대었다. 준혁은 다시금 하릴없는 사람처럼 말했다.

"그래요? 난 하나도 못 먹었는데."

"어머, 왜요?"

"날거 먹으면 가끔 두드러기나거든요."

도희의 눈이 커졌지만 준혁은 그저 대수롭지 않게 말했다.

"도희 씨도 나도 제대로 못 먹었는데, 그럼 우리 저녁 먹으러 갈래요? 사람들도 따돌렸겠다."

눈매를 휘며 웃는 준혁의 모습은 어딘가 소년 같은 구석이 있었다. 도희는 흐리게 웃었다.

준혁의 안내에 따라 도착한 곳은 어두운 조명 속에 비밀스러운 많은 것이 떠다니고 있을 것 같은 와인바였다. 내부 인테리어 역시 어두운 조명을 반사하지 않는 짙은 초콜릿색이라 분위기는 어딘가 모르게 차분하고 비밀스러웠다.

"여기 음식 맛있어요."

자리를 잡고 앉은 두 사람은 종업원이 가져다준 메뉴판을 살피기 시작했다. 와인바답게 음식의 종류보다는 와인의 가짓수가 훨씬 많았다. 인기있는 와인의 이름 곁에는 조그맣게 별 표시가 붙어 있었다.

"난 스테이크 먹을래요. 도희 씨는?"

"저는……."

도희는 잠시 고민 후 파스타 중 하나를 골랐다. 그대로 메뉴판을 치울까 하다가 준혁은 와인 리스트를 살펴보더니 그중에 하나를 주문했다.

"술 드시게요?"

"스테이크잖아요."

그러고 보니. 도희는 짧게 수긍하며 고개를 끄덕였다. 음식이 나오기까지의 잠시 동안 두 사람은 같은 공간에서 하루 종일 붙어 있는 사람들의 공통된 화제를 나누었다. 회사 흉을 보기 시작한 것이다.

"커피 진작 옮겨놓을 걸 그랬어요. 어찌나 속이 시원하던지."

"커피가 왜요?"

준혁의 물음에 도희는 김 부장의 별난 커피 사랑에 대해 간략하게 설명했다. 설명이 끝나자 준혁은 애매모호하게 웃었다.

"아, 어쩐지. 그래서 그때 그렇게 정색을 했구나."

언젠가 커피 마시겠느냐는 자신의 질문에 버럭한 도희를 두고 하는 말이었다. 도희는 황급히 손사래를 쳤다.

"아니에요! 절대 일부러 그런 거 아니에요! 저도 후회했다고요."

"알았어요."

준혁이 웃으며 고개를 주억거릴 즈음 음식보다 한발 먼저 와인이 준비되었다. 작은 접시에 담긴 초콜릿 두 조각과 간단한 마른 과자들이 기본 안주인 모양이다. 겉모습만 보기에는 와인도 엄청 묵직한 것을 좋아할 것 같았는데, 준혁이 주문한 와인은 레드 와인인데도 거의 음료수처럼 느껴질 정도로 달달하고 가벼웠다.

"맛있죠?"

"네, 근데 조금 의외네요."

"뭐가요?"

"과장님…… 그냥 보기엔 엄청 독주만 좋아할 것 같거든요."

"내가요?! 내가 어떻기에?"

접시에 담긴 초콜릿을 순식간에 퐁듀로 만들고도 남을 정도로 부드럽게 웃는 얼굴을 향해 나한테 당신 첫인상은 흑표범 같았다고 말할 수는 없었다. 그래서 도희는 그냥 헤헤 웃으며 얼버무렸다.

"자, 이제 먹읍시다."

마침 음식이 날라져 오자 분위기는 자연스럽게 이야기보다는 먹는 쪽으로 기울어졌다. 한동안 먹는 것에 열중하던 도희는 묵묵히 스테이크를 썰어 입으로 가져가는 준혁을 물끄러미 응시했다. 준혁의 동작에는 불필요한 움직임이 전혀 없었고 질서 정연했으며 단정했다. 한참을 그러고 있는데 시선을 느꼈는지 준혁이 고개를 들었다.

"왜 그래요? 배고플 텐데 먹지 않고."

"아, 예에."

도희는 화들짝 놀라 파스타 접시를 향해 시선을 떨어뜨렸다. 접시는 이제 반이 비워졌을 뿐인데 은근히 배가 불러왔다. 그 모습을 보던 준혁이 슬쩍 덧붙였다.

"다이어트 때문에 그래요?"

도희는 다시 준혁을 향해 고개를 들었다.

"아세요?"

"도희 씨가 그만큼이나 변했는데 그럼 알죠."

준혁의 말에 도희는 순간 이 남자도 윤 대리나 삼두마차들과 비슷한 심사가 아닌가 하는 의심이 들었다. 매일 준혁과 같은 공간에서 일을 하고 있기는 했지만 그건 상하 관계가 있는 회사 직원으로서의 관계였지 자신이 준혁에 대해서 잘 알게 된 것은 아니었다. 준혁은 여태까지 도희에게 특별히 이상하게 굴지도 않았지만 그렇다고 친절하게 대하지도 않았다. 그런 부류가 아니라고 확정 지을 만큼 도희는 준혁을 잘 알지 못했다.

"옷차림 때문에 변화가 너무 갑작스럽게 느껴져서 그렇지…… 볼 때마다 마르는 거 같다고 생각했었어요."

"……."

"그래도 요새 도희 씨는 스스로한테 참 기뻐하는 것 같던데요. 좋아 보여요."

준혁은 문득 칼질을 멈추면서 와인을 한 모금 홀짝였다. 잠시 대화가 끊어진 사이 도희는 준혁이 다른 얘기를 꺼내기 위해 준비하고 있다는 것을 알 수 있었다.

"예전에 꽤 뚱뚱하던 친구가 있었어요. 자기도 심각성을 느꼈는지 다이어트도 하고 했지만, 그게 쉽지 않은 것 같더라고요."

도희는 그 말에 격하게 공감할 수 있었다. 식욕과 습관이 얼마나 사람을 지배하는지 지난 동안 몸소 깨달았으니까.

"주변에선 너무 연연해하지 말라고 말해줬지만, 당사자인 그 친구는 달랐나 봐요. 말이 나와서 하는 얘기지만 우리 회사에 면접 본 적도 있었어요."

"정말요?"

준혁은 다소 씁쓸하게 고개를 끄덕였다.

"네. 3년인가 4년쯤 전이었나. 성적이 좋아서 서류 전형은 다 통과를 하는데, 면접만 가면 떨어지더라고요. 희한하죠?"

마지막 물음은 물음이었으되 이미 답을 알고 있는 것이기도 했다. 도희는 동병상련에 자신도 모르게 미간을 찡그렸다. 도희 역시 그런 세상의 반응이 얼마만큼의 상처가 되는지 잘 알고 있었다. 외모가 출중한 사람들은 알지 못할 테지만, 세상엔 다른 것보다 외모가 남들보다 뛰어났을 때 주어지는 혜택이 너무 많았다.

"도희 씨 변하는 거 보니까 그 친구도 생각나고…… 또 도희 씨가 성공해서 기뻐하며 지내는 거 보니까 덩달아 기쁘기도 하고, 그러네요."

말을 마치며 준혁은 무거워진 분위기를 전환시키려는지 유쾌하게 웃었다. 도희 역시 처음 보는 준혁의 다른 모습에 경계심이 누그러지는 것이 느껴졌다. 모든 긴장을 다 풀어버린 것 같다고 해야 할까, 준혁에게서는 회사에서의 그에게선 볼 수 없던 진솔하고 편안한 분위기가 났다.

"이런 말 지금 해봤자 별로 안 믿어지겠지만, 나는 도희 씨 예전 모습도 나쁘지 않다고 생각했었어요."

그렇게 이르며 준혁은 쑥스럽게 웃었고, 도희는 약간 씁쓸함을 담아 미소 지었다. 아마도 준혁이 지금 그런 말을 하는 것은 방금 얘기했던 친구처럼 가까운 곳에 뚱뚱한 사람이 있어 그런 사람들의 마음을 잘 이해할 수 있기 때문일 것이다. 도희는 준혁의 말에 씁쓸해하면서도 윤 대리나 트리오들처럼 가식은 느껴지지 않는다고 생각했다. 도희의 느낌대로, 준혁은 정말로 솔직하게 얘기하고 있었다.

한 시간 남짓이 흐른 후, 도희는 테이블에 팔을 괴고 손에 턱을 기댄 채 비스듬히 앉아 있었다. 테이블 귀퉁이에는 바닥이 드러난 와인병 두 개가 나란히 놓여 있었다. 얘기를 나누며 홀짝거리다가 처음 시킨 한 병이 모자라 다시 주문했던 것이다.

지금 준혁이 빙글빙글 돌리고 있는 잔에 담긴 한 모금이 마지막이었다.

음료수 같은 맛이라 내키는 대로 마신 까닭에 도희는 오히려 준혁보다도 많이 마셨다. 얼큰하게 취기가 오른 도희는 술에 취한 사람이 흔히 그러하듯이, 그동안 아무한테도 할 수 없었던 말을 꺼내고 싶어졌다.

"저는요, 제가 살 빼고 예뻐지면, 세상이 천국같이 느껴질 거라고 생각했어요."

"……그런데?"

눅진하게 되묻는 준혁 역시 눈가가 불그레해진 상태였다. 하지만 단지 취기가 올랐을 뿐 정신은 멀쩡한 상태였다. 도희는 여전히 턱을 괸 채 중얼거렸다.

"처음엔 천국 같았죠. 진짜로 얼마 동안은."

분명히 변하고 나서 얼마 동안은 세상을 다 얻은 기분이었고, 실제로 그렇기도 했다. 단지 마음에 걸리는 것은 왜 지금은 이렇게 천국 같던 세상이 예전에는 그렇지 않았는가 하는 것이었다. 예전에도 지금도, 뚱뚱했을 때나 아름다워졌을 때나 도희는 여전히 도희였다. 옛날이었다면 이유없는 친절에 대한 의문을 가질 필요도 없거니와 가질 수도 없었을 것이다.

그러나 도희는 지금 예전에는 몰랐던 것들 때문에 몹시 혼란스러웠다. 정말 단지 내가 좀 더 보기 좋아졌기 때문, 그뿐일까? 그럼 그전까지의 나는 아무것도 아니었단 말인가? 나는 그때도 열심히 살아가고 있다고 믿고 있었는데, 그건 나의 착각일 뿐 사실은 아무 의미도 없는 일이었던 것일까? 세상 사람들에겐, 그때나 지금이나 똑같은 나라면 지금의 내가 더 가치있는 것일까?

"그런데…… 이상해요. 천국이 점점 이상해지는 것 같아요. 어째서인지는 모르겠어요."

말을 하는 도중 점점 졸음이 쏟아지는 바람에 도희의 발음이 어눌해졌다.

"왜지? 왜애죠? 예나 지금이나 나는 나라고요."

그러나 도희는 끈질기게 답답한 심사를 풀어놓았다. 도희가 잠시 정신을 가다듬는 사이 일어선 준혁은 계산을 끝마치고 조심스럽게 다가가 도희의 팔을 붙들었다.

"집에 가야겠어요. 일어설 수 있겠어요?"

준혁의 부축을 받으며 도희는 비틀비틀 일어섰다. 정신은 그럭저럭 괜찮은 것 같은데 바닥이 자꾸 흔들리는 것이 문제였다. 앉아 있을 때는 몰랐는데 일어서니 눈앞이 갑자기 어지러웠다.

밖으로 나서자 상쾌한 밤공기에 머리가 조금 맑아지는 기분이 들었다. 도희는 준혁의 손을 놓고 몇 발자국 앞서 걸어가다가 조금 떨어져 있는 준혁을 돌아보았다.

"과장님은 이해 못하죠? 과장님처럼 머리부터 발끝까지 멋진 사람들은 이해 못해요. 절대, 절대, 저얼대."

준혁의 표정이 약간 변했다.

"도희 씨 눈에는 내가 그렇게 보이나 보죠?"

"왜 아니에요? 당연히 멋있지…… 과장님…… 이 세상에는요, 무슨 짓을 해서라도 과장님같이 멋져질 수만 있다면 뭘 줘도 아까울 게 없는 사람들이 천지라고요. 과장님은, 모르겠지만."

준혁의 입술에 떠오른 것은 옅은 미소였지만 전체적인 얼굴 표정은 별로 웃는 사람처럼 보이지 않았다.

"그렇게 생각해요?"

"당연하죠! 전 아까 과장님이 말했던 과장님 친구 분이요, 그분이 어떤 마음이었는지 알아요. 진짜 잘 안다고요. 왜냐? 나도 다 겪어봤으니까."

도희는 준혁 앞에 자신을 선보이듯이 양팔을 휙 펼쳐 보였다. 과장된 행동이었지만, 몹시 자조적이기도 했다.

"그래서 내가 이렇게 될 수 있었다고요. 날씬하고, 남들 보기에 예쁘게! 그런데…… 그게 점점 이상하게 여겨진단 말이에요. 나는 처음에 내가 멋있어지면, 과장님 같은 남자도 사귈 수 있을 거라고 생각했는데."

딸꾹질이 섞여 있었기 때문에 도희의 말은 중간중간 끊어졌다. 하지만 준혁은 그 자리에 서서 끈질기게 도희의 모든 말들을 들어주고 있었다. 그러는 동안 준혁의 얼굴은 점점 서글프게 수그러들었다.

"……가능할 거예요."

"당, 당연하죠!"

도희는 위태로운 걸음으로 다가와 준혁의 얼굴을 향해 똑바로 손가락질하기 시작했다.

"이런 남자, 이런 남자도 날 좋아할 수 있을 거예요. 왜냐면 난, 희꾹! 난 달라졌으니까. 예전에는 불가능했겠지. 난 뚱뚱하고 평범했으니까. 하지만 난 정말, 많이 달라졌나 봐요. 예전에 나는 길거리에 돌멩이 같았는데, 그래서 다들 돌멩이처럼 쳐다봤는데…… 희꾹!"

마지막 딸꾹질과 함께 도희의 무릎이 풀썩 꺾였다. 엉겁결에 준혁을 끌어안게 된 도희는 문득 포근함을 느꼈다. 바위를 끌어안고도 포근함을 느낄 수 있는지는 모르겠지만, 여하튼 도희는 서글플 정도로 키가 큰 남자를 끌어안고서 안온함을 느낄 수 있었다. 눈이 반쯤 감긴 채 다시 일어서려고 꾸물거리는 도희를 준혁의 팔이 조심스럽게 감싸 안았다.

"가능하게 만들어보는 건 어때요?"

준혁은 도희를 품에 안은 채 조용조용 속삭였다. 그 목소리는 도희에게 꿈속에서 들려오는 소리처럼 느껴졌다.

"뭘요?"

"나 같은 남자가 당신의 애인이 되는 것."

4

등이 푹신했다. 창문을 타고 조용조용 들어오는 햇살은 손을 내저으면 화들짝 놀라 물러날 듯이 눈꺼풀을 두드렸다. 그것이 왠지 귀엽게 느껴져서 도희는 비몽사몽 눈을 감은 채로 가만히 있었다. 얼마 만에 느껴보는 평안한 아침이란 말인가. 할 수 있다면 더 오래 아늑하고 싶었다.

따스한 이불의 감촉에 도희는 팔만 움직여 이불을 끌어당기며 몸을 웅크렸다. 둘둘 말고 있는 이불의 느낌이 오늘따라 포근했다. 뒤척이는 진동을 그대로 흡수하는 침대는 일부러 도희를 꼭 잡고 놓아주지 않는 것 같았다. 도희는 잠꼬대와 함께 나른하게 매트리스 위에 몸을 묻어버렸다.

"으흠."

도희는 끌어당기는 이불이 갑자기 묵직해지자 이상하다 생각하면서도 계속 잡아당기며 끙끙거렸다. 어느 순간 쑥 딸려오는 이불에 만족스럽게 냠냠거리는데 딸려온 것이 이불만이 아니라는 것을 깨닫기까지는 그리 오랜 시간이 걸리지 않았다. 매끈매끈하고, 단단하고, 아주 커다란 뭔가가 바로 옆에 있었다. 그 커다란 것이 문득 몸을 뒤척이자 도희가 누워 있는 곳까지 출렁거렸다. 하긴, 침대니까.

잠깐, 근데 난 침대가 없는데?

도희는 빛보다 빠르게 눈을 떴다. 동공을 찌르고 들어오는 햇살에 눈을 비빌 여유도 없었다. 마구 흔들리고 있는 보온병 속에 뜨거운 물이 된 것처럼 도희는 폭발적으로 자리에서 일어났다.

"뭐, 뭐야!"

잠에서 막 깬 성대에서는 희한하게 갈라진 목소리가 튀어나왔다. 잠에서 깨고 나서야 도희는 이불이 오늘따라 아늑했던 이유를 깨달을 수 있었다. 의당 입고 있어야 할 옷 없이, 드러나 있는 것은 삶은 달걀처럼 매끈매끈한 맨 살갗이었던 것이다.

"어…… 어어……."

이불을 들춰보자 역시나 껍질 벗긴 물고기같이 매끈한 몸꼴임을 확인하며 도희는 어버버거렸다. 부엉이만큼 커진 눈으로 이리저리 둘러본 사방은 확실히 자신의 집이 아니었다. 단정하고 잘 정돈되어 있지만 어딘지 삭막한, 전혀 낯선 곳이었다.

"아…… 일어났어요?"

그때 옆에서 들려온 목소리에 도희는 소스라치게 놀라며 이불을 목까지 끌어당겼다. 가장 먼저 눈에 들어온 것은 대리석처럼 매끈하고 잔근육이 도드라진 섬세한 등판이었다.

"누, 누, 누, 누구야!"

도희의 바로 옆에서 좀 전까지 잠들어 있었던 것이 분명한 그 물체(?)는 느릿하게 몸을 일으켰다. 미려하게 뻗은 목과 딱 벌어진 어깨, 정으로 쪼아 다듬은 것 같은 가슴과 복부가 천천히 일어서는 모습은 산이 꿈틀거리는 것 같았다.

상체를 일으킨 준혁은 머리를 쓰다듬으며 부스스 눈을 떴다.

"언제 깼어요?"

준혁은 아직 졸음이 가시지 않은 얼굴로 중얼거리며 가만히 팔을 뻗어 도희의 허리를 감아 끌어당겼다. 가볍게 끌려오는 도희의 관자놀이에 입을 맞추는 준혁의 모습은 사랑스런 여인을 대하는 성숙한 남자 그 자체였다. 귓가로 뿜어지는 준혁의 숨결에 도희는 바싹 어깨를 움츠렸다. 이불 속으로 느껴지는 준혁의 살결 역시 맨몸이었다.

"어, 어, 어, 어떻게 된 거예요? 여기 어디예요?"

당황하고 두서없는 도희의 목소리에 준혁은 잠시 어리둥절한 얼굴이 되어 그녀를 바라보았다. 허리를 감싸 안은 팔은 여전히 풀지 않은 채였다.

"내 집이요. 왜 그래요?"

준혁의 집? 도희는 심장이 밖으로 튀어나온다 해도 놀라지 않을 만큼 놀랐다. 준혁의 집이라니! 그럼 이 침대도 준혁의 침대란 말인가! 내가 왜 과장님이랑 한 침대에, 그것도 인간 대 인간으로서 최소한의 예절조차 집어던진 모습으로 자고 있었단 말이야?

"이, 이것 좀 놓고 얘기해요! 왜 내가 과장님 집에 있어요? 내가? 왜?"

팔을 뿌리치며 가장자리로 후닥닥 물러나는 도희의 모습에 준혁의 얼굴이 천천히 일그러졌다. 그 얼굴에 당황과 함께 가장 짙게 떠오른 것은 어이없음이었다.

"왜냐니, 몰라요? 어제."

"어제? 어제가 뭐요!"

준혁은 전혀 떠올리지 못하는 도희를 보며 낭패감과 함께 답답한 한숨을 내쉬었다.

"어제 내가 한 말에 좋다고 한 거 기억 안 나느냐고요. 설마 와인 몇 잔에 필름 끊긴 것도 아닐 텐데. 좀 진정하고 곱씹어 봐요."

준혁은 이제 묘하게 불안하기까지 한 얼굴이었다. 도희는 목까지 끌어올린 이불을 단단히 틀어쥐고 어젯밤 와인바에서 나서고 난 후의 상황을 회상해 보기 시작했다.

마지막 딸꾹질과 함께 도희의 무릎이 풀썩 꺾였다. 엉겁결에 준혁을 끌어안게 된 도희는 문득 포근함을 느꼈다. 바위를 끌어안고도 포근함을 느낄 수 있는지는 모르겠지만, 여하튼 도희는 서글플 정도로 키가 큰 남자를 끌어안고서 안온함을 느낄 수 있었다. 눈이 반쯤 감긴 채 다시 일어서려고 꾸물거리는 도희를 준혁의 팔이 조심스럽게 감싸 안았다.

"가능하게 만들어보는 건 어때요?"

준혁은 도희를 품에 안은 채 조용조용 속삭였다. 그 목소리는 도희에게 꿈결에서 들려오는 목소리처럼 느껴졌다.

"뭘요?"

"나 같은 남자가 당신의 애인이 되는 것."

희뿌연 기억 속에서도 도희는 그렇게 말하는 준혁의 음성이 미묘하게 흔들리고 있다는 것을 알 수 있었다. 도희는 별다른 대답을 하지 않았다. 대신 품에 안긴 채 헤실 웃으며 고개를 끄덕였을 뿐이었다. 그러나 그때 맹세코 도희는 맨정신이 아니었다. 만약 혈관 속에 와인이 섞여들지 않았다면 펄쩍 뛰며 놀랐을 것이다. 하지만 도희는 적포도주의 이유없는 축복 아래 역시 이유없는 자신감이 충만해진 상태였고, 고개를 끄덕인다는 것이 어떤 것을 의미하는지 어렴풋이 밖에 깨닫고 있지 못하고 있었다. 준혁의 말에 고개를 끄덕이는 순간은 달콤했다. 그의 음성이 귓가에 속삭이던 순간 그것이 영원히 계속되었으면 하고 바랐던 만큼.

준혁의 손이 도희의 작은 턱을 받쳐 올렸다. 준혁은 새의 가장 부드러운 깃털이 살랑 내려앉듯이 도희의 입술에 내려앉았다.

그 후부터 준혁의 집에 들어설 때까지는 약간의 공백이 있었다. 택시를 탔던 것 같기도 한데, 아마 번화가에서 준혁의 집까지 오면서 잠이 들었던 것 같았다. 부드러운 입맞춤 후 집으로 돌아온 준혁은 다시 한 번 도희의 입술을 찾았다. 이제 보는 사람도 없고 바깥도 아닌 안전한 곳으로 들어섰기 때문인지 준혁의 입맞춤은 처음보다 깊었다.

"과장님……."

"과장님? 준혁 씨라고 불러요."

도희는 부드럽게 자신의 입술을 쓰다듬으며 미소 짓는 준혁을 볼 수 있었다. 알싸한 와인 향기가 묻어나는 자신의 숨결과 뒤섞이는 준혁의 숨소리는 레드 와인처럼 농익은 것이었다. 무의식적으로 준혁의 가슴에 기대며 쌕쌕 숨을 내쉬면서 도희는 뒤섞인 숨결 사이 사이에 적포도주빛 결정들이 섞여 있을 거라고 생각했다.

갑자기 준혁은 초조해진 것 같았다. 회사에서 언제나 능숙하고 침착하던 모습과 다르게 허둥대며 어딘가 긴장하고 있는 것 같은 준혁을 보며 도희는 설마 그가 자신 외의 누군가를 집에 데리고 온 것이 처음인가 하고 생각했다. 도희의 팔에 걸려 있던 가방이 툭 떨어지고, 그것과 비슷하게 준혁은 거의 던지듯이 정장 상의를 벗어 내렸다. 넥타이를 잡아당겨 그대로 머리로 빼내 던져 버리며 도희를 내려다보는 준혁의 눈빛은 어느새 가라앉아 있었다.

창문을 통해 들어오는 어스름한 빛 아래에서 준혁의 눈동자는 풀숲에 몸을 낮춘 채 어딘가를 노려보는 맹수처럼 드러나지 않게 반짝이고 있었다. 도희는 베개 위로 흐트러진 탐스런 머리카락에서 올라오는 자신의 샴푸 향기를 맡을 수 있었다. 조심스럽게 다가온 커다란 손이 술기운으로 조금 발갛게 달아오른 볼을 쓰다듬자 도희는 간지러운 나머지 낮게 웃음을 터뜨리며 고개를 돌렸다. 옅게 터지는 준혁의 웃음소리는 시원한 청량음료 같았다. 자신의 턱 선에 입을 맞추고 얼음을 지치는 스케이트처럼 우아한 목선을 따라 미끄러지기 시작하는 준혁의 몸짓에 도희는 자기도 모르게 눈을 꽉 감았다.

공기마저 숨죽인 가운데 준혁의 입술이 도희의 살결을 스치는 소리만 간간이 들려왔다. 도희는 준혁의 기다란 손가락이 잔뜩 주눅 든 것처럼 조심스럽게 자신의 블라우스 단추를 풀어나가는 것을 아련하게 지켜보고 있었다. 느슨해지는 앞섶 사이에 얼굴을 묻으며, 준혁은 복숭아처럼 보송보송하고 부드러운 도희의 앙가슴에 맨 먼저 입술을 대었다. 생경한 느낌에 도희가 꿈틀거리자 블라우스 자락이 흐트러지며 가느다란 상체가 드러났다. 눈앞으로 드러나는 광경에 준혁의 동작이 정적으로 가라앉았다.

옷 안에 감춰져 있던 도희의 몸은 눈으로만 짐작했을 때보다 더욱 가냘팠던 것이다. 잔뜩 숨죽인 준혁의 손길에 도희의 겉옷이 침대 곁 바닥으로 떨어졌다.

도희는 준혁의 눈 아래 브래지어와 나머지 속옷만 남게 된 자신을 느끼면서도 부끄럽다거나 창피하다는 생각을 하지 않았다. 하지 않았다기보다는 그런 생각이 아예 들지 않았다고 해야 옳았다. 이 순간, 자신이 마치 다른 사람이 된 것 같았다. 있을 수 없는 일이 일어났다는 사실보다 자신의 모습에 준혁이 어떻게 반응할지가 더욱 궁금했다. 따스한 눈길로 자신을 바라보던 준혁이 문득 작게 실소하자 도희는 여전히 달큰한 숨을 내쉬면서도 당돌하게 물었다.

"왜 웃어요?"

"귀여워서요."

준혁의 눈길은 못내 사랑스러운 것을 바라보듯이 온유하기 그지없었다. 쇄골 부근에 입을 맞추자 앞섶에 닿는 준혁의 머리카락에 간지러웠는지 도희는 작게 키들거리며 준혁의 머리를 장난스럽게 쓰다듬기까지 했다. 준혁 역시 평소와 달리 주눅 들지 않고 대담한 도희의 다른 모습에 낮게 웃으며 그 손을 잡아 키스했다.

도희는 입술로 자신의 브래지어 끈을 물고 옆으로 밀어뜨리는 준혁의 정수리를 말간 눈으로 지켜보았다. 피부에 차례로 스치는 준혁의 입술과 이마와 볼과 손은 낯설면서도 따스하고 그 하나하나가 극히 섬세했다. 느슨해진 브래지어 사이에 얼굴을 묻으며 동시에 가슴의 살결을 쪽 하고 빨아들이는 준혁의 입술 감촉은 태어나서 처음 느끼는 짜릿함이었다.

브래지어가 벗겨지고 낯선 남자 앞에서 탄력있는 젖가슴이 드러나는데도 도희는 별로 창피하다는 생각을 하지 않았다. 그보다는 자신을 바라보고 있는 준혁의 눈매를 지켜보고 싶다는 열망이 더 강했다. 매일매일 빠뜨리지 않고 매진한 운동 덕분에 한껏 뽐내며 부풀어 오른 젖무덤을 바라보는 준혁의 눈빛은 이성과 욕망 사이를 번갈아 오가듯 혼란스러웠다. 도희는 자신의 모든 것을 훑어 내리는 준혁의 눈동자에서 감탄과 경이를 짚어낼 수 있었다. 감탄하고 있었다. 준혁이 자신에게, 어떤 이성이 자신이라는 존재에게.

내내 준혁을 주시하고 있던 도희는 그의 커다란 손바닥이 봉긋한 가슴을 조심스럽게 쥐어 어루만지자 짧게 숨소리를 냈다. 누군가의 손길이 이렇게 느껴질 수도 있었던가? 쇄골을 스치면서 아래쪽으로 방향을 정한 준혁의 입술은 잠시 후 도희의 젖무덤 정상의 자그마한 유두를 삼켜 버렸다.

도희의 무릎이 약간 버둥거렸다. 준혁의 입술이 자신의 유두를 애무하는 광경과 그의 입술과 손, 숨결이 한꺼번에 쏟아지는 감각은 너무 자극적이었다. 베개에 기댄 뒤통수에 힘이 들어가며 가느다란 목에서 쇄골로 이어지는 힘줄이 도드라졌다. 침대 위에 놓아둔 손에 힘이 들어가며 바르작거렸지만 준혁은 다른 것은 모두 잊어버린 듯 풍염한 골짜기에만 열중하고 있었다. 도희는 준혁의 손바닥과 혀가 스친 자신의 유두가 단단해지는 것을 느꼈다. 그렇게 단단하고 예민해진 자신의 일부를 준혁의 입술이 다가와 가리고 있었다.

발가락에 잔뜩 힘이 들어가는 순간 준혁의 이마가 아래쪽으로 미끄러지기 시작했다. 마구 기복하는 명치와 날렵하게 다듬어진 늘씬한 허리를 스친 그의 입술은 도희의 치골에 닿아 멈춰 섰다. 언제나 과묵하게 닫혀 있던 입술이 열리며 살며시 밖으로 빠져나온 준혁의 혀끝이 도희의 치골 위에서 빙글빙글 돌았다.

"주, 준혁 씨!"

도희는 참지 못하고 소리쳤다. 남자가 자신을 애무하는 하나 하나를 이렇게 선명하게 느껴본 적이 없었다. 자신의 새된 부름 에 준혁은 잠시 애무를 멈추며 빙긋이 웃었다. 희끄무레한 어둠 속에서 도희의 젖가슴에는 꽃잎이 흩뿌려진 것마냥 키스 마크 몇 개가 남아 있었다.

도희는 어둠 속에서 상체를 일으킨 채 자신의 발치에 앉아 있 는 준혁을 바라보았다. 어느새 흐트러진 그의 머리를 바라보며 의아해하던 도희는 자신이 준혁의 머리를 쓰다듬었기 때문이라 는 것을 깨달았다. 준혁은 다시 느릿하게 다가와 도희의 어깨 곁 을 팔로 짚으며 얼굴 바로 위에서 그녀를 내려다보았다. 도희는 자신을 바라보는 준혁의 선명한 눈동자와 자신에게 거듭 입 맞 추었던 촉촉한 입술과 달아오른 숨소리를 모두 느낄 수 있었다.

"진짜예요?"

도희의 물음에 준혁은 확고하게 고개를 끄덕였다. 빙그레 웃 는 입매에 거짓은 없었다. 커다란 손이 다가와 부드럽게 볼을 쓰 다듬자 이 순간이 비현실이 아닌 현실임이 확실하게 다가왔다. 더불어 지금 눈빛이 마주치고 있는 남자의 마음 어느 부분까지.

도희의 팔이 준혁의 목을 끌어안았다. 그것이 도희의 대답이었다. 준혁은 지그시 눈을 감으며 늘어뜨린 손으로 느릿하게 손바닥만 한 천 조각이 겨우 가리고 있는 도톰한 둔덕을 가만히 쓰다듬었다. 도희의 아랫배에 자신도 모르게 힘이 들어갔다.

길고 곧은 준혁의 손가락은 얇은 천 위로 희미하게 도드라지는 윤곽을 끈질기게 따라붙으며 조금씩 희롱했다. 도톰한 살결, 천에 눌리어 보드라운 피부에 달라붙다시피 하고 있는 보송보송한 터럭, 그 터럭 아래 보드라운 살결 중심으로 만져지는 살짝 오목하고 길게 파인 틈새.

준혁의 손끝이 좀 더 깊은 곳으로 내려갔다. 도희는 얇은 천을 사이에 두고 준혁의 손끝이 자신의 입구를 더듬어 애무하는 것을 느끼며 숨을 들이켰다. 도희의 숨결이 격해지자 준혁은 팬티의 밑자락을 들추고 안으로 들어갈 것처럼 손을 움직였다. 세워 벌린 무릎에 자기도 모르게 힘을 주며 준혁이 답답하게 한숨을 내쉰다고 생각하는 순간, 도희는 속옷 안으로 들어와 자신을 어루만지는 준혁의 손길을 느낄 수 있었다.

준혁의 목을 끌어안은 도희의 팔에 힘이 들어갔다. 준혁은 결코 갑작스럽지는 않았지만 예상할 수도 없는 타이밍에 안으로 들어와 도희를 어루만지기 시작했다. 보송한 터럭이 부드러운 손바닥에 쓸리며 바스락거렸고 도희의 몸 중에서 바깥으로부터 다가오는 진입에 유일하게 무방비인 여린 틈새 사이로 손끝의 도톰한 살결이 스쳤다. 틈새를 감싸고 있는 보동보동한 살결을 조심스럽게 옆으로 밀어버리며 준혁은 도희의 더 깊은 부분의 피부가 어떤 감촉인지 손끝으로 알아내었다. 준혁의 그런 몸짓에 도희는 머리가 하얗게 굳는 느낌이었다.

바람에 시달린 새처럼 도희가 할딱거리는 사이 준혁은 표정은 없지만 무표정하다고 말할 수도 없는 얼굴이 되어 도희의 마지막 천 조각을 살며시 벗겨냈다. 여인의 심처를 어루만졌던 그의 손끝은 영롱하게 젖어 있었다. 도희는 문득 몹시 가깝게 느껴지는 준혁의 숨결에 자신도 믿기 어려울 만큼 자연스럽게 그의 단단한 어깨를 끌어안았다. 준혁의 허리가 느리고 무겁게 자신의 허벅지를 밀어붙이며 단단하게 일어선 그의 일부가 준혁이 차마 건드리지 못했던, 자신의 깊고 여린 부분 안으로 밀려들기 시작했다.

"아! 으응…… 흑……."

도희는 소리를 지르고 나서야 그것이 자신의 교성임을 깨달았다. 뭔지 모를 불안함과 저릿한 마음 때문에 품으로 파고들자 자신을 꽉 보듬어 안는 준혁의 팔이 느껴졌다. 언제나 손가락 사이로 쓸어보고 싶다고 생각했던 머리카락 속으로 손을 집어넣으며, 준혁의 다른 손이 하늘거리는 도희의 허리를 끌어당기자 도희는 낯설고 벅차게 느껴지는 존재감에 또 한 번 새되게 교음을 질렀다. 그리고 자신의 안으로 전부 밀려들어 온 준혁을 느끼며 잠시 진저리를 쳤다. 자신이 준혁을 어떻게 받아들이고 있는지, 도희는 너무나 잘 알 수 있었다.

"도희야……."

귓가에 속삭이는 준혁의 목소리는 이제 잔뜩 가라앉아 있었다. 굳건하고 활기 넘치는 준혁의 품에 안겨, 도희는 희미해지는 의식 속에서도 준혁의 어깨를 놓지 않기 위해 손에 꼭 힘을 주었다.

"아무리 술을 좀 마셨기로, 어떻게 그걸 기억 못해낼 수가 있어요?"

"뭐가요! 어쨌거나 기억해 냈으니까 된 거잖아요!"

일부러 짓궂게 묻는 준혁을 향해 도희는 빽 고함을 질렀다. 잠에서 깨어난 두 사람은 이제 세수도 하고, 옷도 챙겨 입고 제법 예의를 갖춘 모습이었다. 상체는 벗어둔 채 파자마 바지만 챙겨 입은 준혁은 자신의 파자마 상의를 걸치고 있는 도희를 바라보며 히죽 웃었다.

도희는 파자마 앞섶을 살짝 들추고 자신의 가슴을 내려다보았다. 정말로 지난 밤 준혁이 남겨놓은 키스 마크가 뚜렷한 살결은 어젯밤의 일이 가짜가 아니었음을 증명해 주고 있었다. 준혁은 그 모습을 흥미롭게 바라보고 있다가 도희가 고개를 들자 짐짓 헛기침을 했다.

"이제 어떻게 해요."

도희가 완전히 풀이 죽어서 중얼거리는데 준혁이 의아한 얼굴로 받아쳤다.

"어떻게 하나니, 다 기억났다면서?"

준혁은 갑자기 쏘아보는 도희의 눈빛에 자신이 무슨 실언을 했나 되새겨 보았다. 도희는 한 벌의 파자마를 반씩 나눠 입은 자신과 준혁을 번갈아 가리키며 고개를 휘저었다.

"이…… 이걸 어떻게 할 거냐고요! 어제 과장님 따라가는 게 아니었어요. 그냥 집에 갈걸!"

준혁의 눈썹이 한쪽만 요상한 각도로 위로 뻗쳤다.

"과장니임?"

준혁이 자리에서 벌떡 일어서자 도희는 자기도 모르게 찔끔하며 어깨를 움츠렸다. 준혁은 자신이 웃통을 벗고 있다는 것도 잊어버렸는지 숨길 것 없다는 태도로 허리에 손을 척 얹었다.

"기억났다면, 그것도 다 기억났겠지. 어제 내 목에 매달려서 준혁 씨라고 간드러지게 부르던 게 누구였나?"

준혁은 도희가 뭐라 말하기도 전에 단박에 일렀다.

"도희 씨는 드문드문일지 모르겠지만, 나는 어젯밤에 있었던 일 다 기억해. 내 고백에 고개를 끄덕이던 도희 씨도, 부드럽던 도희 씨 입술도, 내가 남겨놓은 그 예쁜 가슴의 키스 마크도, 내 어깨 끌어안던 도희 씨 팔도, 숨소리도, 하나 될 때 느낌도 생생하다고. 불과 몇 시간 전인데 잊을 리가 없지. 그런데 이걸 어떻게 하냐니, 그게 무슨 뜻이야?"

"그만 못해요?!"

참다못한 도희가 버럭 소리를 지르자 준혁은 입을 다물었다. 놀라서가 아니라 그저 도희의 말에 순응한 것뿐이었다. 따라서 입만 다물었을 뿐 표정은 여전히 자신감에 넘치는 준혁은 자신이 하나하나 꼽을 때마다 울긋불긋해지는 도희를 버티고 서서 내려다보았다.

"그냥 하룻밤으로 넘기면 안 될까요? 네?"

도희는 말을 맺기가 무섭게 역팔자로 휘어지는 준혁의 눈썹을 보고 별다른 설명 없이 준혁의 의사를 알아들었다. 그래서 도희는 최대한 안타깝고 불쌍해 보이기를 바라면서 조심스럽게 운을 뗐다.

"과장님도 나도…… 어제는 조금 취했었잖아요. 술 마시면 실수도 할 수 있는 거죠."

"설사 술이 날 먹었다 해도 나는 이런 실수는 안 해. 게다가 난 어제 그렇게 취하지도 않았었으니, 고로 이건 실수가 아냐."

스산한 침묵이 두 사람 사이에 내려앉았다. 준혁은 의기소침해하는 도희의 이마에 시선을 꽂았다가 천천히 아래로 미끄러뜨렸다. 도희의 무릎까지 덮여 있는 준혁의 파자마는 남부끄러워할 만한 모든 부분을 가려주고 있었지만 역설적으로 남자 옷을, 그것도 일부만 입고 있는 여자가 얼마나 자극적일 수 있는지 잘 보여주고 있었다.

"그럼 어떻게 할까요? 정말 사귀기라도 해요? 잊으셨나 본데, 우린 하루 종일 같은 공간에 있어야 된다구요! 그리고 사귀기로 한 날 같이 자는 커플이 어디 있어요?"

"왜, 그게 뭐 이상한가?"

천연덕스럽게 반문하는 준혁의 모습에 도희는 어처구니가 소멸하며 눈앞에 서 있는 이 사람이 정말 자신이 봐왔던 그 완벽

주의자 박준혁 과장이 맞는지 의심하기 시작했다. 회사에 있을 때는 필요할 때 외에는 잡담조차 최소화하며 진중함을 팍팍 뿌리고 다니던 사람이 어떻게 저렇게 노골적인 소리를 할 수가 있는 거지?

"난 그런 거에 별로 연연 안 해. 각자 자기 방식이 있는 거지."

다음 순간 도희는 무슨 생각을 했는지 어젯밤 그랬던 것처럼 준혁의 얼굴을 손가락질하며 되바라지게 일렀다.

"아하! 혹시 수틀리면 치사한 방법으로 나를 회사에서 몰아내겠단 생각은 하지 말아요! 그럼 나도 가만히 안 있을 테니까."

이 선언에 도희는 준혁이 경악하기를 바랐건만, 그는 정말 뻑이 간다는 얼굴로 도희를 바라보고 있다가 이마를 탁 쳤다.

"아, 그래. 그런 걱정이 될 수도 있겠군. 미처 그건 생각 못했어."

준혁은 제법 진지해진 얼굴로 고개를 끄덕였다. 한 조직 내에서 정분이 났다고 하면, 간혹 당사자보다 주변에서 떠드는 말들 때문에 시끄러워지곤 한다. 게다가 정분난 사람들이 남자 상사에 여자 부하 직원이라고 하면 안 봐도 뻔한 것이다. 준혁은 이해하며 다시 도희를 바라보았다.

"그럼 이렇게 하는 게 어때?"

"어떻게요?"

도희는 빙긋 웃는 준혁을 보며 제발 그가 깨끗이 잊어버리자고 말하기를 고대했다. 하지만 준혁은 도희의 바람을 천사 같은 얼굴로 웃으며 박살 낸 다음 빗자루를 들고 와서 그 파편까지 싹싹 쓸어버렸다.

"비밀 보장해 줄 테니, 어제 나눴던 말들을 사실로 만드는 거지. 어젯밤에 좋다고 했던 대로."

다음 순간 도희는 어느새 준혁이 자신의 바로 앞에 다가와 섰음을 깨닫고 헛바람을 들이켰다. 걸음이 큰 다리는 한 번의 움직임만으로 사이에 놓였던 공백을 없애 버리며 바싹 좁혀 들어왔다. 자연스럽게 고개를 뒤로 꺾어 위에 있는 준혁의 얼굴을 올려다보면서 도희는 설마 이 남자, 일부러 웃통 안 찾아 입고 이러고 있는 건가 하는 생각을 했다.

갑자기 눈앞으로 다가왔기에 새삼 깨닫는 것이었지만, 준혁의 몸은 감탄이 아깝지 않을 정도로 잘 다듬어져 있었다. 보디빌더처럼 우락부락한 근육은 아니었지만 탄력있는 피부 아래희끗희끗 윤곽이 비치는 근육들은 섬세하다는 말을 들을 자격이 충분했다. 군살없는 옆구리의 비늘 같은 근육 조각들과 오목하게 파인 치골은 곡선이 아닌 직선이 선사하는 남자다운 아름다움이 무엇인지 정확히 표현하고 있었다.

"정말 드문드문인가?"

도희는 순간 놀라서 뭐가 드문드문이냐고 되물을 뻔했다. 준혁은 어느새 도희가 익히 알던 모습, 회사에서 진중함을 온몸으로 뿜어내던 박준혁의 모습이 되어 계속 물었다.

"내가 당신을 어떻게 안았는지, 당신이 내 귓가에 어떤 소리를 들려줬는지 희미해져 버렸다는 게 진짜야?"

"아니, 과장님……."

도희가 뭐라고 말하려는데 준혁은 어느새 도희의 손을 잡아 올려 그 손바닥을 자신의 아랫배에 대었다. 작은 어깨가 움찔 놀라는 사이 준혁은 도희의 손등을 자신의 손바닥으로 덮은 채 천천히 위로 쓸어 올리기 시작했다. 자의에 의해 타인의 손으로 스스로를 애무하는 준혁의 모습에 도희는 어찌할 바를 모르며 얼굴이 빨개지기 시작했다. 피부는 손바닥에 착 감기듯이 부드러운데 그의 감촉은 단단했다. 이게 남자의 몸이구나. 그것도 잘 단련된. 어느새 손바닥에 느껴지는 온기에 신경이 쏠리는데 준혁의 나직한 목소리가 들려왔다.

"술을 마셨든 지금 실수였다고 말하든 당신은 그때 진심이었어. 내가 그걸 아는 것처럼 당신도 스스로가 어땠는지 알겠지. 그런데 왜 거부하려는 거야? 당신이 댄 그 알량한 이유 때문에? ……그게 진짜 이유가 못 된다는 건 당신이 더 잘 알고 있을걸. 난 그딴 이유 신경도 안 쓰이고 쓰고 싶지도 않아. 나한테 중요한 건 당신이지 이유가 아니니까. 당신이 나와 있었던 일을 아무도 모르기를 원한다면, 당신과 나 사이는 세상이 끝날 때까지 아무도 모르는 일이 될 거야. 당신이 원하면 내가 그렇게 해줄 테니까."

나직한 속삭임이 끝났을 때 준혁의 손에 잡힌 도희의 손바닥은 그의 왼쪽 가슴에 머물러 있었다. 약간 숙인 채 자신을 향하고 있는 목과 선이 날렵한 턱이 조금 시야에 들어오며, 도희는 어느 순간 희미한 진동이 규칙적으로 자신의 손바닥을 두드리는 것을 느낄 수 있었다. 무릎에 얹혀 있던 도희의 다른 손이 파자마 자락을 꼭 쥐었다. 한 번 느껴진 준혁의 심장 박동은 이제 점점 뚜렷해지며 도희의 손바닥을 두드렸다. 닿는 순간 서늘하면서도 오래지 않아 따스해지는 준혁의 가슴은 조용히 기복하고 있었다. 아무런 말도 행동도 없었지만 도희는 준혁이 굳이 꺼내지 않는 말을 짐작할 수 있었다.

왜, 이래도 안 믿어져?

애꿎은 파자마 자락만 꼬집어대던 도희의 고개가 어느 순간 천천히 위로 들려 준혁을 향했다.

"저어, 과장님."

준혁의 눈썹이 익살맞게 꿈틀거렸다. 도희는 자신이 기억해낸 어젯밤의 한 장면을 얼른 되새기며 호칭을 바꿨다.

"준혁 씨."

얄팍한 입술에 미소가 걸렸다. 남자의 얼굴에 달려 있기에는 너무 촉촉해 보이는 입술이었다.

"이런 식이 아니었으면, 저도 두말없이 좋다고 했을 거예요."

"거짓말. 내가 어떻게 해도 당신은 아니라고 했을걸."

너무나 확신하는 준혁의 태도에 도희는 발끈하려다가 순간 머뭇거렸다. 준혁이 뱉은 말이 사실이었기 때문이다.

준혁의 말대로, 자신은 준혁이 어떤 방법으로 다가오든 마지막에는 아니라고 했을 것이다. 왜냐면 그가 준혁이었으니까. 입사한 그날부터 모든 여직원의 마음을 설레게 하고 신참 남자직원들의 열등감을 부채질했던 남자였으니까. 완벽하게 세공된 보석처럼 그 자체로 멋진 남자. 도희는 스스로 그렇게 말했던 대로 달라졌지만 그건 자기 암시일 뿐이었다. 그녀의 내면 깊은 곳에서는 여전히 준혁 같은 부류는 자기와 어울리지 않는다고 생각하고 있었다. 준혁에겐 준혁 같은 여자가 어울린다. 자신이 아니라.

"이거 드라마 아니에요."

마지막 반항의 의미로 한 번 쏘아붙였지만 준혁의 미소는 사라지지 않았다. 다물려 있던 입술이 열리며 고른 치아가 나직하게 단어들을 뱉어냈다.

"현실이니까 이런 일도 일어나는 거 아니겠어?"

다음 순간 준혁은 천천히 상체를 숙이기 시작했다. 도희는 뒤로 물러나려다가 아직 그에게 손이 잡혀 있음을 깨달았다. 점점 다가오는 준혁의 얼굴과 가까워지는 남성용 스킨 냄새에 후각이 예민해지는데 크게 확대되는 준혁의 콧날이 눈에 들어왔다. 도희가 고개를 뒤로 빼는 것보다 그의 입술이 도희의 입술에 살짝 닿는 것이 더 빨랐다.

"말해봐. 굳이 뿌리쳐야 할 이유 있어? 누가 볼까 봐, 누가 알까 봐, 뭐가 신경 쓰여서…… 하는 구차한 이유 말고 당신이 좋은 게 뭔지 말해보라고."

준혁의 중저음은 몹시 따스하게 귓가를 울렸다. 도희는 마른침을 삼켰다. 그 목소리가 마치 자신의 마음을 다 꿰뚫어 본 것 같았기 때문이다.

주눅 든 자신이 아니라면, 대답은 어땠을까. 확신할 수 없었지만 도희는 흔들렸다. 같은 회사야, 직장 상사야 하는 이성의 목소리가 무시해 버려도 좋을 만큼 작아지기 시작했다.

"……정말 드라마 같네요."

도희의 중얼거림에 시종일관 떠나지 않던 준혁의 미소가 조금 더 짙어졌다. 준혁은 마치 새가 서로 부리를 비비듯이 도희의 목덜미에 살짝 코와 얼굴을 묻었다. 기분 좋은 향내가 정신을 아득하게 했다.

"그래, 그럼."

다음 순간 도희는 지그시 앞으로 쏠리는 준혁의 무게를 이기지 못하고 그대로 침대 위로 벌렁 누워버리고 말았다. 아무것도 하지 않은 가슴이 준혁의 앞섶에 눌려 이지러졌다.

"뭐예요!"

"뭐냐니, 좋은 대답도 들었으니 다시 해야지."

"뭘요?"

"어제 했던 거. 드문드문하다면서?"

"아니에요, 다 기억났다니까!"

"그럼 더 좋고."

5

　호언장담했던 대로 준혁은 정말 감쪽같았다. 아침에 사무실로 들어서는 도희를 향해 여상스레 눈인사를 건네는 준혁에게서는 그 어떤 수상쩍은 구석도 찾아볼 수 없었다. 준혁은 같은 사무실 동료라 해도 직급과 앉는 자리가 주는 거리감에 따라 이렇게 될 수도 있다는 것을 보여주는 살아 있는 예처럼 데면데면하게 도희를 대했다. 그 모습이 얼마나 천연덕스러웠는지 도희조차 잠시 이 사람이 정말 그날 그 남자가 맞는지 의심했을 정도였다.

　"오늘따라 과장님 참 멋져 보이네."

　마리의 한탄 같은 중얼거림에 도희는 퍼뜩 고개를 들어 마리의 시선을 따라 목을 틀었다. 검은 정장 바지에 눈처럼 흰 와이셔츠가 감탄이 나올 정도로 깔끔해 보이는 뒷모습이었다.

"그러게."

마리는 한참 동안 준혁의 뒷모습을 쫓고 있다가 갑자기 도희를 바라봤다.

"왜 그래?"

"뭐가?"

"넌 과장님 얘기에 별로 반응이 없는 거 같아. 그냥 심드렁하니."

그냥 지나가는 말이었지만, 순간 당황한 도희는 뭐라고 대꾸할 타이밍을 놓쳐 버리고 말았다. 저 멋진 정장 속에 들어 있는 멋진 몸매를 이미 다 봤다고 말할 수는 없는 노릇이잖은가.

"그냥 잘생겼구나 하는 거지 뭐."

몇 박자 느렸기에 도희의 대답은 애매모호했고 마리는 듣는 둥 마는 둥 하며 꿈처럼 중얼거렸다.

"야, 그래도 눈 있으면 한번 봐줘라. 널 생각해서가 아니고 네 눈을 생각해서야. 정말, 온몸에서 야생동물 같은 그런 거친 느낌이 팍팍 묻어 나오지 않니?"

마리의 찬사에 다시금 준혁을 훔쳐본 도희는 역시나 심드렁하게 고개를 끄덕였다. 자신은 준혁의 첫인상을 보며 검은 표범 같다고 생각했을 정도니 야생동물 같다고 하는 마리의 표현이 이해가 갔다. 확실히 준혁은 섬세하면서도 어딘가 거친 구석을 숨기고 있는 것 같은 분위기가 있었다. 다소 사납게 갈무리된 우수(憂愁)라고 표현하면 좋을까. 어쩌면 검은 머리카락과 그림처럼 대비되는 매끈한 피부 때문일지도 모르겠다.

준혁이 높은 곳에 있는 서류철을 꺼내기 위해 팔을 들어 올리자 어깨와 등의 근육에 힘이 들어가며 와이셔츠 등판으로 그 윤곽이 희미하게 비쳤다. 그걸 보며 마리는 넋이 빠졌지만 도희는 다른 생각을 했다. 여태까지 준혁은 마치 원래 그런 것처럼 몸이 참 좋다고만 생각했는데, 방금 그 움직임 덕분에 그가 만만치 않은 운동을 하고 있을 거란 생각이 든 것이다.

그때서야 도희는 제법 진지한 눈으로 일에 여념이 없는 준혁의 뒷모습을 꼽아보기 시작했다. 적당한 목, 딱 벌어진 어깨, 호리낭창한 허리. 그리고 함께 나눈 밤의 기억. 그 기억 속에서 준혁의 옆구리를 쓰다듬으며 도희는 섬세하게 짜여진 구조물 같은 남자의 근육이라는 것에 경이로워했었다. 그래서 미처 생각할 수 없었던 것일 테지만, 근육을 만들기 위해서는 운동이든 노동이든 하여간 몸을 단련시켜야 하지 않는가. 게다가 자신이 기억하는 준혁의 몸 정도라면 운동이라면 만만치 않게 해본 스스로의 경험에 비춰볼 때 막연하게 상상했던 것보다 꽤 많은 시간을 자기 관리에 투자하고 있다는 결론이 나온다.

거기까지 생각하자 도희는 푸우 한숨을 쉬었다. 어디 하나 흠잡기가 미안할 정도로 자기 자신에게 확실한 남자구나. 그런데 그런 남자가 어쩌다가 나 같은 여자에게 맘을 두게 되었을까.

비록 비밀이긴 했지만 어쨌거나 만남을 지속하기로 합의한 입장에서 도희는 잠시 그런 생각을 해보았다.

해독과 여드름에 좋다는 어성초 차도 처음에는 마시기 힘들었지만 이젠 생수 다음으로 자주 마시는 음료수가 되었다. 도희는 보온병에 담아 가지고 온 어성초 차를 보온병 뚜껑에 따라 두 손으로 감싸며 편하게 벤치에 등을 기댔다. 이제 한여름, 최고조로 내리쬐는 폭염 때문에 옥상 정원에는 사람들이 드문드문 흩어져 있을 뿐이었다. 도희는 아치형으로 자란 등나무 그늘 어린 벤치에 앉아 점심 식사 후의 짧은 휴식을 만끽하기 시작했다. 손을 타고 전해지는 냉기가 상쾌했다.

호로록. 얼음 같은 시원함을 한 모금 삼키고 나서 도희는 감개무량한 얼굴로 옥상 정원을 주욱 둘러보았다. 지난겨울, 발목까지 빠지는 폭설이 내릴 때도 이 정원을 미친 듯이 달렸을 때가 있었다. 진눈깨비가 오면 우산을, 봄에 황사가 불 때는 마스크를 쓰고 달렸었다. 따져 보면 얼마 지나지도 않은 때인데 몹시 오래전의 일처럼 느껴졌다. 지금도 예전으로 돌아가지 않기 위해 노력을 하고 있지만 이젠 그때만큼 절박하지는 않다. 이제 도희는 옥상 정원을 질주하는 대신 회사 근처 헬스 클럽과 집 근처의 공원에서 산책을 하고 있었다.

"아깐 왜 그렇게 쳐다봤어?"

뒤에서 들려온 목소리에 도희는 하마터면 손에 들고 있는 뚜껑을 떨어뜨릴 뻔했다. 하지만 이어지는 목소리는 간이 콩알만 해지도록 놀란 도희의 상태를 알면서도 태연자약했다.

"돌아보지 말고 그대로 있어요. 사람들 있으니까."

준혁의 목소리는 달아오르는 대기 속에서 겨우 도희에게 닿고는 초콜릿처럼 녹아버렸다. 힐끔 돌아본 눈동자에 새하얀 와이셔츠의 어깨 깃이 조금 보였다. 준혁은 지금 도희가 앉아 있는 벤치와 등을 맞대고 있는 반대편 벤치에 앉아 있었다. 서로 등진 채 각자 앞을 바라보고 있었던 것이다.

"어, 언제 왔어요?"

"조금 아까. 그땐 누워 있었지."

아, 그래서 발견하지 못했던 것이군. 도희는 속으로 고개를 끄덕인 다음 다시 차를 한 모금 마셨다.

"알고 있었어요?"

"당연하지. 그렇게 샅샅이 훑어보는데도 모를 만큼 둔하지 않거든."

준혁의 목소리는 유들유들했다. 도희는 남아 있는 어성초 차를 뚜껑에 따르면서 가볍게 어깨를 으쓱했다. 놀랄 만큼 완벽해서 약간 얄미운 남자다.

"아침에 못한 말이 있었어."

"……뭔데요?"

"오늘 옷이 귀엽네."

기어코 바지 위에 찻물을 조금 흘리고 말았다. 등 뒤로부터 엷게 웃는 소리가 날아왔다.

"진짜야."

그렇게 말하면서 준혁은 짐짓 정신을 차리려는 사람처럼 크게 기지개를 켰다. 등을 맞대고 있어 도희는 보지 못했지만, 지금 준혁은 마치 혼잣말을 하는 사람처럼 허허롭게 앉아 중얼거리고 있었기 때문에 상상력이 대단히 뛰어난 사람이 아니라면 두 사람이 행여나 대화를 하고 있다고 생각하긴 어려웠다.

"이번 휴일이 기대되네."

준혁은 마지막으로 그렇게 중얼거리고는 흐아함 기지개를 켜며 자리에서 일어섰다. 도희는 준혁이 완전히 사라질 때까지 그자리에 그대로 있다가 그의 자취가 완전히 없어진 다음에야 후아 하고 한숨을 쉬었다.

휴일이 기대된다고?

도희는 약간 두근거리기도 하고 쑥스럽기도 해서 샐쭉 입술을 삐죽거렸다. 준혁과 도희는 매일같이 한 공간에서 얼굴을 볼수 있었지만 솔직히 말하자면 하루 종일 붙어 있을 수 있는 현실이 마냥 좋기만 한 것은 아니었다. 회사에서는 사람들의 눈을 피해야 했고 퇴근 후에라도 다음날 출근해야 한다면 같이 시간을 보내기가 어려웠기 때문이다. 그래서 두 사람은 아예 마음 편하게 주말이나 휴일에만 오붓한 시간을 가지기로 합의했다. 데이트 장소는 주로 준혁의 집이었지만 때로는 아예 먼 교외로 나가는 경우도 있었다.

보온병 뚜껑을 닫으며 도희는 잠시 하늘을 올려다보았다. 뭉게구름을 뚝뚝 떼어 던져 놓은 것 같은 하늘은 퍽 맑았다.

"도희 씨, 이번 주말에 뭐 해?"

점심시간이 끝나고 자리로 돌아와 막 오후 업무에 돌입하려는데 누군가가 다가와서 물었다. 고개를 들어 상대를 확인한 순간 도희는 사나워지려는 눈빛을 가다듬었다. 삼두마차 가운데 약삭빠르기로 정평이 난 조 주임이 빙글빙글 웃고 있었던 것이다. 조 주임은 도희에게 남자도 화장실에서 남들 뒷담화 나눈다는 것을 확인시켜 주었던 사람이기도 했다.

"왜요?"

무던하게 되묻자 조 주임은 유유한 척 한쪽 주머니에 손을 꽂은 채 얼굴을 약간 내밀었다.

"아니, 친구가 예매권을 줬는데 어떤가 해서. 마침 표도 생겼겠다."

조 주임이 거들먹거리며 영화 티켓을 꺼내자 도희는 시선을 딴 데로 돌리며 가볍게 한숨을 쉬었다.

"주말에 약속 있어요."

"약속? 누구랑?"

그냥 반사적으로 물은 것이겠지만 조 주임에게 맺힌 것이 있는 도희는 그것도 곱게 들리지 않았다. 누군지 말하면 네가 아니? 아, 알긴 알겠구나. 네가 모시는 과장님이니까. 도희는 속으로 피식 웃으며 얼굴색 하나 바꾸지 않고 핑계를 댔다.

"친구요."

"그래? ……그럼 휴일에는?"

그러나 조 주임이 예상보다 끈질기게 달라붙자 침착을 유지하던 도희의 눈썹에 기어코 균열이 가고 말았다.

"일이 있어요."

냉랭하게 대꾸하고 나서 컴퓨터로 시선을 돌려 버리자 더 말을 걸었다간 일 시작한 사람을 귀찮게 하는 꼴이 되어버린 조 주임은 쭈뼛거리며 자기 자리로 돌아가 버렸다. 도희는 갑자기 치솟는 신경질에 괜히 애꿎은 마우스만 콱콱 움직여 댔다.

'끔찍하다 그럴 때는 언제고!'

조 주임은 자기가 그런 말을 했었다는 것조차 기억하지 못할 테지만, 그 말에 마음이 너덜너덜해진 도희는 그 폭언을 어제 일처럼 또렷하게 기억하고 있었다. 생각 같아서는 더한 말도 퍼부어주고 싶었지만 이놈의 현실이란 것은 좀처럼 그럴 기회를 주지 않았다.

'아! 고분고분하게 '일이 있어요'라고 그러지 말고 '됐거든요!'라고 그럴걸!'

뒤늦게 소심한 복수를 생각해 냈지만 말 그대로 소심한 복수였을 뿐이었다. 도희는 새삼스럽게 외모가 한 사람의 인생에서 얼마나 큰 비중을 차지하는지 다시 한 번 깨달았다.

만약 자신이 아직도 뚱뚱했다면 조 주임은 여전히 도희를 소

닭 보듯 하면서 동료들이랑 화장실에서 씹기 바빴을 것이다. 반대로 도희가 처음부터 지금처럼 날씬하고 가꾼 모습이었다면 조 주임은 그 약삭빠른 성격답게 친절하게 굴었을 것이고, 그랬다면 자신은 조 주임의 진짜 모습은 모른 채 그를 좋은 사람이라고 판단해 버렸을지도 모르는 일이었다. 곰곰이 씹어볼수록 속이 시끄러워져서 도희는 계속 멀쩡한 마우스만 괴롭혀 대고 있었다.

처음엔 이렇게 생각했었다. 많은 사람들이 이구동성으로 이 세상은 외모지상주의라고 하지만 그건 알고 보면 비관적인 사람들의 지나친 폄하일 것이라고. 사실은 타인의 진심을 알아주는 사람이 훨씬 많을 것이고, 외모는 수단은 될 수 있어도 결코 목적이나 결과는 되지 못할 것이라고. 하지만 이제는 그런 믿음이 흔들리고 있었다. 어쩌면 겉모습이 전부일 수도 있는 것이다. 누군가를 처음 만났을 때 눈에 보이는 순간부터 첫인상을 결정하는 데 걸리는 시간이 0.3초라고 하지 않던가. 사람이 사람을 인식하는 구조 자체가 겉모습에 영향을 받을 수밖에 없는데 '외모는 중요하지 않다'는 말이 오히려 이상한 것이다. 당장 주변을 보아도 그렇다. 윤 대리며, 조 주임같이 예전엔 자신을 무생물로 여기던 사람들이 '고작 외모'가 달라졌을 뿐인데 태도가 달라졌지 않는가.

외모도 경쟁력이라는 시대, 사람의 겉모습이란 정말 그 어느 것보다 강한 위력을 발휘하는 것이란 말인가.

청바지에 캐주얼 재킷을 걸치고 있는 준혁의 옆모습은 정장 차림이던 회사에서의 모습보다 서너 살은 어려 보이면서 활기가 넘치고 있었다. 10m 전방에서 그를 발견한 도희는 느긋하게 걸음을 늦추었다. 좀 천천히 다가가며 지켜보고픈 마음도 있었지만 준혁을 지나치는 사람들 중 몇 명이나 그를 다시 돌아보는지 세어보는 것도 꽤 쏠쏠한 재미였다. 언제부터 나와 있었던 것일까. 도희가 제시간에 도착했는데도 불구하고 준혁은 이미 기다림의 시간을 보내고 있었는지 한 손에 캔 음료수까지 든 채 무료함을 달래고 있었다.

"나 왔어요."

도희가 바로 곁에 와서 설 때까지 알아채지 못하던 준혁은 인사하는 목소리를 듣고서야 퍼뜩 고개를 돌렸다. 준혁의 얼굴을 바로 본 도희의 눈이 동그랗게 커졌다.

"안경 썼어요?"

"아, 이거?"

준혁은 도희의 지적에 콧잔등에 걸쳐 둔 안경을 만지작거리며 피식 웃었다.

"안경 쓸 만큼 나쁘진 않은데, 만약을 대비해서."

"만약?"

"일종의 변장이라고 해야 하나?"

그렇게 말하며 준혁은 씩 웃었다. 한 손에 고풍스런 고전문학

책이라도 들고 있다면 어디 순정만화에서 튀어나왔다 해도 믿을 만한 모습이었다. 편해 보이는 옷차림에 손질을 했는지 평소와 약간 다른 머리 모양, 못 보던 안경에 한쪽 어깨엔 크로스백까지. 지금 준혁은 총무부의 과장님이 아니라 대학생이나 대학원생처럼 보였다. 안경이 어두운 색의 뿔테라서 그럴까, 어딘가 학구적인 분위기마저 풍기고 있었다.

"이거 이상하게 보이지 않아?"

"아니요. 요샌 그런 거 많이 쓰고 다니잖아요."

슬쩍 안경을 벗었다가 도희의 말에 안도한 얼굴로 다시 쓰는 사이 뿔테에 가려져 있던 선이 예리한 눈매가 드러났다 사라지며 준혁은 순간 다시 과장님처럼 보였다. 도희는 수긍하듯 고개를 끄덕였다. 안경에 옷에 머리까지. 정말 일종의 변장이었다. 가까이 와서 확인하지 않는 이상 마주치더라도 준혁이라 단정 짓기 힘들 것 같았다.

"가만 보면 우린 항상 시간을 어중간하게 정하는 것 같아. 아직 점심 안 먹었지? 그럼 일단 뭐라도 먹으러 갈까?"

손목시계를 들여다보며 시간을 확인한 준혁이 물었다.

"뭐 먹을까요?"

도희가 묻자 준혁은 대답 대신 멋지게 웃으며 제법 능숙한 태도로 한쪽 팔을 내밀었다. 도희는 잠시 그 팔꿈치를 내려다보고 있다가 조심스럽게 팔짱을 꼈다.

"조금 걸으면서 생각해 보지 뭐. 식당 많은데."

기분 좋은 대답을 들으며 도희는 준혁이 팔짱을 끼고 걷고 싶어서 일부러 곧바로 메뉴를 정하지 않은 것을 눈치 챌 수 있었다. 덩치에 어울리지 않게 나름 귀여운 시도라는 생각에 웃음이 났다.

주말, 서울 도심의 번화가는 몹시 붐비고 있었다. 걸으면서 종종 발견하는 지하철 출구들은 마치 사람들을 길바닥 위로 토해놓는 것 같다. 계절이 계절인지라 사람들의 옷차림은 하나같이 밝고 과감했다. 여자들은 자신있게 다리와 어깨를 드러내고 남자들 역시 얇아진 옷차림 덕분에 싱그러움을 마구 뿜어내고 있었다. 정수리를 프라이팬처럼 달구는 햇살도 그 폭염마저 즐기지 않고는 못 배기는 젊음들을 막지는 못한 것 같았다.

오래지 않아 준혁은 더웠는지 재킷을 벗어 가방에 걸쳤다. 아무런 무늬도 없는 흰 반팔 티였지만 힘줄이 멋진 준혁의 팔뚝과 그 옷감 아래 탄탄한 가슴근육의 윤곽 때문에 몹시 화려해 보였다. 도희는 준혁의 맨 팔을 잡고 있는 자신의 손에서 시선을 떼지 않으며 그와 나란히 걸었다.

"땀 안 나요?"

"음? 난 괜찮은데."

준혁은 아무런 신경도 쓰이지 않는 걸까, 저렇게 자기를 흘끔거리는 다른 여자들의 시선이. 무심한 것일까 아니면 처음 겪는 일이 아니기에 초월해 버린 것일까. 도희는 그중에서 후자를 고르고 싶었다. 예쁘다는 말도 열 번 들으면 질린다고, 남이 쳐다보는 것도 겪다 보니 그저 그러려니 하게 된 것이겠지.

"더운데 아삭아삭한 건 어때? 싫어?"

그런 생각을 하고 있는데 갑자기 돌아보며 묻는 통에 도희는 생각해 볼 것도 없이 고개를 끄덕였다.

"좋아요."

그렇게 점심을 해결하기로 정하고 들어간 곳은 작은 서양식 레스토랑이었다. 샐러드나 파스타, 돈가스 따위를 파는 곳이었는데 번화가라서 그런지 작은 규모였음에도 식당 내부는 아기자기하고 세련되게 꾸며져 있었다. 준혁은 자리를 잡자마자 아삭아삭한 것을 씹고 싶어했던 대로 샐러드를, 도희는 돈가스를 고르려다가 괜히 맘에 걸려서 닭고기가 들어간 또 다른 샐러드를 주문했다. 두 사람 모두가 샐러드라니, 퍽 이상한 음식 선택이었다.

'그냥 돈가스 시킬걸.'

그러나 샐러드가 나오고 한 입을 제대로 먹기도 전에 도희는 자신의 결정을 후회했다. 대체 기름진 음식을 먹어본 지가 얼마이던가. 지금까지 야채와 과일, 한식 위주의 담백한 식단만 고집해 왔다. 물론 그 때문에 입맛이 아예 바뀌긴 했지만 가끔 옛날에 먹었던 바삭바삭하고 달콤새콤한 소스를 바른 튀김 요리를 먹을 때가 생각날 때면 정말 그 맛이 그리워지곤 했던 것이다. 지금 먹는 샐러드도 맛이 없지는 않았지만, 도희는 옆 테이블에서 신나게 돈가스를 썰고 있는 다른 사람들이 부러워질 정도였다. 예전엔 돈가스 중에서도 김밥들의 천국에서 파는 소스를 흠뻑 묻힌 돈가스를 가장 좋아했었는데.

"사람들이 이상하게 생각할 것 같아. 둘 다 풀떼기만 먹는다고."

문득 준혁이 하는 말에 도희는 고개를 들고 히죽 웃었다. 준혁은 잠시 생각하는 듯하다가 가볍게 일렀다.

"우리 돈가스라도 시켜서 나눠 먹을까? 난 먹고 싶은데."

"응! 네!"

대답보다는 환호에 가까운 소리를 지르고 도희의 뺨이 발그레해지는 사이 준혁은 키득키득 웃으면서 돈가스를 주문했다. 도희로서는 정말로 오랜만에 맛보는 돈가스였다.

"돈가스를 흡입하는 줄 알았네."

"뭐예요!"

점심을 먹고 나서 배도 꺼뜨릴 겸 한참을 걷다가 들른 커피숍에서, 준혁은 여전히 도희를 놀리고 있었다.

"그게 얼마 만에 먹은 돈가스인지 알아요? 작년 12월 이후로 처음이었다고요!"

"와, 대단하네. 그래서 그렇게 빨아들였구나."

"이익!"

먹을 때는 환상 같은 맛이었지만 뱃속으로 넣고 나니 일말의 죄책감이 들어서 도희의 음료수는 녹차였다. 준혁은 사약 같아 보이는 에스프레소를 앞에 놓고 푹신한 의자에 지나치게 몸을 의지하고 있었다.

"……그렇게 날씬해졌는데 아직도 먹을 걸 가리나?"

"당연하죠. 아차 하면 원상 복귀라고요."

도희의 대답에 문득 준혁의 눈빛이 처연하게 가라앉았다. 왜 그러는지 알 것 같기도 하고, 어째서 그렇게까지 하느냐고 묻는 것 같기도 한 눈빛이었다.

"하긴, 운동은 평생 하는 거라고 그러더군."

"맞아요."

심심하게 이른 말에 격하게 고개를 끄덕이며 도희는 앞에 앉은 준혁을 바라보기 시작했다.

"준혁 씨."

"음?"

"준혁 씨는 신경 안 쓰여요?"

"뭐가?"

"남들이 자기 쳐다보는 거."

준혁은 잠시 뜸 들이며 자그마한 에스프레소 잔을 들어 올렸다. 짙은 향기가 느리게 인후를 자극하며 흘러내렸다. 커피를 한 모금 마셨을 뿐인데 고즈넉해지는 준혁을 눈에 담으며 도희는 준혁이 남들과 다른 또 하나의 이유를 생각해 냈다. 준혁은 남이 자기를 쳐다보는 것을 신경 쓰지 않는 것처럼, 그게 누구든 다른 사람도 쳐다보지 않았다. 예쁜 여자가 곁을 스쳐 갈 때 눈이 움직이는 것은 남자의 본능이라는 말은 준혁에게는 해당

되지 않았다.

"그런 거 다 부질없는 거니까."

준혁은 자신이 마시고 있는 에스프레소처럼, 많은 것을 걸러
내고 엑기스만 남긴 것처럼 대답했다. 도희의 아랫입술이 약하
게 꼼지락거렸다. 준혁은 맞은편이 아니라 나란히 앉았다면 저
입술에 입 맞출 수 있었을 거라고 생각하며 녹차를 홀짝이는 도
희를 여전히 낙낙한 눈으로 바라보았다. 오늘 길거리를 돌아다
니며 몇 명의 남자가 자기를 쳐다봤는지 알면 나한테 그런 걸
묻진 않았을 텐데.

하지만 그때 도희는 다른 생각을 하고 있었다. 준혁은 중간에
변신한 자신과는 다르다. 처음부터 우월했겠지. 그래서 저렇게
무덤덤할 수 있는 것이다.

"그러는 도희 씨도 오늘 꽤 주목받은 거 알고 있어?"

준혁의 말에 도희는 지레 고개를 가로저었다.

"내가요? 에이, 설마."

준혁의 눈썹이 묘하게 꿈틀거렸다.

"왜 모를까. 난 그것 땜에 내내 신경 쓰였는데."

진지한 듯 농담인 듯 알 수 없어지는 준혁의 목소리는 묘하게
귀에 감겼다. 준혁은 기대고 있던 등을 곧추세우며 도희를 똑바
로 응시하기 시작했다. 날카로운 눈매는 뿔테 안경에 가려져 있
었지만 투명한 안경알은 준혁의 눈빛을 여과없이 도희에게 전
달했다. 도희는 자신을 바라보는 준혁의 눈동자를 알아볼 수 있

었다.

사랑을 나눌 때, 휘감아 버릴 듯이 바라보던 그 순간과 똑같았기 때문이다.

그러나 잠시 후, 준혁은 그 끓어오르던 눈빛을 싹 갈무리하며 언제 그랬냐는 듯 다시 등을 기대며 싱긋 웃었다.

"아직은 해가 떠 있으니까."

도희의 심장이 크게 덜컹거렸다.

"남자들이 왜 자기 여자친구는 야한 옷 못 입게 하는 줄 알아?"

준혁의 입술이 도희의 왼쪽 귓불을 지그시 핥았다. 도희는 오른쪽으로 비스듬히 고개를 돌린 채 준혁의 어깨를 잡고 있었다. 막 집으로 돌아와 창밖은 이제 겨우 석양이 지고 있었지만 거실로 들어서자마자 도희의 허리를 잡아 가뿐하게 식탁에 앉히는 것을 보면 준혁에게 서로 좀 더 대화를 나누고자 하는 생각은 아예 없는 것 같다.

"왜 그런 건데요?"

여리게 속삭이는 도희의 목소리가 마음에 들었는지 준혁은 앞으로 흘러내린 도희의 머리카락을 어깨 너머로 밀어 그녀의 흰 목선이 드러나게 했다. 곧이어 다가온 손가락이 마치 피아니스트가 흰 건반을 쓰다듬듯 도희의 목을 쓰다듬었다.

"같은 남자니까. 그들이 어떤 생각을 할지 다 알거든."

귓바퀴에 느껴지는 준혁의 숨결에 도희는 반사적으로 어깨를 움츠렸다. 대단히 짜릿하면서도 노골적인 느낌이었다.

"옷 밖으로 드러난 살결을 보고 어떤 장면을 상상할지 다……
아니까."

끊어질 듯 이어지듯 속삭이면서 준혁은 식탁에 걸터앉은 도
희의 허벅지를 느긋하게 쓰다듬었다. 나풀거리는 치맛자락은
준혁의 손길이 움직이는 대로 슬슬 구겨져 올라가고 있었다. 도
희의 다리를 감싸고 있는 스타킹이 손바닥을 스칠 때 준혁은 느
긋하게 미소 지었다. 쓰다듬는 손을 점점 위로 올리며 준혁은
차근차근 설명하듯 속삭였다.

"상상은 점점 이어져서, 나중에는 이 얇은 옷 속에 감춰진 부
분도 그려낼 수 있게 만들지. ……그게 어떨지 상상이 되나, 도
희 씨?"

점점 진지하게 가라앉는 준혁의 목소리에 도희의 속눈썹이
아래로 처졌다. 우아하게 하늘로 굽어진 속눈썹은 로맨틱했고
화장품으로 촉촉하게 꾸민 입술은 앙증맞았다. 준혁은 식탁에
걸터앉은 도희의 앞에 천천히 무릎을 꿇었다. 눈높이가 달라지
며 도희의 턱이 올려다보였다. 준혁은 옅게 미소 지으며 옷 위
로 도희의 곳곳에 입을 맞추기 시작했다. 옷감 때문에 촉감은
둔탁했지만 그것이 준혁의 입술이라는 것에서 도희에겐 맨 살
갗에 닿는 것과 별 차이가 없는 것이었다.

"그래서 난 길거리에서 다른 녀석들이 당신을 흘끔거리는 게
미치도록 신경 쓰였어. 당신이 별나게 야한 옷을 입은 것도 아

닌데 말야. 그게 남자를 얼마나 불안하게 하는 줄 아나?"

쇄골과 가슴, 명치를 지나 블라우스의 가장 아래 단추에 입을 맞춘 준혁의 입술은 스커트 자락이 달랑달랑거리고 있는 도희의 무릎을 최종 목적지로 정했다. 마치 신데렐라에게 유리 구두를 신겨주는 왕자처럼 도희의 종아리와 발목을 감싸 쥐듯 쓰다듬는 준혁의 모습은 그 몸짓이 애무가 아니라 어떤 여신에게 경배를 드리고 있는 중이라 해도 좋을 정도로 경건했다.

"준혁 씨도 만만치 않았어요."

도희의 말에 준혁은 슬쩍 고개를 들어 도희와 눈을 맞추면서 피식 웃었다.

"그래서? 나를 바닥에 꿇어앉은 채 올려다볼 수밖에 없게 만드는 건 당신이야."

준혁의 짧은 덧붙임에 도희는 형언하기 힘들 만큼 가슴이 부풀어 오르는 것을 느꼈다. 칭찬? 아니, 이건 단순한 칭찬의 범위를 뛰어넘는 것이다. 세상에 남자에게 이런 말을 들을 수 있는 여자가 얼마나 될까? 도희는 가슴이 벅차오르는 것과 동시에 묘한 승리감까지 느끼며 입꼬리를 살짝 말아 올렸다. 준혁에게는 다시없는 유혹처럼 보이는 미소였다.

도희의 무릎이 아슬아슬하게 준혁의 손길을 피하며 장난치듯 흔들렸다. 준혁은 다시금 도희를 향해 얼굴을 들었다. 짓궂고, 야릇하며 한편으로는 장난기와 자신감이 가득한 눈빛으로 준혁을 내려다보고 있던 도희는 그가 다시 고개를 숙이려는 찰나 무릎만 움직여 준혁의 턱을 받쳐 올려 다시 자기를 바라보게 만들었다.

"내가 그 정도예요?"

고개를 끄덕이지 못하는 준혁은 눈을 한 번 감았다 뜨는 것으로 대답을 대신했다. 도희는 작게 소리 내어 웃었다. 태어나서 처음 느껴보는 감정이었다. 누군가가 자신을 이렇게 칭송할 수 있다니. 지금 준혁은 자기가 먼저 애가 달아오른 남자의 전형적인 모습이었다. 그리고 자신을 이렇게 만든 것이 바로 도희라고 얘기하고 있는 것이다. 그것이 도희에게 생전 처음 느껴보는 이상한 흥분과 자신감을 선사했다.

"좋아요, 박준혁."

도희는 살며시 무릎을 내리고 손을 뻗어 준혁의 눈매를 가리고 있는 뿔테 안경을 벗겨냈다. 남자의 안경을 벗기는 감상은 옷을 벗기는 것과는 약간 다른 종류의 두근거림을 선사했다.

"일어서요."

준혁은 도희의 명령에 따랐다. 고요하게 다가온 도희의 손에 준혁의 재킷은 어깨에서 미끄러지며 풀썩 바닥으로 떨어졌다. 다섯 손가락을 쫙 편 도희의 손이 준혁의 상체를 천천히 쓰다듬기 시작했다. 태어나서 처음 보는 신기한 것을 알아가기로 마음먹은 듯이. 도희는 검지로 옷 위로 짚어낼 수 있는 준혁의 자잘한 근육들을 더듬어보았다. 커다란 두 눈에 담겨 있는 것은 흥분보다는 호기심이었다. 하지만 그 이상하게 순수한 모습은 준혁의 신경을 더욱 곤두서게 만들었다. 도희의 손이 복부에 닿았을 때, 준혁은 자기도 모르게 헛바람을 내쉬며 몸을 수그릴 뻔했다.

대나무같이 쭉쭉 뻗은 윤곽을 다 더듬어본 도희의 손가락이 준혁의 티셔츠 자락을 살그머니 잡아당겨 위로 끌어 올렸다. 준혁은 얼른 두 팔을 위로 들어 올렸고, 도희는 무리없이 준혁의 상체를 탈의시킬 수 있었다. 도희는 탄탄한 준혁의 가슴팍에 살짝 이마를 부딪치며 즐거운 것처럼 자그맣게 까르르 웃었다. 준혁의 상체를 안듯이 잡은 도희는 팔을 살짝 앞으로 끌어당겼고, 준혁은 불가항력처럼 도희가 당기는 대로 바싹 다가섰다. 준혁의 깊어진 숨소리를 들은 도희는 새침하게 고개를 들어 턱을 준혁의 가슴에 톡톡 부딪쳐 댔다.

"윽……!"

올려다보는 도희와 눈빛을 맞추고 있던 준혁은 갑자기 불의의 일격을 당한 사람처럼 짧은 신음을 흘렸다. 도희의 손가락 끝이 준혁의 유두를 지그시 조몰락거린 것이다. 순식간에 등줄기를 훑어 내리는 자극에 준혁은 애써 숨을 골랐다. 짜릿한 반응에 도희는 다른 것도 시도해 보기로 마음먹었다. 준혁이 자신에게 그랬던 것처럼, 입술로 저 첨단을 애무하면 그는 어떤 반응을 보여줄까.

준혁의 전신이 움찔거렸다. 앞으로 수그린 이마의 앞머리가 바람도 없는데 잔잔하게 흔들리고 있었다. 하지만 그의 시선은 하나도 놓치지 않겠다는 듯이 자신의 가슴을 애무하는 도희를 뚫어져라 내려다보고 있었다.

준혁의 이성을 거의 끊어놓을 뻔했던 도희는 기막힌 타이밍에 입술을 떼었고 그래서 준혁은 도희의 유혹 아닌 유혹을 이겨낸 자신의 굵은 신경을 칭찬해야 할지 비난해야 할지 알 수 없었다. 준혁의 가슴에서 그 아래쪽으로 관심을 옮긴 도희는 꼬마가 물방울을 튕기며 장난치듯이 준혁의 허리 근처를 맴돌며 청바지 단추를 톡톡 두드리기 시작했다. 준혁은 이대로 당장 도희를 눕히고 그녀의 안으로 들어가고 싶다는 욕망과 도희가 자신의 바지 단추를 풀어내는 모습을 보고 싶어하는 다른 욕구 사이에서 싸우기 시작했다. 샐쭉하게 입술을 내밀고 투정 부리듯이 준혁의 청바지 단추를 만지작거리던 도희는 결국 눈을 빛내며 손을 움직였다.

잘그락거리는 작은 소리가 이렇게 크게 들리기는 처음이었다. 허벅지를 타고 발목으로 미끄러진 청바지를 내던지듯이 벗어버리는 준혁을 보며 도희는 소리 내어 웃었다. 준혁의 욕망에 풀무질을 하는 것이나 다름없는 웃음이었다.

도희의 눈동자가 찰나 흔들렸다. 맵시있는 준혁의 트렁크 일부는 이미 두둑해져 있었기 때문이다. 풋풋하던 뺨이 발갛게 달아오르며 고개를 들어 올린 도희는 갸름한 손끝으로 자신의 블라우스 단추를 하나하나 풀어내었다. 조심스럽게 어깨와 팔을 빼내는 도희의 모습은 섬세했다. 볼록 솟은 가슴을 받치고 있는 브래지어는 예쁜 분홍색이다. 당장 손을 뻗으려던 준혁은 짤막하게 내려진 도희의 두 번째 명령에 좌절하며 눈썹을 찌푸렸다.

"안 돼요."

온몸으로 '왜?'라고 묻는 준혁에게 도희는 잔잔한 승리감을 느끼며 뽐내듯 허리를 뒤틀었다.

"난 아직 아니라고요."

나한테 더 안달난 건 당신이지. 도희의 깜찍한 도발은 준혁의 이성을 마침내 박살 내며 그의 굵은 신경을 절단 냈다. 준혁은 날아가는 이성을 굳이 붙잡으려고 노력하지도 않았다.

"아아, 그렇군."

준혁은 심드렁하게 이르며 도희를 향해 더욱 좁혀 섰다.

"당신한테 키스할 거야."

도희는 스스로가 생각해도 맹랑할 정도로 입술을 쏙 내밀었지만 유감스럽게도 준혁이 키스할 곳은 그 탐스러운 입술이 아니었다. 준혁은 도희가 예상하지 못한 순간에 도희의 양 손목을 재빨리 한 손에 그러쥐면서 상체를 앞으로 숙였다. 도희는 아차 하는 순간에 식탁 위에 벌렁 드러누운 자신을 깨달았다. 모서리에 아슬아슬하게 엉덩이를 걸치고 바닥으로 늘어진 다리 때문에 미끄러지려는 도희를 준혁은 재빨리 추스른 후 도희의 치마 속으로 손을 집어넣었다.

"앗! 뭐 하는 짓이야!"

도희가 비명을 질렀지만 준혁은 씨익 웃었다. 준혁은 바둥거리는 도희의 다리를 양옆으로 치워놓았던 의자에 하나씩 걸쳐

놓았다. 잽싸게 움직였던 그의 손에는 경탄을 자아낼 만큼 예쁘장하기 짝이 없는 도희의 속옷이 걸려 있었다.

"주, 준혁 씨!"

천천히 무릎을 굽히며 바닥에 서는 준혁을 보며 도희는 그가 키스하려는 곳이 어디인지 짐작해 내고는 다급하게 준혁을 불렀다. 하지만 준혁은 나풀거리는 도희의 치맛자락을 악동 같은 얼굴로 만지작거리며 천천히 들어 올렸다. 화다닥 다가온 도희의 손이 올라가는 치맛자락을 붙들었지만 준혁은 방금 전에 그랬던 것처럼 도희의 양 손목을 간단하게 제압해 버렸다. 해가 떠 있을 때 도희가 걸을 때마다 살랑거렸던 치맛자락은 준혁의 손길에 의해 그녀의 허리까지 말려 올라갔다. 눈앞으로 드러나는 비경(秘境)에 준혁의 눈매가 기묘하게 흔들렸다.

"준혁 씨! 장난이었어! 아…… 난 하, 한 번도……."

당황한 나머지 아무 말이나 내뱉는 도희의 모습에 준혁은 낮게 키들거렸다. 그러는 중에도 그의 움직임은 멈추지 않았고 도희는 다리 사이로 다가오는 준혁의 숨결을 느낄 수 있었다. 허벅지 안쪽에 가볍게 닿는 입술의 감촉이 느껴졌다. 도희의 숨결이 터질 듯이 가빠졌다.

준혁은 자신이 말했던 대로, 도희에게 키스했다.

남자의 입술이 여자의 비밀스런 살결을 마음껏 음미하는 소리가 적나라하게 거실을 울렸다. 어느 순간 준혁은 손을 놓았지만 풀려난 도희의 손목은 그를 밀어내는 대신 스르르 식탁 위로 미끄러졌다. 준혁은 지그시 손을 움직여 도희의 분홍색 살결을 살짝 벌려보았다. 더 깊고 예민한 피부가 드러나며 파르르 떠는 도희의 떨림이 느껴졌다. 연약한 선홍빛 도희의 심연은 준혁의 혀와 입술 때문에 어느새 퍽 젖어 있었다. 준혁은 아무것도 가림 없이 드러난 도희의 진주알을 조심스럽게 입술로 가려주었다. 할짝이는 소리는 도희의 귀에도 들려왔다.

준혁이 엄지손가락으로 반짝이는 분홍색 첨단을 어루만지자 도희는 짧게 숨을 들이켜며 파들파들 떨었다. 이런 식의 애무를 받은 적은 처음이었다. 대단히 충격적이었고 또 굉장히 이상하면서도 쾌감이 드는 것은 어쩔 수가 없었다. 오밀조밀한 도희의 발가락은 준혁의 움직임에 따라 빳빳해졌다가 나른하게 풀리기를 반복하고 있었다.

어느 순간 준혁은 입술을 떼었다. 도희가 스스로 젖어들었음을 깨달았기 때문이다. 준혁은 천천히 몸을 일으키며 오른손으로 의자 위에 내버려 두었던 도희의 한쪽 발목을 쥐었다. 그가 의도하는 대로 다리가 들어 올려지며 준혁은 도희의 모든 것을 볼 수 있었다. 준혁은 도희의 나머지 발목을 들어 올리기 전 잽싸게 준비를 마쳤다. 도희의 몽롱해진 눈동자가 준혁을 쫓았지만, 준혁은 도희의 몸 위로 자신을 포개는 대신 그녀의 발목을 자신의 어깨에 걸쳤다.

"아!"

격하게 치솟는 신음. 잔뜩 달아오른 꽃잎에 닿는 준혁의 남성은 너무 자극적이었다. 결합이 이루어지는 순간 아릿하게 찡그려지며 간헐적으로 교성을 지르는 도희의 모습은 애잔하면서도 준혁의 맹폭함을 일깨우는 구석이 있었다. 준혁은 더욱 거칠게 몰아붙여 도희가 애절하게 신음하는 모습을 보고 싶어하는 자신의 이면에 놀라워했다. 이 부드럽고 작은 몸을 휘어잡아 보드라운 내부를 자신으로 가득 채워 버리고 싶었다. 물기를 함빡 머금고도 빠듯하게 자신을 받아들이는 도희의 내부는 너무 자극적이어서 머리가 어떻게 되어버릴 것 같았다.

버들가지 같은 허리를 단단하게 붙잡은 준혁은 격하게 허리를 튕겼다. 준혁의 아랫배가 도희의 엉덩이에 부딪치며 찰싹이는 소리가 들렸다. 도희의 몸이 파도에 휩쓸린 조각배처럼 흔들리며 식탁이 삐걱거리는 소리를 냈다. 살결이 부딪치는 소리와 나무가 삐거덕거리는 소리는 곧 묘한 박자를 이루며 색다르게 청각을 자극했다. 깊숙이 들어왔다가 순식간에 물러나는 준혁의 존재감을 느끼며 도희는 자신의 허리를 붙잡고 있는 준혁의 팔을 꼭 잡았다. 준혁이 발목을 어깨에 걸친 채 몸을 앞으로 숙이자 깊어지는 삽입에 도희는 비명조차 지르지 못했다.

절정으로 오르기 시작했다고 느낀 순간, 준혁은 갑자기 도희에게서 빠져나갔다. 혼몽 중에도 갑작스런 준혁의 태도에 놀라는데 가만히 다가온 준혁의 손이 얼굴에 흐트러져 있던 도희의 머리카락을 자상하게 정리해 주었다. 도희는 자신의 아랫배에 은근히 몸을 비비는 또 다른 준혁을 느낄 수 있었다. 준혁은 아직 욕심을 다 채우지 못한 것이 마음에 안 드는지 도희의 배꼽 어림을 심술궂게 누비고 있는 자신의 남성과 숨을 쌕쌕 몰아쉬고 있는 도희를 번갈아 바라보다가 이미 물먹은 솜처럼 추욱 늘어져 버린 도희를 가볍게 안아 들었다. 도희가 반사적으로 목을 끌어안자 준혁은 그 귓가에 도희가 자신에게 했던 말을 똑같이 돌려주었다.

"난 아직 아니라고요."

방으로 들어간 준혁은 이 순간을 위해 외출하며 잘 정돈해 두었던 침대에 깨지기 쉬운 유리잔을 옮기는 것처럼 도희를 내려놓았다. 이미 형편없이 구겨진 스커트와 브래지어를 벗겨주는 준혁의 손길은 극히 조심스러웠다. 행여나 손을 잘못 놀렸다가 도희의 피부에 상처라도 입힐까 조심하는 기색이 역력했다. 곧 자신의 트렁크까지 벗어 던진 준혁은 완벽한 나신이 된 도희를 감탄한 눈으로 바라보며 그 곁으로 올라왔다. 심해처럼 가라앉은 준혁의 눈이 방금 전까지 있었던 교합의 흔적이 역력한 도희의 심처를 스쳤다. 척추를 큰 계곡으로 삼아 주변에 작고 얕은 계곡들이 올올이 새겨져 있는 것 같은 그의 등판에 땀방울이 맺혀 있었다.

"당신을 안고 있는 중에도 난 내 안의 욕망과 싸워야 돼."

잔뜩 가라앉은 목소리로 중얼거리며 준혁은 아직도 쌕쌕 기복하고 있는 도희의 가슴을 쓰다듬었다. 앙증맞은 유두는 따로 애무하지 않아도 그의 손길만으로 고개를 들고 있었다.

"이렇게 연약한 당신을 부드럽게 대하고 싶다가도…… 나와 하나가 되면서 교성을 지르는 당신을 보면 난 잔인해지고 싶다고. 애잔하게 신음하는 당신의 입술, 당신의 여리기 짝이 없는 꽃잎, 허리, 팔, 가슴, 머리카락 하나하나까지 모두, 전부 다 유린하고 싶어진단 말이야……!"

도희의 귓가에 대고 으르렁거리던 준혁은 조용히 자신의 어깨를 감싸 안는 도희의 손길에 숨을 죽였다. 마치 조련사의 손짓 하나하나에 반응하는 맹수처럼 준혁은 자신의 어깨를 조용히 쓰다듬는 도희의 손길에 온 신경을 집중하고 있었다. 살결을 부드럽게 쓰다듬던 도희가 어느 순간 어깨를 꼭 쥐자, 준혁은 다시금 잔뜩 가라앉은 목소리로 속삭였다.

"당신이 날 미치게 한다고."

준혁이 다시 안으로 밀려들자 그의 어깨를 안은 도희의 팔에 잔뜩 힘이 들어갔다. 매트리스가 출렁이며 도희의 다리가 준혁의 허리에 감겼다. 그것에 헛바람을 내쉬며 준혁은 격렬하게 도희를 끌어안았다. 그녀를 부드럽게 대하고 싶은 일말의 이성도, 야수처럼 유린하고 싶어지는 욕망도, 오직 도희를 갈구하는 준혁의 몸짓을 막지는 못했다.

6

준혁은 도희보다 먼저 눈을 떴다. 자명종이 울리기 5분 전이었다. 어제는 주말, 오늘은 휴일이었으니 꺼두어도 상관없었으나 깜빡 잊고 만 것이다. 그러나 그야말로 귀청을 찢는 자명종 소리 덕분에 알람보다 5분 먼저 눈을 뜨는 버릇이 들어버린 준혁은 익숙하게 눈을 뜨고 조심스럽게 자명종의 알람 버튼을 미리 눌러두었다.

옆에는 도희가 세상모르고 잠들어 있었다.

그것이 준혁이 더없이 조심스럽고 숨을 죽이게 되는 이유였다. 늘어난 비디오 테이프가 재생되는 것처럼 느릿느릿하게 움직인 준혁은 가까스로 도희가 깨지 않도록 침대를 빠져나오는 것에 성공했다. 이른 시각이었지만 부지런히 하늘에 등장한 태양 때문에 방 안은 환했다. 사랑을 끝낸 모습, 즉 실오라기 하나 걸치지 않은 채 방 가운데 서서 잠든 도희를 내려다보던 준혁은 조용히 방을 뒤져 개켜놓은 파자마 바지를 챙겨 입었다. 얇은 이불을 덮은 채 준혁을 바라보는 방향으로 옆으로 누워 잠들어 있는 도희의 얼굴은 평안했다. 긴 밤 동안 준혁에게 끊임없이 갈구당한 것으로는 믿어지지 않을 정도로. 준혁의 입가에 미소가 번졌다.

일찍 눈을 뜬 것은 그저 버릇 때문이 아닐지도 모른다.

도희가 옆에 잠들어 있었으니까. 도희가 준혁에게 선사하는 이질감은 오랫동안 혼자 살았기에 고독함에 익숙해진 그가 타인이 옆에 있을 때 다소 낯설고 거북하다 느끼는 것과는 차원이 다른 것이었다. 준혁이 도희에게서 느끼는 이질감은 다른 것이 아닌 불안함이었다. 혹시 아침에 눈을 떴는데 그녀가 사라지고 없으면 어떻게 할까 하는, 일말의 초조함까지 섞인. 그래서 준혁은 휴일임에도 불구하고 이렇게 일찍 홀로 눈을 뜨게 된 것이다.

잘 자고 있구나.

준혁은 안심하며 조심스럽게 침대 곁에 주저앉았다. 잠든 도희의 얼굴을 좀 더 자세히 보기 위해서였다. 커튼을 쳐놓은 덕분에 옆으로 기울어져 있는 도희의 얼굴에는 약간 음영이 져 있었다. 깊게 내리감은 속눈썹과 오똑한 콧날. 도톰한 입술. 베개 위에는 도희의 긴 머리가 구름처럼 흩어져 있었다. 준혁이 몇 번이나 손으로 빗어 내린 결이 고운 가닥들이었다. 준혁의 눈매가 부드러워졌다. 한 번 쓰다듬어 보고 싶어서 아무렇지 않게 손을 뻗던 준혁은 그러나 도희의 뺨에 닿기 직전 손길을 멈추었다. 여기서 도희를 건드렸다간 잠을 깨우고 말 것이다. 그러고 싶지는 않았다.

꿈이 아니니까 좀 느긋해지자.

준혁은 조심스럽게 방을 나섰다. 들어선 거실은 한참 전에 여명이 지난 햇살을 받아 훨씬 환하게 빛나고 있었다. 크게 기지개를 켠 준혁은 거실을 한 바퀴 둘러보았다. 어제저녁부터 시작된 자신과 도희의 흔적들이 줄줄이 늘어져 있었다. 준혁은 어깨를 한 번 으쓱하고는 옷가지들을 주워 모으기 시작했다. 청바지, 재킷, 속옷들. 도희의 옷에서는 여전히 그녀의 향기가 났다. 어린 시절 어머니 가까이 가면 맡을 수 있었던 냄새와 비슷했지만 훨씬 싱그러운 향기였다. 준혁은 한 손에 잡히는 도희의 옷가지들을 내려다보며 슬쩍 미소 짓고는 욕실로 향했다.

"이거 진짜 도수 별로 없는 거네요?"

"변장용이니까. 그리고 눈 별로 안 나쁘다고 했었잖아."

준혁은 자신의 뿔테 안경을 쓰고 거실 바닥에 앉아 텔레비전을 시청 중인 도희를 바라보며 히죽 웃었다. 도희는 세탁기에서 돌아가고 있는 자기 옷 대신 준혁의 티셔츠와 트렁크를 입고 있었다.

"계란 프라이 말고 볶은 거 좋아해?"

"응. 좋아요."

도희는 텔레비전을 틀어놓은 채 부엌에서 아점 만들기에 여념이 없는 준혁을 바라보았다. 오래 입어서 편한 면바지에 대충 걷어붙인 남방. 편한 차림새만큼 요리하는 그의 모습도 무척이나 자연스러워 보였다. 곧 프라이팬에 계란이 풀어지는 소리와 함께 맛있는 냄새가 풍기기 시작했다.

"요리 잘해요?"

"그럭저럭. 취직하고 나서는 혼자 살았으니까."

그렇게 대답하며 준혁은 깨끗한 맨얼굴의 도희를 향해 고개를 돌렸다.

"도희 씨는 요리 잘해?"

"제법 해요."

"오호."

준혁은 의미심장한 탄성을 지르면서 보란 듯이 볶고 있던 계란을 멋지게 뒤집었다. 도희가 맞장구 치며 박수를 쳐주자 준혁은 씩 웃었다.

"밥 먹고 집 구경시켜 줘요."

"한눈에 다 보이는 집인데 구경은 무슨."

"흐흥, 그래도."

준혁은 조르는 도희가 귀엽다고 생각하면서 프라이팬에 아주 약간의 소금을 쳤다. 하지만 준혁의 말대로 집은 따로 둘러볼 필요가 없을 정도로 아늑했다. 거실과 구분이 애매한 부엌과 크기가 각기 다른 방 두 개. 그중 큰방은 침실로 쓰고 있고, 작은 방은 서재라고 이름 붙여놓고 창고처럼 쓰고 있는 터였다. 그리고 욕실. 사실 욕실이라는 말도 화장실이라는 말을 좀 더 그럴 듯하게 표현한 것일 뿐 욕조도 들여놓지 못할 만큼 좁았다. 그런데 구경을 시켜달라니. 아차, 창고 방이 얼마만큼 어질러져 있으려나?

준혁이 각자의 접시에 계란과 토스트 따위를 차려놓자 도희는 쪼르르 식탁으로 달려갔다. 자리에 앉아서 막 컵을 집어 들던 도희는 음식이 보기 좋게 차려져 있는 식탁을 문득 이상한 눈길로 내려다보았다. 자리에 앉으려던 준혁이 도희의 시선을 눈치 채고 은근하게 물었다.

"어제 생각나서 그러나?"

도희가 곱게 눈을 흘기자 준혁은 툴툴 웃었다.

"침대 아닌 데서 해보긴 어제가 처음이었어. 환상적이었지?"

"그만 해요!"

"분부 받들지. 우리 도희 씨는 쑥스러움이 많으니까."

도희는 끝까지 놀리는 준혁을 매섭게 쏘아보았지만 준혁은 과도하게 주눅 드는 몸짓을 해 보이면서 끝까지 도희를 약 올렸다. 그 벌로 도희에게 베이컨 일부를 빼앗긴 준혁은 안타까워하면서 포크를 움직였다.

"휴일엔 늘 이렇게 먹어요? 완전 뉴요커가 따로 없네."

"아, 아니. 원랜 아침에도 밥에 국 먹는데, 어젠 밥해놓을 수가 없었으니까."

준혁이 '알죠?' 하고 덧붙이는 것처럼 눈을 찡긋해 보이자 도희는 준혁의 나머지 베이컨까지 빼앗으려다가 그의 포크에 막히며 소리를 질렀다. 말하면 할수록 자신만 손해였다.

"밥 먹고 뭐 할까, 영화라도 빌려다 볼까? 동네에 대여점 있는데."

"어떤 거요?"

"음, 가서 골라보지. 많을 텐데."

준혁의 제안에 도희는 선선히 고개를 끄덕였다. 다시 어디로 나갈 수도 있을 테지만, 솔직히 말하자면 나른하고, 노곤하고, 편안한 이 분위기가 싫지 않았다. 입 밖으로 말하진 않았지만 준혁 역시 마찬가지였다. 어차피 도희의 옷도 세탁하는 중이라 다른 곳으로 가기도 어려운 상황이었으니, 서로 같은 생각을 하며 도희와 준혁은 올망졸망한 아침 겸 점심을 먹고 대여점을 향해 집을 나섰다. 도희는 준혁의 트렁크 위에 그의 오래된 반바지를 겹쳐 입었다. 준혁은 반바지 아래로 보이는 도희의 종아리가 발랄하다고 생각했다.

"재밌는 거 보여요?"

"글쎄에……."

그러나 막상 대여점에 들어선 도희는 선뜻 영화를 고르지 못했다. 진열되어 있는 수많은 타이틀을 꼼꼼히 살펴보았지만 아는 영화를 짚어내기가 쉽지 않았기 때문이다. 보고 싶은 영화가 개봉을 해도 바쁘다는 핑계로 차일피일 미루다가 결국 못 보고 지나간 티가 여기서 나는 것이다. 적게 잡아도 수백 개는 족히 넘음 직한 타이틀들은 진열장에 빽빽했지만 그중에서 무엇 하나 꺼내볼 엄두도 나지 않았다. 간혹 눈에 들어오는 영화 제목들은 모두 옛날 것이라 굳이 빌려볼 필요가 없는 것들이었다. 약간 처량 맞은 기분이 된 도희는 그리 넓지도 않은 대여점 안을 슬렁슬렁 거닐었다.

"……고전 영화 한 편 볼까?"

"고전?"

한참을 살펴보던 준혁이 뭔가를 발견했는지 급히 한쪽 무릎을 꿇고 진열장 맨 밑에서 타이틀 하나를 끄집어냈다.

"뭔데요? 쉬는 날 지루한 건 별론데."

"지루한 영화는 아니야."

준혁은 싱긋 웃었고, 도희는 별 무리 없이 고개를 끄덕였다. 대여점을 나서서 돌아오는 길에 두 사람은 정수리를 달구는 햇살에 똑같이 이마를 찡그리며 대여점 옆 슈퍼마켓으로 들어가서 영화 볼 때 활용할 뻥튀기와 아이스크림을 하나씩 샀다.

"꼭지 나 주면 안 돼?"

"흥, 쭈쭈바는 이 꼭지가 생명인데 무슨 소릴."

오렌지맛 쭈쭈바를 고른 도희는 주둥이 부분을 뜯어낸 꼭지를 달라는 준혁의 요청에 냉큼 꼭지를 빨아먹고는 혀를 쭉 내밀어 보였다. 준혁은 머리를 설레설레 저으면서 수박바의 꼭짓점을 깨물었다. 도희는 쭈쭈바를 입에 문 채 오랜만에 보는 수박바를 향해 말했다.

"나 수박바 한 입만 줘요."

"나도 한 입 주면."

"자."

도희의 쭈쭈바를 받아 들고 한입 크게 깨물던 준혁은 수박바의 한 부분을 베어먹는 도희를 보고는 경악하며 복수하는 심정으로 쭈쭈바를 빨았다. 얼음이 가득 들어 얼얼해진 발음으로 준혁은 가장 중요한 부분이 사라진 수박바를 받아 들며 시무룩해졌다.

"와, 진짜 얄밉다. 수박바는 맨 밑에 초록색이 맛있는 건데."

"아, 맛있어."

"나인 하프 위크……?"

도희가 빌려온 DVD의 제목을 소리 내서 읽자 준혁은 크게 고개를 끄덕였다.

"옛날 영환데, 꽤 볼만했어. 지금 봐도 괜찮을걸?"

하지만 도희는 모르겠다는 얼굴로 DVD를 이리저리 살펴보았다. 킴 베이싱어와 미키 루크 주연. 킴 베이싱어가 나오는 영화는 본 적이 있지만 미키 루크라는 이름은 낯설었다. DVD 표면에는 어두운 방에서 금발 머리에 약간 위태로운 표정을 한 아름다운 킴 베이싱어가 슬립을 입고 어딘가에 서 있는 장면이 인쇄되어 있었다. 육감적이면서도 어딘가 백치미가 함께 흐르는 모습이었다. 무르익은 몸매에 얇은 슬립 한 장을 걸치고 있을 뿐이었지만 도희는 킴 베이싱어의 사진을 보며 야한 차림을 한 여자도 값싸 보이지 않을 수 있다는 것을 깨달았다. 순수와 관능, 도저히 어울리지 않을 것 같은 두 단어는 킴 베이싱어를 찍은 사진에 함께 있으면서도 전혀 이상하게 느껴지지 않았다.

"예쁘다."

"왕년에 날렸죠."

때마침 작동이 끝난 세탁기가 삑삑거리자 도희는 냉큼 달려가 옷을 꺼냈다. 옷걸이에 걸어 햇볕이 쨍쨍한 베란다에 내다 걸며 도희는 킴 베이싱어는 잠시 잊고 아까 얘기했던 집 구경을 떠올렸다.

"영화는 좀 이따 보고, 나 집 구경시켜 줘야죠."

"볼 거 없대도 그러네."

그러나 결국 도희의 고집을 꺾지 못한 준혁은 여태껏 도희가 보지 못한 창고 방의 문고리를 비틀었다. 침실에 자리가 없어 들여놓지 못한 책장과 그 책장에 꽂힌 책들, 겨울용 이불, 기타 잡동사니들이 수두룩까지는 아니어도 제법 자리를 차지하고 있었다.

"어? 이건 뭐예요?"

준혁에게는 하등 신기할 것 없는 물건들을 경이로운 눈으로 바라보던 도희가 곧 무언가를 발견하고는 대뜸 손을 뻗었다. 겨울에 꺼내 쓰는 온풍기 뒤, 목이 길고 몸통이 널찍한 검은 케이스가 비스듬하게 기대어져 있었다.

"기타 아니에요? 기타죠, 맞죠?"

직접 꺼내며 도희는 어린아이처럼 신나했다. 준혁 역시 의외의 발견에 놀라며 도희가 들고 있는 케이스를 받아 들었다.

"여기 이사 오면서 내가 이것도 챙겼었나?"

챙기지 않은 물건이 제 발로 여기 있을 리가 있나. 케이스를 들고 거실로 나온 두 사람은 어떤 아늑한 오두막에 들어서기나 한 것처럼 약속이나 한 듯이 소파 위가 아니라 바닥에 앉았다.

"진짜 기타네."

천으로 만든 케이스의 지퍼를 열자 정말 캐러멜 빛깔의 통기타 한 대가 모습을 드러냈다. 꽤 오래된 물건이었는지 몸통이며 목 부분에는 누군가의 손길이 머물렀던 흔적이 역력했다. 준혁은 반사적으로 기타를 잡아보며 현을 퉁겨보았다. 이사 오면서 챙겼는지도 잊어버렸을 만큼 오랫동안 방치했기 때문인지 소리는 축 늘어져 있었다.

"기타 칠 줄 알아요?"

"조금. 중학교 때부터 배우긴 했었는데……."

도희의 발견에 잊고 있던 추억이 되살아났는지 준혁은 퍽 들뜬 얼굴로 늘어진 현을 다시 튜닝하기 시작했다. 문외한인 도희가 보기에도 손동작이며 기타를 안은 준혁의 품새는 보통 능숙해 보이는 것이 아니었다.

딩—딩—딩—딩.

준혁의 조율에 따라 듣는 이가 다 기운이 빠질 정도로 늘어졌던 현은 점차 제 소리를 찾아가기 시작했다. 준혁의 입가에 미소가 번지며 눈동자가 활기를 띠었다. 마지막으로 잡아본 기억이 대학교 4학년 이후로 없었다. 그런데 여기로 이사를 오며 챙겨왔다니. 사실은 그만큼 아꼈던 것일까. 아니면 오늘 이렇게 도희에게 발견되려고 그랬나.

사실 이 기타는 준혁에게 의미가 있는 물건이었다. 중학교에 올라가며 궁리하는 게 귀찮아 취미란에 생각도 안 해보고 습관적으로 '독서'라고 적던 자기기만을 끝내며 처음으로 진짜 취미로 장만한 것이 바로 이 기타였던 것이다. 아버지와 함께 들렀던 악기상에서 이 기타를 발견한 것이 15살 때, 나이를 먹고 직장인이 되며 멀어지긴 했지만 중학교 2학년 때 이후 대학에 다닐 때까지 근 10년 동안 준혁은 틈만 나면 기타를 연주하곤 했었다.

"연주해 봐요!"

마침내 튜닝이 다 끝나자 준혁은 시험 삼아 유려하게 손을 퉁겼다. 딩딩딩 하는 맑은 음색이 기분 좋게 울렸다. 피아노만큼 화려하지는 않았지만 분위기는 그 못지않았다.

"어떤 거? 신청곡 받습니다!"

"음…… 갑자기 생각하려니 안 떠오르는데?"

준혁은 잠시 생각하다가 적당한 것이 떠올랐는지 긴 손가락으로 코드를 짚었다.

"통기타에는 올드팝."

뽐내는 것처럼 목을 다듬는 준혁의 모습은 도희의 웃음을 자아냈다. 진지해진 얼굴에서 입술이 가만히 열리며 준혁은 로이 오비슨의 'In Dreams'를 부르기 시작했다.

잠의 요정이 뿌리는 요술 가루를 맞고, 나는 마법의 밤 속에서 당신의 꿈을 꾼다는 노랫말은 감미로웠다. 시원스럽게 기타의 현을 훑으며 준혁이 귀에 익숙한 도입부를 시작하는 순간 도희는 자기도 모르게 무릎을 끌어안으며 미소 지었다. 지금이 낮이 아니라 밤이었다면 자연스레 모닥불이 떠오를 장면이었다. 준혁은 안 그러는 척했지만 자신을 주시하는 도희를 열렬히 의식하며 차근차근 노래를 이어나갔다. 혹시나 목소리가 갈라지기라도 하면 평생 잊지 못할 창피를 당한 순간이 될 것이다. 준혁의 목소리는 그런 심사를 대변하듯 가늘게 떨리면서도 경쾌하게 기타의 음색과 조화를 이루었다.

"와—"

준혁이 현란한 손동작으로 반주에 애드리브를 넣으며 노래를 끝내자 도희는 홀로 된 청중의 의무를 다하며 박수를 쳤다. 준혁은 조금 쑥스럽게 웃었다.

"잘 불렀어?"

"응."

준혁은 호기심 가득한 도희의 눈동자를 지그시 바라보다가 기타를 건넸다.

"쳐보고 싶으면 쳐봐도 괜찮아."

"에이, 난 기타 만져 본 게 오늘이 처음인데?"

"시작은 언제나 처음인 법이지."

처음 한 번은 뒤로 뺐지만, 내심 원하고 있었던지 기꺼이 기타를 품에 안는 도희의 모습이 귀여워 준혁은 다시금 미소 지었다. 방금 연주했던 준혁의 손 모양을 흉내 내어 그럴듯하게 현을 짚어보려고 했지만 태어나서 처음으로 기타를 안아본 도희는 아무리 해도 어설펐다.

"처음은 이렇게 하면 돼."

준혁은 순식간에 다정한 선생님으로 돌변해서 도희에게 기타 잡는 법과 현 짚는 법을 가르쳐 주기 시작했다. 도희의 손가락을 직접 움직여서 자리에 놓아주며 준혁은 사랑할 때와 다른 느낌으로 두근거리는 심장을 느꼈다.

"이렇게 하면 도."

준혁이 짚어준 대로 손에 힘을 주며 도희가 손가락을 퉁기자 정말로 도 비슷한 음이 울리긴 했다.

"진짜네!"

겨우 음계를 알아들을 수 있을 정도로 매우 불안정했지만, 도희는 환호성을 질렀고 준혁은 그런 도희를 따사로운 눈길로 바라보았다.

"맘에 들어?"

"응! 근데 손끝이 좀 아플 것 같아요."

"난 처음 배울 때 손끝에 다 물집이 잡혔었지. 익숙해질 때까진 어쩔 수 없어."

두 사람은 그 후로도 한참 동안 기타를 쳐보며 장난을 치다가 도희의 열 손가락 끝이 빨갛게 되고 나서야 빌려온 영화를 떠올렸다. 준혁이 뻥튀기를 가지러 간 사이 도희는 기타를 정리하고, 아까처럼 두 사람은 나란히 거실 바닥에 앉았다.

"……야하다."

도희가 반쯤 베어 먹은 뻥튀기로 짐짓 얼굴을 가리며 중얼거리자 준혁은 뻥튀기를 씹는 것과 웃음이 겹쳤는지 와자작 하는 소리를 냈다.

도희의 짧은 감상대로 〈나인 하프 위크〉는 꽤나 도발적인 영화였다. 아름답고 순수한 여주인공 킴 베이싱어가 사랑을 게임으로만 여기는 자신만만한 남자 주인공 미키 루크를 만나 육체적인 사랑에 빠져 들어가는 것이 영화의 큰 줄거리였으니 당연히 장면은 도발적일 수밖에 없었던 것이다. 도희는 심통 맞은 얼굴로 모르는 척 뻥튀기에 열중하고 있는 준혁에게 시선을 돌렸다.

"일부러 이거 빌린 거죠? 그죠?"

"그래도 거짓말한 건 아니야."

"고전이라더니!"

"이게 고전이니까."

"거짓말, 언제 만든 영환데?"

"86년. 올림픽 하기도 전이라고요."

의외의 대답에 도희는 다시 텔레비전으로 시선을 돌렸다. 남녀 주인공의 사랑이 넘쳐 나는 장면들은 준혁이 말한 시간을 실감할 수 없을 정도로 고급스럽고 세련되긴 했다. 잠자코 감상에 집중하던 도희는 킴 베이싱어가 미키 루크 앞에서 노래에 맞춰 춤을 추며 옷을 하나씩 벗는 장면에서 킥 소리를 내며 웃었다. 섹시하면서도 여주인공이 귀엽다는 생각이 들었기 때문이다.

"우리 도희 씨도 저렇게 춤추면 귀여울 텐데."

그 순간 마치 도희의 마음을 읽기라도 한 듯이 소곤거리는 준혁 때문에 도희는 웃으면서도 약간 정색을 했다.

"거짓말."

그러자 준혁은 안타까움 어린 탄성을 지르면서 팔을 올려 도희의 어깨에 두른 다음 살짝 끌어당겼다.

"왜 내 말을 안 믿을까. 난 지금까지 도희 씨 앞에서 거짓말한 적이 없는데."

도희는 준혁의 눈을 똑바로 마주 보았다. 문득 어젯밤 준혁이 속삭였던 말이 생각났던 것이다. 자신을 안고 있는 와중에도 스스로의 욕망과 싸워야 한다던 말, 부드럽게 대하고 싶다가도 전

부 다 유린해 버리고 싶다던 뜨거운 읊조림은 그 자체로 밀어(蜜
語)였다. 정말 이 남자는 나를 그 정도로 생각하고 있는 것일까.
과연, 정말로?

"그럼 어제 한 말도 진짜예요?"

"어제뿐만 아니라 여태까지 한 말 전부 다 진담이야."

도희가 못 믿겠다는 듯 눈을 내리깔자 준혁은 억울한 표정으
로 웃었다. 그의 체취가 가까이 다가오기 시작하며 숨소리가 가
까워지는데, 도희는 준혁의 입술이 자신에게 닿기 직전 뻥튀기
로 가로막았다.

"……정말인데. 난 당신이 기라면 엎으려 길 수도 있다고."

"말은."

"아아아."

준혁은 심장을 움켜쥐며 희극적으로 머리를 흔들었고 도희는
그의 행동이 의도한 대로 웃음을 터뜨려 준혁을 기쁘게 했다.

"여기서부터가 하이라이트야. 진지하게 보자고, 우리."

다시 진지하게 감상에 임하자는 준혁의 말에 따라 도희 역시
웃음을 멈추고 화면으로 시선을 고정시켰다. 요리를 좋아하는
남자 주인공은 샤워를 끝마치고 킴 베이싱어가 부엌으로 등장
하자 그녀에게 눈을 감으라고 주문한 후 냉장고에서 갖가지 음
식을 꺼내서 한 입씩 맛을 보여주기 시작했다. 전에 이 영화를
본 적이 있는 준혁은 여상스러웠지만 도희는 반사적으로 잔뜩
숨을 죽였다. 식욕과 성욕. 다르면서도 비슷한 두 가지 욕구가

완벽하게 함께하는 순간을 본 것 같았기 때문이다. 건조하게 표현하자면 화면 속의 두 사람은 머리끝까지 즐거움이 차오른 모습으로 과일이며, 시럽 등을 맛보고 있을 뿐이었지만 도희의 눈에 그 장면은 다른 방식의 전희같이 느껴졌다. 남자 주인공이 여자 주인공에게 과일을 먹여주면 여자 주인공은 생기있는 웃음을 터뜨리고, 남자의 손끝이 여자의 입술을 알게 모르게 스치며 점점 달아오르는.

"저 시절에 저런 장면이라니, 대단하게 느껴지지 않아?"

대답은 돌아오지 않았지만 준혁은 무언의 긍정을 느끼며 미소 지었다. 미키 루크가 킴 베이싱어의 눈을 가린 채 그녀를 얼음 조각으로 애무하는 장면에서는 어느새 준혁마저 숨결이 잦아들고 있었다.

준혁은 천천히 고개를 움직여 도희를 시야에 담았다. 지금 그의 눈빛은 화면 속 남자 주인공의 그것과 거의 똑같았다. 눈앞에 두고 있으면 너무 사랑스러워서 손을 뻗어 만져 보고 싶어 어쩔 줄 모르는. 하지만 문제는 도희는 자기가 다른 사람을 이렇게 만들 수 있다는 것을 전혀 인지하지 못하고 있다는 것이었다. 새삼 상기되는 현실에 준혁은 남모르게 어금니를 깨물었다.

"금발 머리가 아니어도 좋아."

영화를 보며 나한테도 금발이 어울릴까 하는 다소 엉뚱한 생각을 하고 있던 도희는 준혁의 말에 화들짝 놀랐다. 마음을 엿보는 게 틀림없어. 하지만 준혁은 도희의 놀람 따윈 알지 못하는 것처럼 그녀의 어깨를 안은 팔을 점점 자기 쪽으로 끌어당겼다.

"이 까만 머리카락이 날 꿈꾸게 하니까."

그렇게 속삭이며 준혁은 느슨하게 묶은 도희의 머리카락에 입을 맞추었다. 몹시 닭살스러운 말이었지만 준혁의 진지함에 도희는 그조차 깨닫지 못하고 있었다.

"당신이 내 앞에서 춤추면 훨씬 귀여울 거야. 당신은 저 여자보다 작고 여리여리하니까. 본인이 그런 거 알고 있나?"

한때 은막을 호령했던 여배우를 서슴없이 깎아내리며 준혁은 속삭였다. 여배우 따위가 뭐 어떻단 말인가. 할 수 없다. 본인이 모른다면 내가 계속 일깨워 주자. 스스로가 어떤 아름다움과 어떤 매력들을 지녔는지. 그래서 내가 자기 앞에서 얼마나 정신을 차리고 있기가 어려운지. 자기가 다른 사람을, 그중에서도 특히 나를 얼마나 설레고 무방비 상태로 만드는지.

"진짜요?"

도희의 대답은 준혁을 씁쓸하고 안타깝게 만들었다. 대체 뭐가 당신 같은 여자를 이렇게 만들었을까. 어떤 망할 것이.

"그럼요. 다 진짜라니까."

도희의 입술이 배시시 웃음기를 머금었다. 준혁은 작게 기뻐하며 그 발그레한 뺨에 입을 맞추었다.

"준혁 씨 회사에서랑 집에서랑 엄청 딴판인 거 알아요?"

도희의 말에 준혁은 하얀 목덜미에 얼굴을 묻은 채 키득 웃었다.

"내가? 회사에서는 어떻기에?"

"엄청 무뚝뚝하고 냉정할 것 같단 말이에요. 솔직히 말하면 조금 무섭기도 하고."

준혁의 목소리가 커졌다.

"내가 무서워 보인다고?"

"응. 난 처음에 표범 같다고 생각했어요."

도희의 묘사에 준혁은 곧 웃음을 터뜨렸다. 도희의 입으로 듣는 자신에 대한 감상은 퍽 남달랐다. 표범 같다니.

"도희 씨도 회사에서랑 엄청 다른 거 알고 하는 말이야, 그 거?"

준혁의 말에 도희는 섬짓 놀라며 입을 열었다.

"내가 어떤데?"

준혁은 도희와 시선을 마주치며 은근하게 속삭였다.

"훨씬 더 발랄하단 말이야. 아마 도희 씨가 회사에서도 지금 같은 모습이면, 난 불안해서 밤에 잠도 안 올걸."

도희는 미소 지었다.

한여름의 짱짱한 햇살은 오전에 널어놓았던 도희의 옷을 오후가 되자 빳빳하게 말려 버렸다. 새로 빤 옷의 보송보송함은 절로 기분을 상쾌하게 했다. 영화 감상이 끝나고 도희가 옷을 갈아입는 사이 준혁도 도희를 바래다주기 위해 옷을 갈아입기 시작했다. 도희가 쓰고 장난쳤던 뿔테 안경이 다시 준혁의 콧대에 자리를 잡았다.

"우리 잠깐 여기 좀 들어가자."

그러나 시내로 나오고 얼마 있지 않아 준혁은 길거리에 칠판으로 된 메뉴판을 내놓은 카페를 발견하고는 냉큼 멈춰 섰다.

"목말라요?"

"응."

건성으로 대답하며 준혁은 도희를 카페 안으로 이끌기 바빴다. 결국 카페에 들어서서 자리를 잡고 앉은 도희는 메뉴판을 펼치는 준혁을 의아하게 바라보았다.

"배고파요?"

"약간. 아침에 그거 먹고 아무것도 안 먹었으니까."

중간에 뻥튀기가 있었지만, 뻥튀기는 배를 채우는 데는 실력이 젬병이니 그냥 넘어가기로 했다. 도희는 메뉴판을 뒤적거리며 중얼거렸다.

"그럼 식당으로 갈걸."

"아니, 여기도 좋아."

왠지 이 갑작스러운 카페 탐방의 이유가 단순히 허기는 아닐 것 같다는 예감이 들었지만, 도희는 굳이 캐묻지 않았다. 음료수와 이 카페 특선 샌드위치를 주문하고 잠시 후 먼저 날라져 온 음료수로 입술을 축이고 나서야, 준혁은 한결 편해진 얼굴로 탁자에 턱을 대며 엎드렸다.

"……헤어지기 아쉬워서 들어오자 그랬다고 하면, 나 너무 자존심없는 남자가 되나."

턱을 탁자에 댄 채 말했기 때문에 끄덕끄덕하는 준혁의 머리는 우스꽝스러웠지만, 도희는 그가 한 말을 한 번에 이해하지 못하고 눈을 동그랗게 떴다. 준혁은 그런 도희를 향해 장난꾸러기처럼 콧잔등에 힘을 줘서 안경을 밀어 올리려고 노력하다가 곧 시원스럽게 미소 지었다.

"그렇게 토깽이같이 눈 뜨면 난 쑥스러운데."

그 말대로 준혁은 스스로가 헤어지기 아쉬워서 저지른 일을 실토하며 약간 부끄러워하고 있었다. 도희는 짜릿한 것과 동시에 머릿속이 복잡해졌다. 남자가 이런 말을 했을 때 뭐라고 대꾸하면 좋을지 알 수가 없었다. 예전에 내가 누군가한테 이런 말을 들은 적이 있었던가? 준혁만큼 나를 이렇게 대접해 준 남자가 있기는 있었던가? 그러자 더럭 의구심이 들었다. 준혁이, 준혁 같은 남자가 어째서 나를 이렇게 생각하게 되었을까. 그 정도면 주변에 나보다 훨씬 좋은…….

생각이 거기까지 이르자 도희는 슬며시 자존심이 상하는 것을 느꼈다. 내가 언제 이렇게 콤플렉스 덩어리가 된 거지? 예전의 나는 겉모습은 이렇지 않았을망정 이렇게 의심하고 알려고 들지 않았을 텐데. 그저 순수하게, 저 사람이 나를 그렇게 귀하게 생각해 준다는 것에 기뻐했을 텐데. 어느새 난 이렇게 된 거야?

도희는 문득 새침하게 미소를 날렸다. 자신을 바라보는 준혁의 눈동자에는 쑥스러움은 깃들어 있을망정 한 조각의 거짓이나 망설임도 찾아볼 수가 없었다. 도희는 저 눈동자를 믿기로 했다. 불현듯 깨달은 자기 상태에 대한 반발심이 아니라고 위로하면서. 저 사람이 나를 그렇게 여기게 되었다면, 정말 그렇게 된 것이겠지. 알려고 하지 말자. 의심은 좀 접어두면 어때. 내가 변하기 전에는 저 사람조차 나를 별다를 것 없이 대했었단 것이 뭐 어쨌다는 거야. 나는 달라졌어. 그러니 다른 사람이 나타나는 것은 하등 이상할 게 없는 거지. 나를 좋아한다고 먼저 말했던 것은 그야. 옛날처럼, 내가 먼저 매달린 것이 아니라고.

"쑥스러워하는 모습이 깜찍하네요, 준혁 씨."

예상하지 못했던 도희의 도도한 대답에 준혁은 허를 찔렸다는 얼굴로 하하 웃었다.

"……박준혁? 박준혁 맞지?"

그때 곁을 스쳐 가던 다른 일행 중 한 사람이 갑자기 멈춰 서며 준혁에게 말을 걸었다. 준혁은 방금 전까지 웃고 있던 표정을 싹 거두며 허리를 폈다. 도희의 시선 역시 목소리를 따라 자연스럽게 위로 올라가기 시작했다. 두 사람의 시선이 끝난 곳에는 거의 준혁만큼 큰 키의 남자가 놀란 얼굴로 준혁과 도희를 번갈아 바라보고 있었다.

"누구십니까?"

준혁은 어느새 총무부 과장의 모습으로 돌아와 상대에게 물었다. 그때 도희는 준혁에게 아는 척을 한 남자의 얼굴에서 좀 이상한 부분을 발견할 수 있었다. 그것만 빼면 다시 기억하기 힘들 정도로 평범한 남자의 얼굴은, 왼쪽 눈썹이 절반밖에 없었던 것이다.

자세히 살펴본 후에 도희는 반쪽짜리 눈썹의 이유가 그 남자의 이마에 있는 흉터 때문인 것을 깨달을 수 있었다. 꽤 오래되어 보이는 그 상처는 무언가 널찍한 것에 얻어맞은 듯 남자의 왼쪽 이마를 스치며 그의 눈썹 절반을 날려 버렸던 것이다. 어쩌다 저렇게 다쳤지?

"나 기억 안 나? 나, 너랑 고등학교 때 같은 반이었던 형곤이다."

형곤이라고 자신을 밝힌 남자는 반가운 미소와 함께 손을 내밀었다. 준혁은 무리없이 그 손을 잡아 가볍게 흔들었다.

"아아, 그래 기억난다. 이형곤. 고3 때 같은 반이었지. 근데 어쩐 일이야?"

준혁이 자신을 알아보자 형곤은 이런 곳에서 준혁과 마주친 것이 정말 뜻밖이었는지 그 자리에 선 채 얘기를 하기 시작했다.

"그냥 휴일이라 나온 거지 뭐. 너도 이 근처 살고 있었구나. 좋아 보인다."

마지막 말은 도희를 바라보며 의미심장하게 한 말이었다. 준혁은 어색한 얼굴로 고개를 끄덕였다.

"그래, 뭐……."

다음 순간 형곤은 준혁이 뭐라고 말을 꺼내기도 전에 도희를 향해 손을 내밀었다.

"안녕하세요? 전 이 녀석 고등학교 동창 이형곤입니다."

준혁만 보면 그렇게 절친한 사이는 아니었던 것 같은데 형곤만 놓고 보면 무슨 죽마고우와 재회한 것 같았다. 친숙한 형곤의 소개에 도희는 얼떨결에 그 손을 마주 잡았다. 그 순간 준혁의 눈썹이 미세하게 꿈틀거렸다.

형곤이 자리를 뜰 때까지 준혁은 어색함을 감출 줄을 몰랐다. 때마침 점원이 샌드위치를 날라오지 않았다면 대화가 정말 길어질 뻔했다. 준혁은 인사하고 물러가는 형곤의 뒤통수가 완전히 사라질 때까지 그를 지켜봤다.

"친구였어요?"

"응? 아니. 아냐, 맞아……."

준혁은 그답지 않게 얼버무렸다. 도희는 어딘가 이상한 느낌에 다시 물어보려다가 그만두었다. 준혁은 형곤이 사라진 방향을 다시 바라보았다. 동창인지 친구인지 알 수 없는 준혁의 모습이 도희는 이상하기만 했다.

"이제 속절없이 이별이네. 잘 가."

도희의 집 앞에 이르러 준혁은 아쉬운지 슬쩍 발을 굴렀다. 도희는 생글 웃었다.

"어서 들어가."

말은 그렇게 했지만 준혁은 문자 그대로 말만 그렇게 했을 뿐이었다. 아직까지 도희의 손을 놓지 않고 있었으니까. 카페에서 형곤 때문에 어색해하던 모습이 거짓말인 것처럼 준혁은 이제 평소의 모습으로 돌아와 있었다.

"다음엔 또 언제 보지?"

"회사에서 매일, 매 시간 볼 텐데 뭐. 왜 그렇게 아쉬워해요?"

"회사에서 보는 거랑 데이트하는 건 달라. 절대 같지가 않다고."

투정부리는 준혁의 모습은 덩치에 안 맞게 깜찍한 구석이 있었다. 도희는 준혁을 깜찍하다고 생각해 버린 자신에게 놀라며 작게 실소했다.

"갑자기 왜 웃어?"

"아무것도 아니에요."

부드러운 미소와 함께 준혁은 마지못해 도희의 손을 놓고는 머리를 긁적였다.

"커피는 아까 마셨으니까 달라고 하기도 뭣하고."

도희가 건물의 현관으로 올라가는 계단을 한 걸음 올라서자 준혁의 얼굴 전체에 아쉬워하는 기색이 아주 역력하게 떠올랐다.

"회사에선 우리 도희 씨 쳐다보는 사람이 너무 많아서 걱정이란 말이야."

"누가 날 쳐다봐요?"

"왜 안 쳐다봐, 인사부 윤 대리에 얍삽이 조 주임까지. 요새 남자 직원 휴게실에서 도희 씨 칭찬이 얼마나 자자한 줄 모르지?"

준혁은 자신의 말에 놀라 버리는 도희의 모습에 빙긋 웃음을 머금었다.

"그렇게 놀랄 필요없어. 전부 다 좋은 얘기만 하니까."

그렇게 이르며 준혁은 한 걸음 다가와 앞으로 빠져나온 도희의 머리카락을 귀 뒤로 넘겨주었다. 도공이 도자기를 빚듯 섬세한 손놀림이었다.

"조 주임이 영화 보러 가자고 꼬셔도 넘어가면 안 돼."

"알고 있었어요?"

"당연하지. 내 부서 일인데?"

총무부를 서슴없이 내 부서라고 말하는 준혁은 순간이지만 자신감이 넘쳤다. 도희는 준혁의 앞머리를 살짝 쓰다듬었다.

"갈게."

"나도 이제 들어갈게요. 얼른 가요."

"들어가는 거 보고."

도희가 괜찮으니 얼른 가라고 했지만 준혁은 물러설 태세가 아니었다. 결국 도희는 등 뒤로 자신을 지켜보는 준혁의 시선을 느끼며 집 안으로 들어섰다. 문을 열고 얼른 신발을 벗은 도희는 후다닥 창문으로 다가가 닫혀 있던 창문을 활짝 열었다. 오던 길을 다시 돌아가고 있는 준혁의 뒷모습이 보였다. 혼자 돌아가는 뒷모습은 허전하면서도 고즈넉해 보였다. 어느 순간, 그 뒷모습이 돌아보는 앞모습으로 변하며 준혁은 창가의 도희를 향해 손을 흔들었다.

준혁의 뒷모습이 길 모퉁이를 돌아 완전히 사라지고 나서야 도희는 창가에서 물러났다. 조금 전까지 느껴지지 않던 혼자라는 감상이 뚜렷하게 찾아왔다. 괜히 가스레인지로 다가가 별로 생각도 없는 찻물을 올리며, 도희는 가볍게 한숨을 내쉬었다. 돌아가던 준혁의 뒷모습을 그려보던 도희는 불현듯 다른 사실을 떠올렸다.

준혁은 카페에서 동창을 만났을 때, 그에게 자신을 소개시키지 않았던 것이다.

7

"무슨 생각을 그렇게 해?"

마리의 목소리가 중간에 끼어들고 나서야 도희는 퍼뜩 제정신을 차렸다.

"아무것도 아냐."

괜히 당황해서 허겁지겁 얼버무렸다. 하지만 자꾸 드는 의구심에 결국 속으로 고심하던 도희는 그 고민을 입 밖으로 꺼내놓고야 말았다.

"있잖아."

"응."

"네가 친구랑 같이 길을 가다가 친구가 아는 사람을 만났는

데, 친구가 그 사람에게 너를 소개시켜 주지 않으면 기분이 어
떨 것 같아?"

마리는 짧게 생각해 보고는 건성으로 대답했다.

"그냥 그런가 보다 하지. 넌 누구랑 있다가 아는 사람 만나면
다 소개해 줘? 누구 씨, 이 사람은 내 친구 뭐뭐뭐예요. 친구야,
이 사람은 나랑 이런저런 관계에 있는 누구 씨란다. 이렇게? 설
명해 주면 알 것도 아닌데 뭘."

마리의 대답을 들은 도희는 그런가? 하는 표정을 지어 보임
으로써 마리에게 일말의 허탈감을 선사했다.

"근데 그런 건 갑자기 왜 물어봐?"

"응? 아, 아니, 그냥."

도희는 그냥 넘겨 버렸지만 마리는 이미 냄새를 맡은 후였다.
의자에 앉은 채 도희에게 가까이 다가온 마리는 팔꿈치로 도희
를 툭 치면서 은근하게 밀고 들어왔다.

"그냥이 아닌 것 같은데?"

그 후로 집요하게 계속된 마리의 채근에 도희는 결국 준혁이
보였던 행동에 대해 설명하게 되었다. 물론 사실대로 말할 수는
없는 노릇이었으므로 도희가 풀어놓은 이야기 속에서 준혁은
준혁이 아니라 도희가 하지도 않은 소개팅에서 만난 이름 모를
남자가 되어 있었다.

"그래? 이상하긴 하지만 별일은 아니네."

설명을 듣고 의외로 심심한 마리의 반응에 도희의 표정이 밝

아졌다.

"그런 것 같아?"

"응. 그 남자가 동창을 한번에 알아보지도 못했다며? 그럼 졸업하고 엄청 오랫동안 못 봤다는 얘기인데."

"그런데?"

"엄청 오랫동안 못 본 사람이랑 마주쳤는데 그 자리에서 아, 내 여자친구예요. 이렇게 소개하기도 좀 뭣하지 않을까?"

마리의 부연 설명에 애써 위안을 얻으며 도희는 스스로에게 납득시키듯 고개를 끄덕였다. 확실히 준혁은 그 형곤인지 누구인지 하는 동창과 마주쳤을 때 반가워하는 기색은 아니었다. 오히려 준혁의 태도는 어색하고 데면데면했다. 게다가 형곤이 준혁을 먼저 알아본 것에 비해 준혁은 그가 다가와서 자기를 말할 때까지 저 사람이 누구인지 기억조차 해내지 못했다.

"그런데 그 사람은 되게 친했던 것 같았어."

먼저 다가와 웃으며 악수를 청하던 형곤의 모습을 떠올리며 도희가 덧붙이자 마리는 잠시 생각하다가 고개를 흔들었다.

"친한 척이야 누군들 못 해. 솔직히 말이 좋아 동창이지 친구 사이 아니었음 같은 반이었대도 기억이나 나겠어?"

마리의 덧붙임은 도희에게 힘을 실어주었다. 도희는 다시금 고개를 끄덕이며 긍정적으로 결론을 내렸다. 당황해서 그랬을 거야. 솔직히 잘 알거나 친한 사이도 아닌데 구구절절 설명하는 것도 쉬운 일은 아니니까. 발에 박힌 가시처럼 그 장면이 자꾸 생각나서 성가시긴 했지만 이건 그냥 하찮은 의문일 것이다. 이렇게 고민하고 결론 내릴 가치도 없을 만큼 하찮은 의문.

"요 깜찍한 도도희, 언제 소개팅을 다 하셨어?"

도희는 준혁과의 일을 적당히 각색해서 들려주었다. 결과적으로 마리는 도희가 횟집에서 마지막 회식이 있던 즈음 소개팅을 하게 되었고, 거기서 알게 된 남자와 와인바에도 가고 영화도 빌려보며 꽤 잘 진행되어 가고 있다고 믿게 되었다. 자기가 한 말을 곧이곧대로 믿는 마리를 보며 도희는 양심의 가책을 느꼈지만, 어쩔 수 없는 일이었다. 마리에게 뭉뚱그려 설명하며 도희는 한 번도 치밀하게 생각해 보지 않아서 크게 와 닿지 않던 준혁과 자신의 사이가 명확하게 정리되는 것을 느꼈다. 도희는 왠지 모를 씁쓸함과 함께 찾아오는 약간의 회한에 착잡해졌다.

"나 괜히 고민했나 봐."

"응?"

잠시 후 도희는 마음속의 칙칙한 생각들을 싹 밀어버리며 눈을 부릅떴다. 이 고민에서 벗어날 해결책을 찾았기 때문이다.

"그 사람한테 직접 물어보면 되잖아. 나 물어볼래."

"준혁 씨."

"응?"

준혁의 음성은 다정했다. 도희는 안심하며 일렀다.

"그때 있잖아요."

"그때?"

근무 시간에 살짝 사이를 두고 빠져나온 옥상 정원에는 아무도 없었다. 지금 사무실에서는 도희가 문서 보관실에 간 줄 알고 있었다.

"준혁 씨 동창 만났을 때, 왜 나 소개 안 시켜줬어요?"

"뭐?"

지금까지 하릴없는 표정으로 탁 트인 전경을 바라보고 있던 준혁의 얼굴이 단번에 눈치 챌 수 있을 정도로 굳었다. 겨우 질문 하나에 손에 들고 있던 자판기 커피를 떨어뜨릴 뻔한 준혁은 확실히 평소답지 않은 모습이었다. 도희는 가볍게 던진 질문에 예기치 않게 놀라는 준혁을 이상한 눈으로 바라보면서 계속 물었다.

"지난 주말에, 카페에서 만났잖아요. 기억 안 나요?"

"글, 글쎄?"

굳은 얼굴로 어설프게 웃느라 준혁의 표정이 이상하게 구겨졌다. 도희는 예상하지 못했던 준혁의 반응에 불퉁하게 볼을 부풀렸다.

"별로 안 친했어도, 여자친구라고 소개라도 시켜주지."

준혁은 그때서야 도희가 왜 동창 얘기를 꺼냈는지 짐작하며 고개를 주억거렸다. 하지만 얼굴에 서린 당혹감은 사라지지 않고 있었다.

"뭘 그렇게까지 해."

준혁은 다 식은 커피를 한번에 넘겨 버리고는 손아귀를 움켜쥐며 종이컵을 가차없이 구겨 버렸다.

"이름도 기억 안 나는 사람이었는데."

준혁의 해명에 도희는 수긍하며 고개를 끄덕이려다가 왠지 모를 꺼림칙함에 고개를 갸웃했다. 준혁의 설명이 조금 이상했다. 이름도 기억이 안 나는 사람이었다고?

"아아, 그래 기억난다. 이형곤. 고3 때 같은 반이었지."

처음엔 기억하지 못했을지 몰라도, 준혁은 다가오는 형곤을 알아보고는 틀림없이 그렇게 말했었다. 준혁은 그가 누구인지 분명하게 기억하고 있었다. 그런데 며칠도 지나지 않았는데 지금은 기억이 나지 않았다고 말하고 있었다. 도희는 지금 준혁이 자신에게 거짓말을 했다는 것이 믿어지지가 않았다.

"그건 그렇고, 우리 다음엔 어디 가볼까?"

준혁은 일부러 그러는 것이 역력한 모습으로 주의를 환기시키며 화제를 돌려 버렸다. 지금까지 본 적 없는 당황과 예기치 못한 거짓말. 도희는 다시 묻고 싶었지만 준혁은 도희에게 틈을 주지 않고 다른 얘기들을 꺼냈다. 이렇게 회피하는 모습 또한 평소의 그와는 많이 달랐다. 이유가 뭘까. 도희는 조금 전에 당황했던 모습이 거짓말처럼 경쾌해진 준혁을 알 수 없는 눈으로 바라보았다. 알 수 없는 불안이 엄습했다.

준혁과 나, 박 과장님과 도도희, 이 관계는 뭘까. 갑자기 변신한 자신과 와인에 휩쓸려 듣게 된 준혁의 고백. 그렇게 저질러버린 첫날밤의 비밀 유지를 위해 도희는 자신의 고백에 응하는 것이 최선이라는 준혁의 제안을 따랐다. 그때는 도희 역시 그게 최선이라고 생각했기 때문이다. 너무 빨리 서로가 연결된 탓에 연정이 끼어들 틈이 없었다. 준혁에 대한 도희의 심사는 자포자기와 호기심이 반반씩 섞인 것이었다. 까짓것 이왕 이렇게 된 일, 돌이킬 수도 없으니 어쩌랴. 좋아, 나라고 저런 남자랑 연애 못한다는 법 있나?

도희는 준혁이 앉은 쪽을 흘깃 쳐다보았다. 파티션 때문에 준혁의 모습은 보이지 않았지만 도희는 저곳에서 준혁이 일하고 있는 중이라는 것을 알고 있었다. 뿔테 안경에 청바지를 입고, 카페 탁자에 턱을 대고 엎드려서 헤어지기 아쉽다고 자존심을 내버렸던 남자는 지금 강철 가면을 얼굴에 뒤집어쓰고 사냥하는 것처럼 맡은 일을 끝내고 있을 것이다. 갑자기 도희는 준혁이 전혀 모르는 사람처럼 느껴져 깜짝 놀랐다.

저 사람은 나를 어떻게 생각하고 있을까. 정말 나한테 끊임없이 속삭였던 말들과 같이, 자기를 꿈꾸게 하며 어떤 아름다운 여자도 시선을 빼앗지 못할 정도로 압도적이고 누가 채어갈까 늘 신경 쓰이며 항상 스스로의 욕망과 싸우게 만드는, 그런 보석 같은 존재로 생각하고 있을까? 과연 정말로?

도희는 자연스럽게 자신의 지난 연애사를 떠올려 보았다. 지나간 추억 속에서 사랑의 시작은 자연스럽고 평범했지만, 시간이 지나며 언제나 나중에 매달리는 것은 도희였다. 그런데 준혁은 완전히 반대였다. 먼저 다가온 것도 준혁이고, 먼저 안달나 하고 있는 것도 준혁이었고, 떠나 버릴까 불안해하고 있는 것도 준혁이었다. 분명하게 귀로 들은 것은 아니지만, 도희는 그런 준혁의 상태를 본능처럼 알 수 있었다.

왠지 모르게 통쾌하기도 하고 기쁘기도 했지만, 한편으로는 준혁에게 미안하기도 했다. 그가 나를 생각하는 만큼 나도 그를 생각하고 있을까. 스스로에게 그렇게 물을 때마다 도희는 자신조차 떠올릴 수 없는 대답에 혼란스러워지곤 했다.

이렇게 도희가 아직까지 마음속 최후의 방어선을 지키며 준혁에게 마음을 열지 않은 것은 사랑의 경험을 겪으면서 적당히 실망하고 적당히 냉정해졌기 때문이었다. 그때, 그때, 그때 그 사람도 그랬으니까 어쩌면 당신도 그럴지도 모른다고 무의식중에 놓지 않고 있던 불신이 있었던 것이다. 준혁이 하는 말 전부를 순진하게 믿어버리고 마냥 행복해하기에는 지금까지 도희가 겪은 기억이 만만치 않았다. 그중에서는 지금 생각해도 자다가 벌떡 일어날 정도로 황망한 이유를 대며 떠났던 사람도 있었다.

대차게 뒤통수를 치고 떠난 그 남자들도 처음엔 달콤했었다. 지금 준혁이 그러한 것처럼.

어쩌면 조금 더 일찍 준혁을 만났다면 도희는 이런 행복을 느낄 수 있게 해준 자신의 인생에 감사하며 그저 기쁨에 겨웠을지도 몰랐다. 하지만 준혁을 만난 건 지금이었고, 그동안 도희는 경험했으며, 그 경험이 준혁에게 마음을 전면 개방하는 것을 발목 잡고 있었다.

하지만 지금은?

도희는 다시 한 번 정체를 알 수 없는 간절함을 담아 준혁의 자리로 시선을 던졌다. 그 간절함에 화답하듯 때맞춰 자리에서 일어선 준혁은 팩스기로 향하다가 도희의 시선을 깨닫고는 아무도 모르게 미소 지어주었다. 도희 역시 화답하며 흐리게 웃었다. 때때로 절대 지워지지 않는 각인처럼 떠오르던 불안감이 서서히 녹아내렸다. 옥상 정원에서의 장면 따위 잊어버리고 그저 저 미소를 믿어보고 싶었다.

이번엔 괜찮을까? 뿌리치기 힘든 달콤한 유혹이 찾아오며 행복한 와중에도 혼란스러워졌다. 나는 또 같은 불행을 반복하려 하고 있는 것일까, 아니면 인생에서 다시 찾아오기 힘든 두근거림을 외면하려 애쓰고 있는 것일까.

준혁은 도희를 안은 채 언젠가 사랑을 나누었던 탁자 곁, 의자에 걸터앉아 있었다. 목덜미 부근에서 느껴지는 준혁의 숨결을 음미하고 있던 도희는 갑자기 도발적이고 싶어졌다. 보다 자신이 우위에 있음을 깨달아 버린 자의 여유일까. 그래서 도희는 준혁의 뒤통수로 손을 집어넣고 머리카락을 한껏 움켜쥔 다음 천천히 잡아당겼다. 도희의 쇄골을 따라 입을 맞추고 있던 준혁은 별 저항 없이 도희의 손이 이끄는 대로 자신의 머리를 맡겨 버렸다. 준혁의 무릎에 걸터앉은 채 거꾸로 그를 통제하는 기분은 짜릿했다.

"······여왕님이라고 불러야 할 타이밍인가?"

준혁의 농담에 도희는 웃으면서 쳐들린 그의 턱에 입을 맞췄다. 준혁은 잠시 눈을 감았다 떴다.

도희의 검지손가락 끝이 준혁의 턱부터 시작하여 그를 반으로 나눠놓듯이 일직선을 그리며 아래로 내려가기 시작했다. 그 얇은 손끝이 목울대를 건드리는 순간 준혁은 참지 못하고 생침을 삼켰다. 도희는 자신의 허리를 잡은 준혁의 손바닥이 규칙적으로 살결을 쓰다듬기 시작하는 것을 느꼈다. 자신의 손길 한 번에 동요하는 준혁의 모습이 마치 처음 보는 것처럼 신기했다.

"꼼짝 못하겠죠?"

도발을 잃지 않는 도희의 물음에 준혁은 무기력하게 고개를 끄덕였다. 도희의 눈동자에 사로잡힌 그의 눈동자가 가늘게 떨렸다.

"여신이라도 된 것 같······."

준혁의 여운은 가만히 덮쳐 온 도희의 입술에 의해 일찍 스러졌다. 준혁은 속절없이 눈을 감았다. 도희의 숨결은 따스하고 달짝지근해서 순식간에 머리를 띵하게 만들었다. 일순 힘이 들어갔던 준혁의 손은 키스가 이어짐에 따라 스르르 힘이 빠져나갔다. 도희는 한참 후에야 입술을 떼며 준혁의 머리칼을 잡았던 손을 놓았다. 준혁은 깊게 한숨을 쉬며 고개를 바로 했다.

도희를 올려다보던 준혁의 속눈썹이 다른 의미로 살짝 경련했다. 알아버렸나? 내가 자기를 생각하면 어떤 상태가 되는지. 동시에 그의 입술이 위로 향하는 오묘한 곡선을 그렸다. 잘됐다.

"셔츠 벗어요."

준혁은 순순히 도희의 명령에 따랐다. 스스로 단추를 풀어나가는 준혁의 손동작은 섬세했다. 도희의 눈길은 그 단정한 궤적을 따라 추호의 흔들림도 없이 끝까지 움직였다. 준혁이 과시하듯 앞섶을 열어젖힌 후 팔까지 빼내며 셔츠를 완전히 벗어버리자 도희의 날렵한 손이 그 새하얀 옷깃을 낚아챘다.

준혁이 어리둥절하게 지켜보는 사이 도희는 준혁이 방금 벗은 셔츠를 자신의 팔에 꿰었다. 자신의 셔츠를 태연하게 뺏어 입는 도희를 보며 준혁은 만족스런 미소를 지었다. 서로의 위치를 정확히 깨달은 도희의 움직임은 전과는 딴판으로 달랐다. 도희는 그 이름이 주는 어감처럼 한없이 도도하게 콧대를 세웠다. 그 당당한 모습에 준혁은 셔츠만 달랑 걸친 도희보다 윗옷을 벗어버린 자신이 더 부끄럽게 느껴질 지경이었다. 이어서 도희는 생전 처음 보는 생명체를 대하듯 호기심 가득한 눈짓으로 준혁을 낱낱이 살펴보기 시작했다. 의식하지 않으려 해도 도희의 집요한 시선에 신경이 쏠리며 준혁은 저 순수하기까지 한 눈빛 앞에 웃통을 벗고 있는 자신이 몹시 수줍게 느껴졌다.

"어디 가는 거야?"

도희가 갑자기 일어선 덕분에 무릎으로부터 전해지는 근사한 감촉이 사라지자 준혁이 아쉬움을 숨기지 못하며 물었다. 도희는 준혁의 목소리가 들려오는 동안 태연자약하게 침대로 가서 잘 정돈된 이불 위로 발랄하게 뛰어들었다. 방금 전까지 방 안을 가득 채웠던 관능이 싹 사라지는 것을 보며 준혁은 어이없어 해야 할지 고민하기 시작했다. 침대로 뛰어올라서 엎드려 발을 까불거리는 도희의 모습은 영락없이 잠자리에 들기 직전 느긋함을 만끽하는 모습이었다.

"뭐 해요? 이리 오지 않고."

준혁은 고민을 접어두고 본격적으로 어이없어하기 시작했다. 그의 마음속 깊은 곳에서 태곳적부터 현재까지 세상의 모든 남자의 공통된 고민거리였던 여자는 알다가도 모르겠다는 생각이 새삼스럽게 스쳐 지났다.

하지만 준혁은 도희의 명령 한마디에 셔츠를 벗었던 것처럼 침대 가장자리로 다가가 섰다. 순순히 곁으로 다가와 서는 준혁의 모습을 보며 도희는 기대감에 가득 찬 미소를 지었다.

"착하다. 내가 어떻게 하라고 말해줄까요?"

준혁이 할 수 있는 행동이란 그저 어깨를 으쓱해 보이는 것뿐이었다. 사실 아까부터 바라 마지않는 소망이 있기는 했지만,

그걸 사실대로 입 밖에 내었을 때 도희가 자신의 **뺨**을 후려치며 호색한이라고 소리치지 않으리라고 장담할 수 없었기 때문이다. 그래서 준혁은 순진무구하게 짝이 없는 미소와 함께 도통 당신의 속내를 모르겠다는 표정을 지어 보였다.

"난 지금 무기력해."

준혁의 항복 선언은 도희를 짜릿하다 못해 저릿하게 만들었다. 도희는 손으로 입을 가린 채 즐거워 죽겠다는 듯이 키득거렸다.

"별수 있나. 내가 더 약자인걸."

당신이 좋다니 나도 좋아. 준혁의 목소리에는 그런 속마음이 잘 묻어나고 있었다. 도희는 웃음을 멈추고 어느새 가라앉은 눈으로 준혁을 올려다보았다. 가라앉았다고는 했지만 도희의 눈빛 속에서는 아직도 의기양양함이 지워지지 않고 있었다. 하지만 그 눈빛을 마주하고 있는 준혁은 오래지 않아 도희가 내보이지 않기 위해 애쓰고 있는 것을 짚어낼 수 있었다. 도희는 지금 무엇인가 때문에 극심하게 고민하는 중이었다. 그리고 준혁은 도희의 고민거리가 된 존재가 자신이라는 것을 쉽게 짐작할 수 있었다.

그녀가 나를 두고 고민하고 있다. 전혀 아무렇지 않다면 거짓말일 것이다. 준혁은 올 것이 왔음을 실감했다. 도희는 한없이 장난스러웠지만 사실 그 속은 지금 형용하기 어려울 정도로 진지하고 복잡했던 것이다. 마침내 이 관계를 정의 내려야 할 순간이 왔기 때문이었다. 준혁은 목울대가 출렁이지 않도록 주의하며 마른침을 삼켰다. 도희는 어느새 내리깔아진 준혁의 속눈썹을 바라보며 입을 열었다.

"진짜로 내가 좋아요?"

"진짜로. 내가 처음 총무부에 들어선 순간부터 진짜였지."

도희는 박준혁 과장이 총무부에 처음 들어선 순간부터 말단 여직원에게 연정을 품기 시작했다는 담담한 실토를 귀에 새겨 넣듯이 들어두었다.

"그럼 그날은?"

준혁은 도희가 이르는 그날이 자신이 도희에게 고백 같지 않은 고백을 했던 그날을 말하는 것임을 짐작했다. 준혁은 긴장하고 있는 사람이 그것을 드러내지 않고 싶을 때 그러하듯 담담한 척 느리게 대답을 이어나갔다.

"일생일대의 모험이었지. 난 그날 솔직하게 말하자면 당신이 내 따귀를 올려붙일 것을 각오하고 있었어. 일생일대의 고백을 그렇게 바람둥이처럼 하게 된 것은 지금 생각해도 유감이야."

확실히 회식 자리에서 몰래 일행을 따돌리고 분위기 좋은 와 인바로 안내한 후 알콜 섭취가 있고 나서 몽롱한 취기 때문에 평소보다 훨씬 자유로워진 여자를 품에 안으며 애인 어쩌고 하는 멘트를 날리는 것은 선수라는 말을 들어도 할 말이 없다. 그러나 변명한다면 준혁에겐 그날이 아니면 다음 기회를 찾기가 너무 힘들었다. 도희는 6개월이 지나도록 자신을 그저 좀 친절한 직장 상사 정도로 여기고 있었고, 그사이 도희의 쉽게 열리지 않는 성격을 파악한 준혁이 내린 결론은 어지간한 파격이 아니면 이 간격을 좁힐 수 없다는 것이었다.

"그래서 불안해요? 내가 당신을 가벼운 사람이라고 여길까 봐?"

이번에는 준혁이 대답하기까지 약간의 시간이 걸렸다. 하지만 결국 준혁은 인정하며 고개를 끄덕였다. 흔히 애정을 바탕에 깔아야 하는 두 사람 사이에서는 먼저 좋아하는 사람이 약자이며 더 많이 사랑하는 쪽이 패자다. 지금 패자는 도희가 아니라 준혁이었다. 그래서 준혁은 도희와 숱한 나날을 보낸 지금까지 불안해하고 있었다. 그동안 파악한 도희의 조심스런 성격 때문이었다. 같이 사랑을 나눴다고 해서 도희의 전부를 얻은 것은 아니다. 게다가 사랑이라는 것은 기간과 거리에 상관없이 한순간에 피어나기도 하지만 몇 년이 걸린다 해도 피어나지 않을 수도 있는 것이다. 준혁은 조심스런 성격의 도희가 같이 나눈 사랑과 상관없이 자신을 어디까지 받아들였는지 알 수 없었고, 그래서 불안했다. 어쩌면 도희는 그저 이렇게 된 상황 때문에 사랑을 나누었을 뿐, 준혁에겐 마음 한 자락 허락하지 않았을 수도 있는 것이다.

"이런 허세쟁이."

도희의 깜찍한 타박에 준혁은 쓴웃음을 지었다. 남자가 열 번 계산해야 아는 것을 여자는 한 번 눈빛으로 다 알 수 있다더니. 도희는 단번에 짚어낸 것이다. 지금까지 도희 앞에서 자신만만하게 굴었던 준혁의 태도가 사실은 인정받지 못한 남자가 부린 만용이었다는 것을.

"난 아직 모르겠어요."

내색하진 않았지만 준혁은 가슴속에서 자신의 떨어진 심장이 데굴데굴 굴러다니는 느낌이었다.

"왜 날 좋아해요?"

모든 여자라면 자신의 애인을 향해 한 번쯤 던져 봤을 질문이지만, 그것에 시원스런 대답을 들은 여자는 몇이나 될까. 준혁 역시 저 질문을 받았던 수많은 남자들만큼이나 당혹스러웠다. 하지만 준혁은 잠시 고개를 숙였다가 단호하게 대답했다.

"어느 한 가지 때문이라고 말할 수가 없어."

구태의연한 대답이었지만 그것이 사실이었다. 준혁을 바라보는 도희의 눈동자는 아련하면서도 이해할 수 없는 것을 지켜보는 사람처럼 혼란스러웠다. 왜요? 준혁은 그 눈동자 속에서 도희가 끊임없이 던지고 있는 의문을 어렵지 않게 알아볼 수 있었다. 준혁은 문득 갑갑해졌다. 여전히 불안해하는 도희가 이해할 수 없으면서도 동시에 이해가 갔다.

"그냥 날 믿어주면 되잖아. 그건 안 돼?"

준혁의 물음에 도희는 마치 듣지 못한 것처럼 오랫동안 대답하지 못했다. 지금 준혁이 만약 자신을 좋아하는 것이 아니라 사랑하고 있다고 단번에 말했다면, 자신은 준혁을 조금 더 믿을 수 있었을까.

"모르겠어요. 하지만 당신이 싫지는 않아요. 싫었다면 애초에 그런 일이 일어날 빌미도 만들지 않았을 거예요. ……하지만 여전히 모르겠어요."

준혁의 미소가 다시 반복되었다. 비참해해야 하나 아니면 기뻐해야 하나. 당신 자체는 좋은 사람이라고 생각해요. 하지만 당신이 내가 사랑이라는 감정을 느껴도 좋은 사람인지는 모르겠어요. 이미 사랑하고 있는 여자에게 이런 대답을 들은 남자로서 준혁은 어떻게 해야 할지 고민스러웠다. 하지만 싫다는 대답을 들은 것보다는 하늘에 감사할 정도로 다행이라고 생각하며, 준혁은 천천히 도희의 곁에 앉았다.

"꼬마가 된 기분이야."

"꼬마?"

"이미 저질러 놓고 어쩔 줄 모르고 있는 꼬마 말이야. 어른이 나타나서 처분해 주기 전까지는 어찌할 바를 모르고 안절부절 못해야 하는 꼬마."

도희는 풋 웃었다.

"그럼 내가 어른?"

"지금 내 입장에서는."

도희는 준혁이 계속 말할 것이라고 생각했지만 준혁은 그러지 않았다. 도희는 곧 그 침묵의 이유를 알 수 있었다. 준혁은 애걸복걸하지 않기로 한 것이다. 멋대로 자기 마음을 줘놓고 왜 내 마음을 몰라주느냐며 어리둥절한 여자 앞에서 고뇌에 찬 생떼를 부리는 숱한 남자들과 다르게 준혁은 상대의 처분만 남은 자기 자신의 처지를 잘 이해했고, 그렇기에 억지로 뭘 강요하려고 들지 않았다. 강요라는 것은 상대의 의중에 상관없이 상황을 자신에게 좋은 쪽으로 움직여 버리려고 노력하는 것. 그렇기에 밀어붙인다면 당장은 흡족할 수 있겠지만 그 효력이 결코 길지 않다는 것을 준혁은 알고 있었던 것이다.

"옆에 누워도 돼?"

도희는 고개를 끄덕였고 준혁은 도희의 옆에 조심스럽게 몸을 뉘었다. 이불을 끌어당긴 그는 하반신을 이불 속에 감춘 채 꿈틀거리며 불편한 슈트 하의를 벗어버렸다. 그리고 팔을 들어올려 스스로 팔베개를 하며 누웠다.

"나도 팔베개해 주면 안 돼요?"

준혁은 말이 채 끝나기도 전에 도희를 향해 남은 팔을 뻗었다. 품으로 파고드는 도희의 느낌에 자연스럽게 작은 새가 연상되었다. 알 수 있었다. 도희가 확실히 결정 내리지 못하는 스스로를 책망하며 자신에게 미안해하고 있다는 것을. 준혁은 미안해할 필요 없다고 말해주고 싶었지만 그러지 않았다. 자신이 그런 말을 한다면 도희는 더 미안해할 것이기 때문이었다.

믿어볼까. 도희는 눈은 감았지만 잠들지는 않은 단정한 옆얼굴을 바라보며 생각에 잠겼다. 왜 거짓말을 한 것인지 알 수 없었지만 지금 그런 건 생각하고 싶지 않았다. 순간 도희의 입술이 가늘게 미소를 그렸다. 안 좋은 부분을 외면하려고 하는 건 벌써 내 마음이 그에게 기울어 있다는 뜻일까.

고민을 한다는 건 언뜻 보면 아무 쪽으로도 기울지 않은 것 같지만 사실 마음속 깊은 곳에서는 이미 결정을 내렸다는 뜻이다. 단지 이미 결정 내린 방향을 조금 더 심사숙고하는 것일 뿐. 도희는 천천히 눈을 감았다. 이게 내 마지막 로맨스일지도 몰라. 사랑이라면, 어쩌면 마지막일지도 몰라. 믿어볼까? 난 대체 무엇을 두려워하느라 이렇게 고민하고 있는 것일까.

좋아하는 게 아니라 사랑하고 있는 거라고 말해줬다면 나는 조금 더 용기를 낼 수 있었을 텐데.

그 후로 몇 주가 지나갔지만 도희에게서 연락은 없었다. 준혁은 초조함을 억누르기 힘들었지만 그렇다고 어떻게 할 수 있는 것은 없었다. 결정은 도희의 몫이다. 그걸 강제하거나 강요할 순 없다. 그녀가 어떤 결정을 내리든 그저 받아들일 수밖에.

왜 날 좋아하나요. 대답을 안다면 천만 번이고 대답해 줄 의사가 뚜렷한 도희의 질문이었다. 하지만 준혁은 고개를 가로저었다. 그건 나도 몰라. 이건 무책임한 대답이 아니다. 은하계가 존재하는 이유를 알지 못하는 것이 무지하다고 책망받을 수 없는 것처럼.

별이 그냥 별이듯 준혁은 도희를 그렇게 사랑했다. 꼬마가 된 것 같다던 자신의 넋두리를 다시 한 번 실감하며 준혁은 한숨을 내쉬었다. 이거야 이제 꼬마를 넘어서서 재판장에서 판결을 기다리고 있는 원고의 심정이었다.

"이런……."

도희에 대한 상념에서 허우적거리고 있던 준혁은 불현듯 현실로 돌아오며 동시에 이빨 사이로 신음을 내뱉었다. 안 그래도 머릿속이 복잡한데 눈앞에 그득하게 쌓여 있는 업무들은 마치 자신을 비웃고 있는 것 같았다. 준혁은 가혹할 만큼 어금니에 힘을 주고 나서 첫 번째 사냥감을 집어 들었다. 한 손에 잡기에도 두툼한 서류 뭉치였다.

"박 과장님, 야근하실 거예요?"

"그래야죠."

마침 지나가던 다른 직원의 물음에 준혁은 심심하게 일렀다. 어쩌면 오늘뿐만이 아니라 앞으로 며칠 동안은 책상에 딸린 부속품처럼 컴퓨터 앞을 떠나지 못할지도 모르겠다.

"수고하세요."

퇴근 시간이 되자 굳이 책상 앞에 붙어 있을 필요가 없는 다른 직원들은 속속 자리를 뜨기 시작했다. 사무실에 남아 있는 것은 준혁을 비롯하여 일거리가 남아 있는 몇몇 소수뿐이었다. 복도와 옆 부서의 조명이 꺼지자 순식간에 사위를 잠식한 어둠은 여전히 불을 그대로 켜둔 총무부마저 얼마간 침침해 보이게 만들었다.

어느새 준혁의 넥타이는 갑갑함을 덜기 위해 느슨해져 있고 와이셔츠의 첫 번째 단추는 풀려 있었다. 소매를 걷어붙인 팔뚝은 자판을 치느라고 쉴 새 없이 힘줄이 오르락내리락거리고, 모니터의 불빛 때문에 창백해 보이는 얼굴로 준혁은 완벽한 무표정을 유지한 채 묵묵히 맡은 일을 해나가고 있었다.

준혁이 도희의 전화를 받은 것은 마지막 만남이 있고 나서 3주
하고 삼 일째 되던 밤이었다.

부아아앙. 한창 기세가 올랐는데 책상 한 귀퉁이에 놓아뒀던
휴대전화가 전신을 떨어댔다. 준혁은 갑자기 맥을 끊어놓는 누
군가를 향해 짜증을 퍼부으려다가 액정에 뜬 이름을 보고 당장
마음을 고쳐먹었다. 빛의 속도로 휴대전화를 향해 뻗어나간 준
혁의 손은 하지만 그 속도 탓에 무사히 휴대전화를 집어 드는
대신 밀쳐서 내던져 버릴 뻔했다. 준혁이 허둥지둥하는 사이에
도 계속되는 휴대전화의 진동에 준혁은 혹시나 이 진동이 중간
에 멎을까 봐 애처로울 정도로 노심초사했다.

"여보세요?"

슬라이드를 열기 직전에야 준혁은 여기가 아직 사무실이며
남아 있는 직원들이 있음을 깨닫고 '도희 씨?'라고 묻는 실수를
범하지 않았다.

"네? 네…… 알겠어요. 지금 내려갈게요."

준혁은 그렇게 대답하고 허겁지겁 자리를 박차고 일어섰다.

"과장님, 어디 가세요?"

"아, 잠깐……."

무슨 상관이야! 라고 소리치는 대신 준혁은 어정쩡하게 미소
짓고는 평정을 유지하며 사무실을 나섰다. 하지만 안에서 보이지

않을 만큼 멀어지자 육상 선수처럼 엘리베이터를 향해 달려간 준혁은 위층에 멈춰 있는 엘리베이터를 확인하고는 거푸 버튼을 눌러대었다. 결코 길다고 할 수 없는 시간이었지만 자신에게는 억겁처럼 느껴지는 순간이 흐르고 도착하는 엘리베이터에 올라타며 준혁은 문이 닫히기도 전에 이미 1층 버튼을 누르고 있었다. 총무부에서 1층까지 내려가는 시간은 또 한 십 년처럼 흘러갔다.

땡. 1이라는 숫자를 확인하며 뛰어내린 준혁은 번개처럼 로비를 돌아보았으나 불 꺼진 로비는 관상식물들이 을씨년스럽게 잎사귀를 늘어뜨리고 있을 뿐 아무도 없었다. 어리둥절하며 아예 건물 밖으로 나선 준혁은 이리저리 한참을 둘러보고 나서야 멀찍이 서 있는 도희를 발견할 수 있었다.

"……오랜만이네."

그렇게 미친 듯이 달려 내려와서 하는 말이 고작 이런 것이라니. 준혁은 자신의 조악한 어휘 능력에 실망하며 입을 다물었다. 도희는 뒷짐을 진 채 흐트러진 차림의 준혁을 향해 알 듯 모를 듯한 미소를 짓고 있었다.

"회사에서 매일 봤잖아요."

둥둥 걷어붙인 소매와 느슨해진 목깃, 덜렁거리고 있는 넥타이. 준혁은 소리없이 웃었다. 확실히 회사에서 매일 보기는 했지. 준혁은 일이 막힐 때마다 긁적이느라 흐트러진 머리를 대충 쓸어 넘겼다.

"저녁 먹었어요?"

왠지 떠보는 듯한 도희의 물음에 준혁은 고개를 가로저었다. 그때서야 도희가 단순히 뒷짐을 지고 있는 것이 아니라 뭔가를 뒤에 숨겨 들고 있다는 것을 알 수 있었다.

"아니."

"오늘 야근한 지 며칠째예요?"

"삼 일."

"아직 많이 남았어요?"

"그럭저럭."

"나 고민 많이 했어요."

"……."

반쯤 열리던 준혁의 입술이 급하게 닫혔다. 때가 온 것이다. 도희는 어떻게 하기로 결정했을까.

"이거. 가져가서 먹어요."

도희는 뒷짐 진 손에 들고 있던 것을 앞으로 내밀었다. 준혁의 어리둥절한 눈동자가 도희가 앞으로 내민 큼지막한 것에 꽂혔다. 나들이 갈 때나 꺼내 쓸 법한 3단짜리 도시락이었다.

"다시 믿어보려고요."

도희는 작지만 분명하게 말했다. 믿어보고 싶었다. 오랜만에 다가온 따뜻한 사람을. 석연찮은 일이 있기도 했지만 그동안 곰곰이 생각하며 도희는 그 일을 무시하고서라도 준혁을 믿고 싶어하는 자신을 마침내 받아들였다. 그 작은 일에 연연하는 대신 자신을 바라보는 흔들림없는 눈빛이 진실일 것이라고 여기고 싶었다.

"⋯⋯눈치 빠르니까 이 정도면 알 수 있죠?"

도희는 생글 웃었다. 그 입매가 잔잔히 떨리고 있다고 느낀 것은 밤공기가 불러일으킨 착각일까. 준혁은 거의 무의식중에 도희가 내민 도시락을 받아 들었다. 충격은 그 후에야 잔잔하게 밀려왔다.

"그럼⋯⋯."

진심이냐고 묻는 것은 바보 같은 짓일 테지. 그래서 준혁은 가까스로 되묻지 않았다. 조금 우습게 들릴지도 모르겠지만, 이 도시락이 그 증거다. 감동적인 것은 그동안 일언반구도 하지 않고 고민에 매진한 도희가 3주 하고 3일째 되는 날 저녁, 누군가 에게 들킬지도 모르는 위험을 각오하고 자신에게 마음을 전하 기 위해 회사 앞까지 찾아왔다는 것이다. 이 도시락은 그 마음 에 덧붙여 전해주는 덤이다.

"고마워. 진짜 잘 먹을게. 정말로."

드라마같이 세련된 대답은 아니었지만 준혁은 자기가 할 수 있는 최선을 담아 말했다. 오롯하게 전해진 그것은 도희를 만족 시켰고, 그 따스해지는 눈동자를 알아본 준혁은 감동하며 동시 에 기뻐했다. 준혁은 못 박힌 듯 서 있는 자신이 문득 앞으로 한 걸음을 크게 내딛은 것 같다고 생각했다. 그렇게 내딛어 들어선 곳은 여태까지 유리벽 앞에 서 있는 것 같은 기분을 느끼게 했 던 도희의 진짜 마음속이었다.

첫발을 내딛은 것이다.

첫발이었지만 시작이며 동시에 완성이기도 했다. 일방적으로 흐르던 감정이 양방향으로 바뀐 것이다. 준혁은 내내 자신을 휘감고 있던 불안이 천천히 녹는 것을 느꼈다. 이제 같이 보내는 시간은 그저 시간이 아니라 추억이 될 것이다.

"힘내요."

도희는 묵묵히 서 있는 준혁을 격려했다. 다른 사람의 백 마디 찬사보다 훌륭하게 기운을 북돋아주는 한마디였다. 준혁은 너무 북받친 나머지 잘 움직여지지 않는 입술을 간신히 비틀어 미소 지었다. 이제 조금 이상하던 짝사랑은 끝났다. 상대방이 그 사랑을 받아줌과 동시에 자신의 사랑으로 돌려주기로 결정했으니까.

"아! 과장님 마침 오셨네요. 지금 야식 주문받는 중이에요."

3단 도시락을 들고 사무실로 들어서자 야식 메뉴를 정하느라고 한자리에 모여 있던 사람들의 눈이 일제히 준혁을 향했다. 준혁은 수줍음과 승리감을 동시에 만끽하며 도시락을 앞으로 내밀었다.

"잘됐네요. 야식 대신 이거 먹읍시다."

잠시 전 부리나케 뛰쳐나갔던 자신들의 상사가 커다란 도시락을 손에 들고 돌아오자 직원들은 의아함을 감추지 못했다.

"웬 도시락이에요?"

"갖다준 사람이 있어서…… 배고픈데 열어볼까요?"

직원들은 뜻밖의 행운에 가벼운 웃음기와 함께 모여서 있던 책상에서 비켜서며 자리를 만들었다. 준혁은 빈 책상에 도희의 정성을 펼쳐 놓기 시작했다.

"와!"

둘러선 사람들의 입에서 자연스럽게 찬사가 터졌다. 맨 밑 1층은 김밥과 유부초밥, 2층은 실하게 속을 채워 돌돌 말아놓은 샌드위치, 마지막 3층은 한입 크기로 잘라진 과일이 차마 손대기가 아까울 정도로 예쁘장하게 담겨 있었다. 그 찬란하고 먹음직한 모양새에서 만든 사람의 마음이 그대로 느껴져 준혁은 갑자기 울컥하려는 자신을 가까스로 억눌렀다.

"와, 진짜 최고다."

"어떤 분이 만들어주신 거예요?"

두서없이 쏟아지는 질문에 준혁은 선뜻 입을 열지 못하고 잠자코 있었다. 말해도 될까. 입 밖에 내어도 될까. 어떻게 해도 좋은지 알고는 있었지만 아직 실감이 나지 않았다.

"누가 갖다주신 거예요?"

놓치지 않고 들어오는 질문에 준혁은 잠시 숨을 골랐다. 그자신 외에는 아무도 알 수 없는 움직임이었다. 하지만 준혁은 이 한마디를 하기가 힘이 들 만큼 가슴이 뛰었다. 준혁은 자신을 향해 미소 짓던 아리따운 그림자를 생각하며 대답했다.

"여자친구가요."

8

"와!"

문을 열고 들어서자마자 환호를 지르는 도희를 보며 준혁은 뿌듯하게 미소 지었다. 두 사람이 들어선 곳은 마치 유럽의 어느 곳을 그대로 옮겨놓은 것같이 환상적인 분위기의 펜션이었다. 창문을 열면 흐드러진 녹음을 감당하지 못하고 있는 산자락과 저 멀리 계곡에서 떨어지는 물소리가 아스라이 들려왔다. 준혁은 도희와 함께 서로의 마음속으로 들어가기로 약속한 후 첫 추억을 만들기 위해 인터넷을 이 잡듯이 뒤져서 이곳을 예약했다. 쓸 수 있는 시간은 겨우 1박 2일이었지만, 도희는 상관하지 않았고 준혁 역시 마찬가지였다.

"이리 와봐요!"

창문을 가득 열어젖힌 채 벌써 산바람을 맞고 있는 도희의 부름에 준혁은 여행 가방을 옆에 놓고 그 곁으로 가서 섰다. 멀리 올려다보이는 산꼭대기에는 굉장한 바람이 불고 있는지 짙은 녹색의 바다가 천천히 꿈틀거리며 창가에 선 두 사람에게까지 숲의 향취를 날라왔다.

"어떻게 이런 데를 다 알아왔어요?"

"뭔들 못할까 봐."

준혁은 창틀에 팔을 얹은 채 머리를 틀어 올린 도희의 옆모습을 진중하게 응시했다. 더운 계절이라 하늘거리는 윗옷에 짧은 반바지 차림의 도희는 계곡의 바위들 사이를 통통 튀어 다니는 요정처럼 경쾌해 보였다.

"얼른 짐 풀고 나가봐야지."

준혁의 제안에 도희는 부리나케 짐을 풀고 모자를 챙겼다. 하룻밤 묵을 것이었기 때문에 짐은 가벼웠다. 입고 잘 옷 한 벌과 내일 입을 옷 한 벌, 여벌 속옷. 오히려 정리하는 데 더 시간이 많이 든 것은 저녁때 먹을 음식들이었다.

"나 기대해도 되지?"

"응!"

나란히 앉아 사온 먹거리들을 냉장고에 정리하며 두 사람이 나눈 대화였다. 행복과 충만 외에 다른 것은 감히 고개 내밀기 면구스러운 한때, 정리를 끝내고 나서 도희는 다시금 들뜬 마음으로 펜션 내부를 한 바퀴 둘러보았다. 커플용인 펜션은 작고 아늑했으며 포근했다. 복층으로 나누어 1층에는 거실과 부엌, 욕실이 있고 좁은 계단을 조심조심 올라가면 몇 걸음 사이에 다른 세상으로 넘어간 듯 신비로운 분위기의 침실이 나오는 구조였다. 문이 없었기에 독립된 방이라고 부르기에는 약간 무리가 있었지만, 오직 침대만 놓여 있는 2층은 가까운 천장 때문에 마치 비밀스런 다락방에 들어선 것 같은 착각을 불러일으켰다. 게다가 침실의 천장에는 지붕의 경사면을 따라 비스듬하게 천창까지 뚫려 있었다. 나란히 누워 별이 쏟아질 듯한 밤하늘을 감상하기에 최적이었던 것이다.

"저게 제일 마음에 들어요."

도희가 천창을 가리키며 환호하자 준혁은 고개를 끄덕이며 맞받았다.

"그럴 거라 생각했어."

펜션을 나선 두 사람은 펜션에서 가장 가까운 관광지인 남이섬으로 향했다. 준혁과 도희 모두 예전에 와본 적이 있었지만 도희는 너무 어렸을 때 일이라 거의 기억이 나지 않아서 마치 처음 온 곳처럼 느껴졌다. 호숫가 나루터에는 이미 많은 인파들이 남이섬으로 들어가는 배를 타기 위해 운집해 있었다. 어깨를 달구는 햇살과 매표소에 길게 늘어선 사람들의 줄마저 즐겁게 느껴지는 날이었다.

"출발한다, 출발해!"

표를 끊고 배라기보다는 직사각형의 거대한 운송수단을 연상시키는 여객선에 들어서자마자 사람들은 호수의 전경을 잘 둘러볼 수 있는 가장자리로 몰려갔다. 운 좋게 배의 뒤쪽 난간에 자리를 잡은 도희는 준혁의 손을 잡아끌며 환호를 질렀다. 부르릉거리는 엔진 소리와 함께 스크류가 암녹색 물결을 헤집으며 회전을 시작하자 하얀 포말이 맹렬하게 일어났다.

호수의 물은 짙고 어두운 녹색이었다. 마치 주변에 가득한 여름 숲의 잎사귀가 하나씩 떨어져 호수의 밑바닥부터 천천히 쌓여 올라온 것 같았다. 너무 진하고 깊어 무거워 보이는 물결은 물속을 마구 찢어발기는 프로펠러가 일으키는 포말을 제외하고는 물이라고 여겨지지 않을 정도로 무겁게 좌우로 갈라지며 밀려났다. 도희는 하얗게 부서지는 물결과 속에 무엇이 있는지 전혀 보여주지 않는 비밀스런 호수의 수면과 천천히 옆으로 미끄러져 가는 남이섬의 경치를 그저 들뜬 눈으로 지켜보았고 준혁은 그 풍경에 도희를 담아 눈에 새겼다.

내릴 곳이 가까워지자 떠나기 위해 몰려온 사람들의 인파가 보였다. 도희는 가볍게 발판을 밟고 남이섬으로 내려섰다.

곱게 깔린 숲길의 흙은 작은 발짓에도 나풀나풀 날아오를 만큼 고왔다. 도희는 금방 황갈색으로 뽀얗게 덮이는 운동화 코를 내려다보며 히죽 웃었다. 녹색 융단처럼 너른 잔디밭과 드라마에 심심찮게 등장했던 가로수 길은 상상했던 것보다 두 배는 더 싱그러운 모습이었다.

"뭐가 그렇게 좋아?"

"그럼 안 좋아? 얼마 만에 나온 여행인데!"

여행이라. 일정이 지나치게 짧은 것이 흠이었지만 잊지 못할 추억이 된다면 여행이라 부르지 못할 것도 없다. 준혁은 몇 걸음 앞서 가는 도희의 뒷모습을 바라보며 고요하게 웃었다. 주변에 있는 많은 사람 중에서 가장 흔하게 눈에 띄는 것은 바로 자신과 도희 같은 커플들이었다. 도희는 이 폴폴 날리는 흙 길과 잔디밭을 걷기에는 지나치게 뾰족한 하이힐을 신은 아가씨들을 바라보다가 히죽 웃었다. 편안함과 예뻐 보이고 싶은 마음 중에서 후자를 택했구나. 애인이랑 함께니까. 나도 저 마음 알아.

도희는 뒤에서 따라오고 있는 준혁을 향해 고개를 돌렸다. 마침 준혁은 케이스를 열고 디지털 카메라를 꺼내고 있었다.

"사진 찍어요."

준혁은 곁으로 다가온 도희의 어깨에 자연스럽게 팔을 둘렀다. 하늘로 뾰족하게 솟은 아름드리 가로수 아래서 두 사람은 추억의 첫 장을 남겼다.

"윽, 얼굴 잘렸네."

하지만 카메라 액정으로 결과를 확인한 준혁의 미간에 낭패감이 떠올랐다. 조준을 잘못했는지 도희의 얼굴이 반밖에 나오지 않은 것이다.

"엑, 이게 뭐람."

도희 역시 새침하게 입술을 샐쭉거렸다. 그때 두 사람과 그리 떨어지지 않은 곳에서 비슷한 어려움을 겪고 있던 커플의 남자가 한 손에 카메라를 든 채 쭈뼛거리며 다가왔다.

"저어, 사진 한 번만 찍어주실 수 있나요?"

준혁은 흔쾌히 승낙하며 다정하게 포즈를 취하는 커플을 사진기에 담아준 후 자신의 카메라를 내밀었다.

"저희도 한 장만 부탁합니다."

"네네."

상대편 커플 역시 자신들과 똑같은 상황이던 도희와 준혁에게 공감하며 흔쾌히 카메라를 받아 들었다. 덕분에 좋은 시간의 한순간을 간직할 수 있게 된 두 커플은 웃으며 헤어졌다. 이것도 추억인 셈이다.

"아이스크림 먹을래요?"

거대한 예술 공원처럼 조성되어 있는 남이섬을 한 바퀴 둘러본 후 두 사람은 얼얼해지기 시작한 다리도 쉴 겸 벤치에 앉았다. 저 멀리 상점을 발견한 도희가 묻자 준혁은 두말할 것도 없이 고개를 끄덕였다. 총총히 상점을 향해 뛰어가는 뒷모습을 바라보며 준혁은 어쩔 수 없이 미소를 지었다. 그렇게 걷고도 저렇게 뛰어가다니.

"자!"

잠시 후 멀어졌던 뒷모습만큼이나 지친 기색 없이 다가오는 앞모습에 준혁은 웃으면서 손을 내밀었다. 도희는 양손에 들고 있던 오렌지맛 쭈쭈바와 긴 고깔 모양의 아이스크림 중에서 고깔 모양을 준혁의 손에 쥐어주었다.

"그거 좋아하는구나?"

이미 꼭지를 뜯고 쭈쭈바를 해치우고 있었던 도희는 준혁의 물음에 고갯짓으로 대답했다. 준혁은 얼음이 꽝꽝 얼어 있는 고깔 모양 아이스크림의 은박지 뚜껑을 단호하게 뜯었다. 겉에 포도 모양이 그려져 있는 것을 보니 포도맛인 모양이다. 두 사람은 잠시 아무 말도 없이 더위와 갈증을 식히는 일에만 열중했다.

"맛있어?"

끄덕끄덕. 준혁은 자기 몫의 포도맛 얼음을 한입 크게 베어 물었다.

"나 한 입만 나눠줘."

도희는 선선히 손에 들고 있는 아이스크림을 내밀었지만 준혁은 그것을 받아 드는 대신 눈매를 둥글게 휘며 웃었다. 냉기를 식히기 위해 오물거리고 있는 도희의 볼이 눈에 들어왔다. 준혁은 지그시 눈을 감으며 도희에게 다가감과 동시에 고개를 비스듬히 숙였다. 닿는 순간 차가웠던 도희의 입술은 곧 따스해졌다. 사각거리는 얼음의 느낌과 천천히 섞여드는 알싸한 오렌지 향기…… 과일향 키스는 싱그러웠다.

"끓기 시작한 다음에 넣어야죠!"

스파게티 면 한 주먹을 거품이 오르기 시작하는 냄비에 넣으려던 준혁은 움찔했다. '거의 끓고 있는 거 아니냐'는 항변이 담긴 눈으로 도희를 돌아보았지만 도희는 단호했다.

"면은 펄펄 끓을 때 넣어야 된다고요."

할 수 없지. 준혁은 스파게티 면을 내려놓고 양송이를 공략하기 시작했다. 그의 칼질을 지켜보던 도희는 작게 감탄했다.

"텔레비전에 나오는 것 같다. 잘하네요."

준혁이 별거 아니란 뜻으로 피식 콧방귀를 뀌는 사이 도희는 본격적으로 물이 끓기 시작하는 냄비에 2인분만큼의 스파게티 면을 투하했다. 원형으로 펼쳐지며 천천히 바닥으로 허물어지기 시작하는 모양새가 벌써부터 그럴듯했다.

"이거 어떻게 하는 거지?"

양송이를 썰어놓고 프라이팬을 불 위에 올린 준혁이 소스 병을 집어 들었다. 준혁이 썼던 칼로 양파를 다지고 브로콜리를 해체하고 있던 도희가 흘깃 쳐다보고는 쉽게 대답했다.

"볶으면 돼요."

"아하."

"혼자 산 지 오래됐다면서 그걸 몰라요?"

"난 한식주의자거든."

유들유들하게 받아넘기는 준혁은 즐거워하고 있었다. 도희가 잘라놓은 야채들을 프라이팬에 투하하자 화려하게 그것을 들볶던 준혁은 마술 같은 타이밍에 소스를 부었다. 닿는 순간 촤아악 하고 끓어오르는 맛있는 소리가 청각을 찌르르 자극했다. 시간을 확인한 도희는 면이 푹푹 삶아지고 있는 냄비를 미리 준비해 두었던 채반 위로 후딱 뒤집었다. 한 몸처럼 딱딱 움직이는 두 사람이었다.

"짜잔!"

잠시 후, 도희와 준혁은 먹음직하게 완성된 스파게티 두 접시를 완성할 수 있었다. 도희는 얼른 냉장고를 열고 사온 과일들과 샴페인을 꺼냈다. 비록 간단한 음식이었지만 더하고 뺄 것 없이 완벽하게 완성된 식탁을 바라보며 도희와 준혁은 똑같은 뿌듯함을 느꼈다. 쪽 빠진 샴페인 잔 대신 부엌에 비치되어 있는 물컵이었지만 그런 거야 아무래도 상관없는 것이었다. 식탁에 마주 앉아 맨 처음으로 건배하고 입술을 적신 샴페인은 톡 쏘면서도 달콤했다.

"맛있다."

"오, 진짜."

오후 내내 걷다시피 한 두 사람은 갑자기 느껴지는 허기에 아무 대화도 없이 먹는 것에만 열중했다. 접시를 반쯤 비웠을 때에야 평정을 되찾은 준혁이 아직도 열심히 먹는 중인 도희를 바라보며 웃음을 터뜨렸다.

"무슨 저녁 만들어 먹으려고 온 사람 같다, 우리."

"⋯⋯뭐든 식후경이잖아요."

격하게 터진 웃음 끝에 도희의 덧붙임에 여전히 웃고 있던 준혁의 눈빛이 진지해졌다. 뭐든 식후경이라고?

"맞아, 뭐든 식후경인 법이지."

갑자기 진지해진 준혁에 왜 저러나 의아하던 도희는 망연히 던져 놓은 것 같은 그의 시선이 사실은 2층 침실을 향해 있는 것을 보고는 입에 든 것을 급히 삼켰다.

"이, 이상한 뜻으로 한 말 아니에요!"

준혁은 얄미울 정도로 능청스럽게 빙글빙글 웃었다.

"누가 뭐래나."

"준혁 씨."

준혁은 마치 듣지 못한 것처럼 고개를 들지 않고 자세를 유지했다. 그랬기에 지금 준혁의 모습은 자신이 섬기는 숙녀의 손에 한쪽 무릎을 꿇고 정중하게 입을 맞추는 기사를 연상시켰다. 도희의 손등에 눈을 감은 채 입을 맞춘 준혁은 그 느리고 감미로운 접촉이 끝나고 나서야 자신을 부른 이를 향해 고개를 들었다.

"응?"

무언가를 묻기 위해 부른 것이 아님을 알기에 준혁의 음성은 녹아들 듯 부드러웠다. 천창에서 쏟아지는 달빛은 굴곡진 모든 곳에 내려앉으며 도희와 준혁의 사위를 신비스럽게 물들였다. 시선이 마주친 두 사람 주변의 밤공기 속에는 푸르스름한 가운데 은백색 가루들이 반짝이며 떠다니는 것 같았다. 꿈의 한 조각을 오려내어 현실에 붙여놓은 것 같은 순간이었다.

도희의 손등에 입을 맞춘 준혁은 가지런히 모아 앉은 그녀의
무릎에 두 번째 키스를 했다. 도희의 오밀조밀한 발가락이 작게
꼼지락거렸다. 어느 순간 두 사람은 거의 동시에 떨리는 숨결을
내뱉었다. 서로의 마음이 어떤지 확인한 후 처음으로 함께하는
사랑이었다. 이렇게 떨고 있는 스스로의 모습에 웃음이 나올 정
도로 모든 것이 생전 처음 겪는 일처럼 느껴졌다. 새롭고, 생경
하고, 잠시 이 세상에서 떨어져 나온 듯 다른 세상의 꿈같은 한
순간에 들어선 것처럼 현실감이 없었지만 그 어떤 순간보다 생
생했다. 알면서도 모르고 모르면서도 깨달을 수 있는, 그런 신
비스런 밤이었다.

"난…… 오래전부터 꿈꿨어."

도희의 관자놀이를 입술로 쓸며 준혁은 지그시 눈을 감은 채
속삭였다. 도희 역시 가만히 눈을 감은 채 준혁의 어깨에 손을
얹어두고 있었다. 두 사람 모두 실오라기 하나 걸치지 않은 채
였지만 연인이었기에 부끄럽지 않았다. 태곳적으로 돌아가 서
로 아끼는 그 자체를 확인하는 것처럼 순수한 모습이었다.

"이렇게 되는 거…… 당신이 나를 사랑하고…… 나도 당신을
사랑하고…… 그래서 그 사랑을 느끼게 되는 순간을."

준혁의 소곤거림은 끊어질 듯 끊어질 듯 이어졌다. 마치 반쯤
잠에 빠진 사람처럼. 사실 솔직히 말하자면 준혁은 이 순간이
꿈이 아니라고 단언하기가 어려웠다. 현실에서 이렇게 포근하
고 기분 좋은 감각을 느끼는 것이 가능한 걸까, 정말로.

"언제부터요?"

"당신을 봤을 때부터. 얼마나 오랫동안 꿈꿨는지 몰라. 기억할 수 없을 만큼…… 오래…… 오래전부터."

준혁의 속삭임을 들으며 도희는 그가 말하는 시간이 자신이 생각하는 것보다 훨씬 깊고 오래전이 아닐까 하는 예감이 들었다. 하지만 어째서 그런 예감이 드는 것일까. 우리는 같이 지내게 된 지 그렇게 오래되지도 않았는데.

"나도 몰랐어요. 내가 어떤 남자와 이런 순간을 경험하게 될 줄은."

자그마한 도희의 고백에 준혁은 달빛처럼 미소 지었다. 그의 숨소리가 귓가를 스치자 도희는 발끝까지 간지러운 느낌에 급히 어깨를 움츠렸다. 소록소록 쌓이던 달빛이 준혁의 작은 웃음소리에 살랑살랑 흔들렸다.

도희는 문득 준혁의 모든 곳에 입 맞추고 싶다고 생각했다. 준혁의 모든 곳에. 그의 팔, 갸름하고도 강인한 턱, 부드러운 머리카락, 늘씬한 몸과 피부, 긴 다리와 멋진 손가락 전부에 하나하나 입 맞추고 어루만져 애무하고 싶었다. 창피하다거나, 이렇게 대담해진 자신이 놀랍지도 않았다. 그것보다는 오직 눈앞에 있는 이 사람에게 자신이 가진 애정의 일부라도 표현해 주고 싶다는 바람이 더 컸다. 그의 전부를 눈으로 보고 손으로 쓸고 신경에 각인시키고 싶었다. 도희는 창백한 푸른빛이 가득 들이치고 있는 하늘의 창을 바라보았다. 커다란 동공에 별이 쏟아질 듯한 밤하늘이 오롯이 들어찼다. 이 순간이 칠흑처럼 어둡지 않아서 다행이야.

도희는 천천히 자신의 가슴을 애무하기 시작하는 준혁을 아스라이 바라보았다. 의미없이 방황하던 입술이 도톰한 유두에 닿자 준혁은 도희의 체취를 깊게 들이켰다. 여리고 풍요로운 살결에서는 따스하면서 자기 안의 뭔가를 자극하는 향기가 났다. 준혁은 마치 어린아이가 어머니의 품을 파고드는 것같이 도희의 가슴에 얼굴을 묻으며 입술을 간질이고 있던 유두를 조심스럽게 베어 물었다. 혀끝에 느껴지는 오돌토돌한 감촉과 순간 잦아드는 도희의 숨소리가 그를 아찔하게 했다.

준혁의 커다란 손이 입술로 애무하고 있지 않은 젖무덤을 감싸 쥐었다. 몽클거리고 말랑거리는 감촉. 긴 손가락 끝으로 더듬는 정상의 유두는 촉촉했다. 입에 문 것을 혀로 쓰다듬자 금방 예민해지는 손끝의 감각에 준혁은 살며시 눈을 뜨며 입술을 떼었다.

"내 몸짓에 당신이 반응할 때…… 내게 어떤 것이 느껴지는지 알아?"

도희는 살며시 다리를 끌어 올려 침대 위로 완전히 올라갔다. 준혁은 차마 손을 뻗어 품에 가둘 엄두가 안 나는지 그 유연한 움직임을 그저 지켜보고만 있었다. 천창 바로 아래, 달빛이 폭포수처럼 쏟아지는 침대 위는 이공간 안에서 허공에 떠 있는 청백색의 섬 같았다. 그 섬 위에서 도희는 우아한 움직임으로 흡사 인어공주처럼 다리를 한쪽으로 늘어뜨리며 옆으로 앉았다. 쏟아지는 달빛은 선이 가느다란 그녀의 다리를 장식하는 비늘이 되었다. 곧은 팔로 아름다운 상체를 지탱하며 자신을 바라보는 도희를 보며 준혁은 인어의 노래에 홀려 배를 침몰시킨 전설 속 선원들의 마음을 이해했다. 저랬다면, 그럴 만하다.

준혁의 속삭임은 달빛 사이를 날아와 도희에게 들려왔다.

"당신 앞에 서면…… 난 나를 통제할 수가 없어. 내 몸, 내 생각이지만…… 내 뜻대로 되어주질 않아……. 당신이 유일했어. 나를 그렇게 만드는 건…… 내가 그렇게 되는 건…… 당신이 유일했어. 그때부터……."

도희가 이끌 듯이 손을 내밀자 준혁은 알면서도 속절없이 유혹당하고 말았던 선원처럼 흐르는 듯한 움직임으로 도희에게 느리게 다가왔다. 침대로 오르는 순간 출렁이는 진동이 달빛 아래 하얗게 떠오른 도희를 동공에 어룽거리게 했다. 도희는 곁으로 다가와 무릎으로 서는 준혁의 굳건한 신체를 올려다보았다. 강하고 굳지만 한없이 약하기도 한 그였다. 그녀의 하얀 손이 왼쪽 가슴 어림에 닿는 순간 준혁의 고개는 도희를 내려다보기 위해 약간 떨궈진 그대로 굳었다. 피부에 닿는 순간 불같이 뜨거웠다고 느껴 버린 그 작은 손바닥은 단단한 얼음을 녹이며 흐르는 한 방울의 물방울처럼 준혁의 피부를 타고 아래로 미끄러지기 시작했다. 준혁의 입술이 약간 벌어졌다.

이 서늘한 피부 아래에는 부드러운 고무 피복을 벗겨낸 전선처럼 강인한 근육과 혈관들이 엉겨 있을 것이다. 무엇이라도 넘겨 버릴 것 같은 든든한 어깨와 안기는 순간 바위 같다고 생각했지만 더할 나위 없이 포근했던 가슴팍. 이런 종류의 아름다움도 있다는 것을 알게 해준 늘씬하고 탄탄한 허리와 보는 것만으로 시원스러운 긴 다리. 직선으로 쏟아지는 달빛 때문에 극도로 드리워진 음영 아래 준혁의 몸은 마치 검은 야생마 같았다. 도희의 눈빛이 그의 군살없는 하복부를 스쳐 배꼽 아래로 스며들었다. 연인의 갸름한 손끝이 배꼽 어림을 쓰다듬자 준혁의 목덜미에 와사삭 소름이 돋았다. 도희는 천천히 고개를 들어 깊게 가라앉은 준혁의 눈을 올려다보았다. 준혁의 심장이 요동쳤다.

"당신한테 키스할래요."

언젠가 준혁이 도희에게 했던 말이었다. 다시 아래로 떨궈지는 도희의 고개를 보며 준혁은 진저리를 쳤다.

"도희……."

입 밖으로 나오려던 목소리는 살며시 다가온 도희의 손길이 남성에 닿는 순간 인후 어디쯤에서 걸려 버렸다. 도희는 쑥스러워하지도, 노골적이지도 않은 모습으로 마치 처음 애무하는 남성이 얼마간 신기하다는 태도로 준혁의 남성에 조심스럽게 입을 맞추었다.

준혁은 급하게 숨을 삼켰다. 상상조차 하지 못했던 곳에서 도희의 혀의 돌기가 느껴졌다. 연체동물처럼 꿈틀거리는 도희의 혀는 준혁의 끝 부분을 겨우 감쌀 뿐이었지만 준혁은 척추로 벼락이 떨어진 느낌이었다. 더 재촉하려는 것인지 그만 하라는 것인지 알 수 없는 준혁의 손이 도희의 어깨를 잡았다. 가혹할 만큼 찌푸려진 미간은 견디기 벅찰 정도로 강렬한 희열에 버거워하고 있었다. 준혁의 입술이 거듭 벌어졌으나 목소리는 짧게 끊어질 뿐 나오지 않았다. 어느 순간 도희는 머금었던 남성을 살며시 내보낸 후 그가 남성임을 표시하는 준혁의 또 다른 부분에도 깃털처럼 입술을 댔다.

"그, 그만……."

준혁이 가까스로 쥐어짰지만 도희는 아랑곳없이 준혁을 애무한 다음 막대 사탕을 음미하는 소녀처럼 남성의 끝 부분을 살짝 빨아들인 다음에야 그를 놓아주었다. 준혁의 어깨 근육에 아프도록 힘이 들어갔다.

도희는 준혁의 아랫배에 살짝 뺨을 부딪히고는 새초롬한 눈으로 그를 올려다보았다. 하얀 손은 커다랗게 부풀어 오른 준혁의 남성을 여전히 조심조심 어루만지는 채였다. 도희가 뺨을 부딪혔던 아랫배에 쪽 하고 키스하는 순간 준혁의 이성은 심해를 연상시키는 달빛의 바다 속에서도 가장 깊은 곳으로 침몰했다.

도희의 무릎이 준혁의 손길에 의해 청백색 섬 위에서 부표처럼 떠올랐다. 부풀어 오른 젖무덤은 그녀가 눕는 동안 흐트러지거나 이지러지지 않고 다만 지켜보는 이를 유혹하며 찰랑였다.

도희는 자신의 발목을 쥐고 있는 준혁을 호기심과 두근거림과 애틋함이 뒤섞인 눈길로 올려다보았다. 달그림자는 그의 몸 위에 기괴할 정도로 몽환적인 음영을 드리우고 있었다. 낮지만 거칠게 일어선 준혁의 호흡 소리가 가까워졌다. 굳건한 육체가 갈대처럼 여리한 몸 위로 포개지자 도희는 매혹적인 미소를 머금으며 가까워진 서로의 아랫배 사이로 손을 움직였다. 잠시 후 도희는 바르르 떠는 준혁의 눈꼬리를 볼 수 있었다.

도희는 이미 지나칠 정도로 흥분한 준혁의 남성을 보듬어 직접 자신의 안으로 향하는 입구에 잇대었던 것이다. 열기와 함께 이물감이 익숙하지 않은 곳으로부터 어떤 존재감이 전해지는 순간 도희의 눈꺼풀 역시 이슬 맞은 꽃잎처럼 파르르 떨었다. 세포 하나도 놓치지 않겠다는 눈빛으로 자신을 낱낱이 지켜보고 있는 준혁의 시선이 그녀를 쑥스럽게 만들었다. 하지만 도희는 작은 손짓을 멈추지 않았다. 언젠가 준혁이 그렇게 했던 것처럼 그의 분신으로 자신을 애무하며, 도희는 준혁을 흠뻑 적셨다.

"미칠 것 같아……."

잔뜩 가라앉은 준혁의 속삭임에 도희는 얕게 하나가 된 그를 느끼며 흰 팔을 준혁의 어깨에 둘렀다. 준혁은 그 작은 몸을 흡수해 버릴 듯이 끌어안았다.

달빛마저 부끄럽게 만들 정도로 새된 교성이 준혁의 등골을 곤두서게 만들었다. 도희는 준혁에게로 수축하는 자신의 움직임을 느끼며 그것에 놀랐다. 나는 이 사람을 이렇게 안아왔구

나. 순간 감당할 수 없는 애절함이 밀려와 도희는 안타깝게 준혁의 볼에 입 맞추었다. 그는 연인을 앗아갈 무언가를 두려워하는 것처럼 필사적으로 도희를 끌어안았다. 그녀의 중심, 여린 꽃잎을 만개시키고 버거울 정도로 한 치의 틈도 없이 파고드는 자신이 이기적이라고 느끼면서도 준혁은 더욱 박차를 가했다. 머릿속에서 뜨거운 것이 팍 터졌다.

"당신 안으로 들어갈 때 나는 머리부터 발끝까지 녹아내리는 것 같아……. 당신을 안고 있는 건 나지만 사실 나를 빨아들이는 건 당신이야……."

한계점에 다다라 거의 무아지경인 채로 준혁이 읊는 말들은 도희의 눈과 귀를 멀게 하고 모든 감각을 허공으로 떠오르게 만들었다. 도희는 이 순간 자신이 한없이 나약한 존재라는 것을 시인한 남자의 어깨를 보듬어 안았다. 준혁은 자신이 온전히 기댄 여자의 귓가에 흐느낌 같은 신음을 토해놓았다. 도희는 문득 밤하늘이 흔들리고 있다고 생각했다. 하지만 흔들리고 있는 것은 준혁의 움직임에 조각배처럼 흔들리는 자신이었다. 도희는 다시금 하나가 된 사람의 이름을 되뇌었다. 알 수 있었다. 그와 더불어 자신이 곧 절정이라는 것을.

"지금 몇 시일까요?"

"알고 싶지 않아."

어딘가로 흩어져 버릴 것 같던 쾌감과 이슬처럼 맺혔던 땀방울은 폭풍처럼 지나간 후였다. 땀이 마르면서 덮쳐 온 한기를 피하기 위해 두 사람은 사이좋게 가슴까지 이불을 끌어당긴 채 폭 감싸여 있었다. 도희를 향해 옆으로 누워 그녀를 바라보는 준혁의 눈길은 맹수도 때론 이렇게 부드러워질 수 있다는 것을 증명하듯 녹녹했다. 유쾌하고 은근한 손길이 얇은 이불 밑으로 다가와 복어의 속살 같은 도희의 젖무덤을 보드랍게 조몰락거렸다. 도희의 가슴을 덮은 이불자락에 준혁의 손이 움직이는 윤곽이 도드라지자 도희는 풋풋하게 웃었다.

"개구쟁이네?"

"더한 장난도 칠 수 있지."

그러면서 준혁은 도희의 이마에 기습적으로 키스했다. 천창으로 보이는 밤하늘은 아직 짙었고 밝아질 기미도 보이지 않고 있었다. 겨우 자정을 넘기고 새벽으로 다가서고 있을까. 준혁은 그렇게 생각하며 고개를 끄덕였다. 시간은 많고, 밤은 길었으며, 확인하고 싶은 사랑은 아직 반도 퍼내지 못했다.

생애 최고로 만족스러운 순간이었다.

준혁은 손가락으로 도희의 머리카락을 감아 올렸다. 새카만 거미줄같이 가늘고 섬세한 그 가닥들은 만지는 대로 올올이 감기는 것 같으면서도 뜻대로 하기가 힘들었다. 도희는 자신의 머리카락을 가지고 노는 준혁을 바라보며 그가 이 시선을 느끼고 있다는 것을 알 수 있었다. 잠시 후, 결국 준혁은 스르르 손을 놓고는 장난기와 애원이 어린 얼굴로 입술을 삐죽거렸다. 도희는 그 재치있는 요구를 기꺼이 들어주었다.

"흐음."

짧은 뽀뽀였던 그것은 곧 깊은 키스로 변하고 은근히 미끄러진 준혁의 손은 이불 위로 도희의 허리께를 규칙적으로 쓰다듬었다. 현실감각이 느릿하게 멀어지며 자신의 체중을 도희에게로 옮기던 준혁은 갑자기 어깨를 딱 잡는 도희의 손길에 번쩍 눈을 떴다.

"싫어요."

준혁은 갑자기 하늘에서 천둥이 쳤나 했지만 그 굉음은 자신의 머릿속에서 들려온 것이었다. 엄청난 충격에 뒤통수를 들이받히고 멍해진 준혁을 향해 도희는 예쁘게 속삭였다.

"당신이 누워요."

아아. 한 박자 늦게 찾아온 안도감에 지나치게 기뻐하며 준혁은 기꺼이 침대 위에 반듯이 누웠다. 뭘 하려고 이러는 것일까. 도희는 호기심 가득한 눈길로 눈앞에 환하게 드러난 남자의 신체를 지켜보았다. 여태까지 준혁이 도희에게 그랬던 것을 이젠 도희가 준혁에게 하고 있었던 것이다. 평소와 완전히 뒤집힌 입장은 색다른 두근거림을 선사했고 얼마 지나지 않아 준혁은 단지 도희의 눈길을 받았을 뿐인데 이렇게 요동치는 자신의 심장에 배신감을 느껴야 했다.

하얀 손이 시야를 가리는 머리카락을 귀 뒤로 쓸어 넘겼다. 거칠 것 없이 드러난 준혁의 전신을 주의 깊게 살펴보며 도희는 가장 처음으로 준혁의 이마에 살며시 입을 맞추었다. 아기의 이마에 성수를 붓는 성직자가 연상될 만큼 조심스럽고 경건하기까지 한 동작이었다. 이어 물방울이 흘러내리듯이 도희의 입술은 오뚝한 콧날과 간신히 다물려 있는 입술과 선이 멋진 턱에 닿았다. 도희의 정수리가 턱을 스치고 내려가기 시작하자 준혁은 이불깃을 꽉 움켜쥐었다.

"멋있어요. 예쁘다."

준혁은 간신히 대답했다.

"……당신도."

도희는 '칭찬 고마워요' 라고 대답하는 대신 생글 웃었다. 부드러운 손길이 다가와 이마를 쓰다듬어 주자 준혁은 스르르 눈을 감았다.

"팔 들어서 머리맡에 붙잡아요."

나긋한 명령에 준혁의 심장은 격심하게 꿈틀거렸다. 하지만 그는 내색하지 않으려 애쓰며 시키는 대로 팔을 들어 올려 침대 머리맡의 장식을 꽉 잡았다. 도희는 고개를 끄덕인 후 다시 당부했다.

"그 손 떼면 안 돼요. 그럼 안 할 거야."

준혁은 기대감을 담아 흐리게 웃었고 그사이 도희는 한순간을 수십 년으로 잡아 늘인 것 같은 움직임으로 준혁의 허리를 살그머니 올라탔다. 준혁은 거의 숨이 멎을 뻔했다. 하늘에서 떨어지는 달빛은 아직도 창창했고, 그랬기에 자신의 허리를 올라타는 도희의 모습은 핀 조명이 쏟아지고 있는 무대로 등장하는 여주인공 같았다. 이질적인 아름다움과 예기치 못한 일에 대한 놀라움이 함께 왔다. 대담한 행동을 하긴 했지만 익숙하지도 않고 사실 긴장하고 있던 도희는 경악과 기대가 담긴 눈으로 자신을 바라보고 있는 준혁을 향해 작게 소리 내어 웃었다.

다음 순간 도희는 가녀린 것이 앞으로 무너지듯이 준혁의 위에 온전히 자신을 포개며 넓은 가슴에 얼굴을 묻었다.

"당신을 처음 안았을 때가 생각나요. 끌어안는 순간은 바위 같았는데, 아주 포근했어요."

무의식중에 손을 뗄 뻔했던 준혁은 황급히 다시 침대 장식을 움켜쥐었다. 하지만 호선으로 뻗은 도희의 등을 쓰다듬고 싶은 욕망은 아무리 해도 무시할 수가 없었다.

"과장님, 사랑하는 준혁 씨. 귀여워라. 요렇게 꼼짝도 못하고."

준혁의 팔뚝이 부르르 떨렸다. 무섭게 힘이 들어간 손이 하얗게 질리며 침대 장식을 부서져라 그러쥐었다. 천천히 몸을 일으킨 도희는 팔로 버티며 옴짝달싹하지 못하는 준혁을 내려다보았다. 그 티없는 눈동자를 보며 준혁은 예전에 키웠던 고양이를 떠올렸다. 그 녀석도 준혁이 자고 있을 때면 가슴을 타고 올라와 그 매력적인 얼굴을 바싹 들이대고 살펴보곤 했었다.

평소의 모습을 완전히 벗어던진 도희는 천진난만한 모습으로 준혁을 고문하기 시작했다. 애무라고 불러야 할 것이었겠지만, 결박 아닌 결박을 당한 채 그에 동조할 수 없는 준혁에겐 도희의 보드라운 접촉은 차라리 고문이었다. 결국 준혁은 하얗게 타들어가는 목소리로 애원했다.

"풀어줘, 도희야."

하지만 도희는 살랑살랑 고개를 가로저음으로써 준혁을 좌절시켰다. 배시시 웃던 도희는 문득 뭔가 이상한 것을 느꼈는지 살짝 몸을 일으켰다. 첫 번째 맥동 이후 느긋하게 잠들어 있던 준혁의 남성이 깨어나기 시작한 것이다.

"아……."

두 사람은 동시에 쑥스러움을 느꼈다. 도희는 예기치 않게(?) 자신이 깨워 버린 준혁의 남성에 어쩔 줄 몰라 하며 그것을 보듬었고, 그 행동은 준혁으로 하여금 이를 사려 물게 만들었다. 하지만 도희의 입가에 곧 미소가 번졌다. 자신의 손짓 하나하나에 반응하는 준혁이 신기하면서도 못 견디게 사랑스러웠던 것이다.

도희는 일으켰던 몸을 천천히 제자리로 내리눌렀다. 준혁이 다급하게 숨을 삼키는 소리가 들렸다. 도희는 자신의 움직임에 따라 눅진하게 안으로 스며드는 준혁의 존재감에 눈꺼풀을 내리깔며 작게 소리를 냈다. 아릿한 동통과 함께 이루어진 두 번째의 결합에서, 도희는 준혁이 훨씬 깊게 들어온 것 같은 느낌에 흠칫 놀랐다. 하지만 어떻게 하기엔 너무 늦었다. 움직임이 계속되며 상상하지 못했던 곳까지 준혁의 존재감이 느껴지자 도희의 머리가 하얗게 탈색되며 당혹감이 밀려왔다. 단지 자세가 바뀌었을 뿐인데 너무 많은 것이 달랐다. 어떻게 해야 하지? 흰 목이 진저리치며 뒤로 꺾였다. 창백하게 드러난 가슴은 가쁘게 기복하고 있었다. 어쩔 줄 모르고 우왕좌왕하는 손은 애처로웠다.

다가온 준혁의 손이 그 손을 붙잡았다.

도희는 흐려진 눈으로 준혁을 바라보았다. 준혁은 잔뜩 숨죽인 채 도희를 주시하고 있었다. 그의 손길은 당황하고 창피해하는 도희를 부드럽게 이끌었다. 괜찮아, 놀랄 거 없어. 말없이 전해지는 속삭임에 등 뒤로 길게 늘어뜨려진 머리카락이 가볍게 흔들렸다. 가느다란 허리가 커다란 손에 안온하게 잡혔다. 도희의 작은 손이 준혁의 팔을 잡으며 쓰러질 것 같은 자신을 지탱했다. 준혁의 동공이 깊게 가라앉았다.

"흑……!"

도희의 교성은 짧고 애잔했다. 한 달에 겨우 한 번 뜨는 보름달도 저렇게 애틋하지는 못할 것이다. 바르르 떨리는 속눈썹에는 지금 감당하고 있는 강렬함이 어슴푸레한 빛의 편린들과 어우러져 매달려 있었다. 움직일 때마다 달라지는 음영은 도희를 공기 중으로 녹아들고 있는 것처럼 보이게 했다. 준혁이 상체를 일으키며 서로 깍지 긴 손을 끌어당기자 도희는 힘없이 끌려왔다. 준혁은 감동을 숨기지 않으며 나른하게 품으로 안겨오는 도희의 등에 팔을 둘렀다.

"……당신은."

준혁은 자신을 수용한 채 자신에게 기댄 도희의 작은 턱을 살며시 들어 올렸다. 하나가 된 순간은 언제나 짜릿했다. 서글픔과 감동, 감격과 한없이 끌어안아도 부족한 서로에 대한 갈망이 두 사람을 강렬하게 연결했다.

"날 이렇게 만드는 유일한 사람이야."

준혁은 가늘게 떨리고 있는 입술에 살짝 자신의 입술을 포갰다 뗴었다.

"나도 당신에게 그런 사람이면 좋겠는데."

도희는 미소 지었다.

"이미 그래요."

준혁의 두 팔이 도희의 몸을 완전히 감쌌다. 도희는 손가락을 준혁의 머리카락 속으로 집어넣으며 그를 자신에게 끌어당겼다. 다시금 다가오는 서로의 체취. 함께하는 호흡은 길고 짙었다.

달빛은 영원히 계속될 것처럼 영롱했고, 하늘은 그 달빛에 조용히 먹혀들어 가며 아직도 어두웠다. 두 사람은 서로의 어깨로 떨어지는 희푸른 빛을 보듬으며 키득키득 웃었다. 시간은 많고, 밤은 길었으며, 확인하고 싶은 사랑은 이제 막 시작되었을 뿐이었다.

영원히 기억해도 좋을 만큼 깊은 밤이었다.

도희의 허리가 호선을 그리며 휘었다. 그 자태를 담는 준혁의 눈동자에는 순수한 감탄만이 담겨 있었다. 거리낌없이 서로의 피부를 더듬는 손길은 부끄럽거나 창피함이 없었다. 알고 싶은 대로, 알고 싶은 만큼 도희와 준혁은 사랑하고 있는 사람들의 특권으로 서로를 알아가기 시작했다. 알아갈수록 궁금하기 짝이 없어지는 것에 놀라면서.

9

"들었어?"

"뭘?"

"박 과장님 여자친구 있대!"

도희는 그만 찻잔 대용으로 들고 있던 보온병 뚜껑을 조금 흔들고 말았다. 그 바람에 무릎으로 쏟아진 찻물을 후다닥 털어내며 도희는 침착을 가장한 채 울상인 마리를 돌아보았다.

"뭐라고?"

머릿속으로는 지금 백 가지 생각이 한꺼번에 흘러가고 있었다. 들켰나? 언제? 어떻게?

"조 주임이 그러더라! 얼마 전에 야근하는데 여자친구가 도시락 갖고 왔었다고!"

도희는 마른침을 삼켰다.

"⋯⋯봤대?"

"아니. 과장님이 야근하다 갑자기 나가더니 도시락을 들고 왔대. 그래서 누가 만들어준 거냐고 물어보니까⋯⋯ 여자친구가 만든 거라고 그랬다는 거야!"

아아. 뒤늦게 안도하며 도희는 가볍게 한숨을 쉬었다. 아, 누가 본 게 아니라 그 얘기였구나. 하긴, 여러 명이 먹을 걸 알고 그렇게 큰 도시락을 만든 것이니. 일하다 말고 나갔다 온 사람이 3단짜리 도시락을 들고 왔다면 당연히 누구의 작품이냐고 물어보지 않았겠는가. 도희는 뒤늦게 그때 자신이 한 짓이 얼마나 대담한 것이었는지 깨달았다. 그리고 히죽 웃었다.

여자친구가 만들어줬다고 했단 말이지.

"그날 조 주임도 야근했었나 보지?"

"그러니까 알겠지."

천연덕스럽게 말을 지어내며 도희는 일말의 죄책감과 짓궂은 쾌감을 동시에 느꼈다. 미안해. 때가 되면 다 얘기해 줄게. 그런데 아직은 아닌 것 같아.

"괜찮다 싶으면 다 임자 있다더니⋯⋯ 진짜 어쩜 이러니."

마리는 진심으로 김빠졌다는 얼굴로 책상에 턱을 괴고는 참담하게 중얼거렸다. 도희는 이런 모습이 비단 마리에게만 국한된 것은 아님을 손쉽게 짐작할 수 있었다. 남자 사원들 사이에서도 준혁에게 임자가 있었다는 사실은 꽤 의외였던 듯 그 소식은 날개 돋친 듯 퍼져 나갔다. 그날을 기점으로 도희는 성별에 상관없이 '애인이 있었대?', '감쪽같이 몰랐네' 하는 대화들을 심심찮게 들을 수 있었던 것이다. 개중에는 같은 총무부에서 일하는 도희에게 준혁에 대해 묻는 타 부서 사람들도 있었다. 물론 점심시간이나 잠깐 짬이 난 틈에 휴게실에서 지나가듯 듣게 된 말이었지만, 가볍게 했든 진중하게 물었든 남들의 화젯거리가 된다는 것은 그만큼 눈길을 끈다는 의미였다. 도희는 새삼 준혁이 얼마나 눈에 띄는 남자인지 다시금 깨닫게 되었다.

"근데 박 과장님이 왜 이리 유명한 거야?"

무심코 던진 말에 마리의 얼굴이 도희에게 향하는 동안 그 표정은 놀라움에서 시작하여 경악으로 바뀌었다. 한참 동안 그 시선을 받고 있다가 겸연쩍어진 도희가 헛기침을 할 때가 되어서야 마리는 땅이 꺼져라 한숨을 쉬며 그 사이에 말들을 섞었다.

"넌 어쩜 그러니, 몰라도 한참 몰라. 이 언니는 네가 참 걱정된다."

"뭐, 뭐가!"

발끈하는 도희에게 고개를 절레절레 흔들며 마리는 곁으로 바싹 다가와 붙었다.

"박 과장님이 어디서 왔니?"

"어디서 오다니, 본사에서 왔지."

"그래. 그럼 나중에 어디로 가겠니?"

"가긴 어딜 가? 뭐……."

마리는 약간의 기대를 담은 눈으로 도희를 응시했다.

"본사에서 내려보냈으니 여기서 계속 근무하는 거 아냐?"

도희는 나름 그럴듯하게 정리한 자신의 생각에 한숨을 푹 내쉬는 마리를 보며 얼굴을 붉혔다. 마리는 천장을 향해 무언의 한탄을 해 보인 다음 무슨 극비 사항을 얘기하는 것처럼 귓속말을 하기 시작했다.

"아니지! 좌천 아닌 다음에야 본사에서 뭐 하러 번거롭게 지사로 인사이동하겠니? 게다가 좌천이면 아예 지방 떨거지로 보내거나 대기 발령 내버리지 왜 엎어지면 코 닿을 데 지사 총무부로 내려보내겠어? 다 키워주는 거라고. 박 과장님이랑 같이 본사에서 내려온 사람들, 이상한 데 들어간 사람들 있는 줄 알아? 총무부, 비서실, 기획실, 본사 윗분들한테 이미 좋게 찍혔다 이거야. 들리는 말로는 박 과장님은 본사로 들어가면 경영팀으로 갈 거라더라. 예전에 과장님처럼 본사에서 여기로 내려왔다가 경영팀으로 픽업된 사람 있었대."

도희는 질린 얼굴로 거의 무의식중에 고개를 끄덕였다.

"그런 얘기들은 대체 어디서 듣는 거야?"

"알려고 하면 무슨 얘긴들 못 듣겠어? 아무튼 그러니 유명하지 않을 수가 있겠느냐고. 박 과장님 애인 있단 소식에 아까워서 땅 치는 사람 많을걸? 서른셋에 과장 되기는 뭐 쉽나? 그것만 해도 놀랠 노 자인데 앞길도 탄탄대로겠다."

마리는 스스로에게 이르는 것처럼 중얼거리다가 다시금 힘없이 고개를 흔들었다. 있겠거니 막연하게 생각할 때는 몰랐는데 정말로 임자가 있다는 얘기를 들으니 맥이 빠졌던 것이다. 게다가 이건 발원지가 불분명한 헛소리가 아니라 확실한 사실이었다. 준혁 역시 쇄도하는 물음에 웃으며 넘겼을 뿐 아니라고 말하지 않았던 것이다. 그러니 총무부 박 과장에게 애인이 있다는 얘기는 사실이었으며 그것이 많은 여직원들의 입맛을 씁쓸하게 하고 있었다.

"누군지 몰라도 좋겠다."

마리의 마지막 덧붙임에 도희는 뜨끔했다. 사실이 밝혀지는 순간 나 혹시 돌팔매질당하는 거 아냐? 하는 짧은 걱정이 잠시 도희를 흔들어놓았다.

도희는 발을 창가로 두는 자세로 소파에 엎드렸다. 그 덕에 거실에 이어 부엌까지 한눈에 살펴볼 수 있게 된 도희의 시선은 아까부터 어느 한 지점에 고정되어 있었다. 그 눈동자에 비치고 있는 것은 거실의 큰 창으로 들이치는 햇살을 물감으로 사용하여 금빛 공기를 바탕색으로 깐 한 폭의 수채화 같은 광경이었다. 모든 빛과 모든 사물이 정물처럼 굳어져 있는 가운데 움직이고 있는 한 사람이 있었다. 조용한 옆모습으로 조용히 햇살을 받으며 오른팔에 서슴없이 팔짱을 낄 수 있는 존재가 있다는 사실만으로 여러 사람을 도탄에 빠뜨리게 한 남자는 한가로운 태도로 커피를 내리고 있었다.

"설탕 넣어줄까?"

가벼운 미소까지 곁들인 채 물어오는 준혁을 향해 도희는 작게 고개를 좌우로 흔들었다. 준혁이 양손에 커다란 머그잔을 들고 소파로 다가오자 도희는 적당한 타이밍에 일어나 앉았다.

"맛은 어때? 괜찮아?"

도희는 커피 광고의 한 장면이라고 생각해도 큰 무리가 없을 만큼 분위기가 멋진 준혁의 모습에 그저 고개를 끄덕였다. 옆에 앉은 준혁의 향기와 뒤섞인 커피 향은 오묘한 분위기를 자아내고 있었다. 도희는 몹시 새삼스럽게, 이제까지 제대로 와 닿지 않았던 것들이 한꺼번에 피부에 달라붙는 기분이었다.

두 사람 중 누구도 의식하는 사람은 없었지만 제삼자의 시선으로 보자면 도희와 준혁은 말단 직원과 상사다. 게다가 같은 부서에서 일하고 있다. 도희가 처음 준혁에게 비밀을 요구했던 이유 중에 두 번째는 물론 당황과 당혹이 감당할 수 없을 만큼 컸기 때문이지만 세 번째로는 사내 연애가 야기할 수 있는 일들을 잘 알고 있었기 때문이다. 당사자의 의사를 묻지 않고 짜하게 퍼질 소문과 괜한 첨언, 백안시하는 시선들과 부담스런 관심. 그리고 심술궂은 훼방과 부적절하다는 인식까지. 직원들이 서로 일할 때 회사는 기뻐하지만 일하던 사람들이 사랑하게 되면 회사는 점잖게 이마에 핏대를 세운다. 꼭 그렇지 않다 해도 도희는 사내 연애가 주변에 얼마만큼의 영향을 끼칠지 잘 알고 있었다. 그동안 봐온 것이 있었기 때문이다. 게다가 사내 연애였다면 새드엔딩의 경우 그렇게 끝이 구질구질한 것도 찾아보기 힘들다. 당사자를 빼놓고 신나게 떠들어대는 주위 사람들을 철판 깔고 견디거나 아니면 목구멍으로 넘어오려는 쓰디쓴 위액을 삼키며 애써 아무렇지 않은 척 사직서를 써야 하는 경우도 있으니까.

하지만 도희는 상관없었다.

스스로가 했던 생각을 돌이켜 보며 도희는 속으로 그래서 뭐? 하고 콧방귀를 뀌었다. 자신이 준혁과의 관계가 밝혀지기를 원하지 않았던 첫 번째 이유는 그것을 믿을 수 없었기 때문이다. 좋아하고 있었다고, 사랑하고 있었다고 준혁은 말했지만 도희는 그 말을 믿지 않았다. 섣불리 믿어버리기엔 너무 자극적인 말이었으니까. 게다가 그 지속성에 있어서도 높은 신뢰를 주기는 어려웠다. 도희는 최악의 경우 준혁과의 일을 그냥 추억하기 더러운 해프닝 정도로 여길 각오였기에 준혁은 도희의 마음에 발을 들여놓는 것이 더욱 힘겨웠을 것이다. 도희는 처음 준혁을 고려할 때 자신의 과거 속에서 행복했던 기억보다는 조심스러워해야 할 부분, 즉 슬프고 비극적인 기억들을 주로 떠올렸었다.

하지만 준혁은 조금 남다른 방식으로 첫 단추를 꿰어버렸지만 개의치 않으며 그 후로 포기하지 않고 도희의 곁에 머물렀다. 그는 가볍지도, 경박하지도 않았다. 그저 조용하고 끈질기게 도희의 심중을 살피며 그녀가 자신을 들여놓기를 기대하고 있었을 뿐이다. 준혁은 하다못해 도희가 고민하는 사이 중간에 행동을 바꾸지도 않았다. 그저 이것이 내 본연의 방식이라고 말하는 것처럼 설명하듯 차근차근 다가왔을 뿐이었다. 대단히 화려한 것 같았지만 사실은 진솔했던 준혁의 지난 모습을 떠올려 보며 도희는 히죽 웃었다.

"왜 웃어?"

"그냥."

"설탕이랑 크림 같은 거 정말 필요없겠어?"

"응. 연해서 좋은데요?"

그러면서 도희는 준혁의 어깨에 머리를 기댔다. 한가로운 오후, 한가로운 티타임이었다. 그러다가 문득 도희는 여행을 다녀온 이후 한 번도 밖에서 만난 적이 없다는 것을 깨달았다. 비록 여행보다는 좀 긴 나들이를 다녀왔다고 해야 옳을 정도로 짧은 하루였지만, 그 여행 이후 준혁은 도희에게 밖으로 나가자는 말을 하지 않았다.

"우리 나갈래요?"

생각난 김에 던져 본 말에 준혁의 안색이 설핏 굳는 것을 지켜보며 도희는 고개를 갸웃했다. 왠지 달가워하지 않는 기색이었다.

"나가고 싶어?"

그렇게 말하면서 준혁은 손에 든 커피 잔을 내려놓았다.

"날씨가…… 좋긴 좋네."

준혁은 떨떠름하게 중얼거렸다.

"응. 날씨가 저렇게 좋은데 집에만 있는 것 같아서. 나가는 거 별로예요?"

"난 그냥 그런데. 집이 더 편해. 그냥 있으면 안 되나?"

준혁은 도희의 기분이 상하지 않도록 부드럽게 물었고 도희 역시 딱히 가고 싶은 곳이 있는 것은 아니었으므로 고개를 끄덕였다. 상대가 싫다는데 억지로 끌고 나갈 필요는 없지 않은가.

"그냥 한 번 해본 말이에요. 여행 갔다 오고 나서 밖에 나갔던 적 한 번도 없잖아요."

"그랬나?"

준혁은 도희의 말을 듣고서야 깨달았는지 퍽 놀란 얼굴이었다.

"그래서 그냥 말해본 거지."

도희는 준혁의 어깨에 조금 더 기대며 커피를 홀짝였다. 준혁은 미소를 거뒀던 입가에 다시 미소를 드리우며 놓았던 커피 잔을 다시 쥐었다.

"텔레비전 보려고?"

도희가 리모컨을 집어 들어 전원 버튼을 누르자 준혁은 그것 역시 그렇게 반가워하지 않는 기색으로 일렀다. 까맣던 화면이 켜지자 마침 쇼 프로그램이 방송되고 있었는지 왁자한 웃음소리가 고요하던 거실로 쏟아졌다. 준혁은 불청객이 들이닥친 기분이었다.

"특별히 할 일도 없잖아요."

"우리 그냥 있자. 그것도 좋잖아?"

준혁의 말에 도희는 텔레비전을 꺼버리고는 준혁의 무릎을 베고 누웠다. 준혁은 황급히 커피 잔을 든 손을 멀리 치우면서 작은 소리로 웃었다.

"텔레비전 보는 거 안 좋아해요?"

"별로. 아주 안 보진 않지만 애청자도 아냐."

"원래 이렇게 조용한 사람이었어요?"

"조용해질 필요가 있을 땐."

준혁은 무릎을 베고 누운 도희를 내려다보았다. 장난스럽게 까딱이는 무릎과 선이 예쁜 어깨는 누워서도 여전했다. 도희가 이 자태를 갖기 위해 얼마나 기를 썼는지 알고 있는 준혁의 눈길이 자연스럽게 부드러워졌다.

"당신 예전 모습이 아주 멀게 느껴지네."

준혁은 손을 뻗어 가지런한 쇄골을 쓰다듬어 보았다. 도희는 그 목소리에 겉돌고 있는 일말의 아련함에 의아함을 느꼈다.

"갑자기 무슨 소리예요?"

단순하게 되묻던 도희는 뭔가를 퍼뜩 생각해 내고는 벌떡 일어나 앉았다.

"맞다! 우리 앨범 봐요."

"······앨범?"

"응. 준혁 씨 어땠는지 보고 싶어요."

활짝 웃는 도희를 보며 자기도 모르게 따라 웃었던 준혁은 곧 괜스런 헛기침과 함께 잠시 시간을 벌었다. 앨범을 보여달라는 도희의 부탁이 달갑지 않았다.

"그거…… 봐서 뭐 하게?"

"그래도!"

하지만 도희는 준혁의 기색을 눈치 채지 못하고 천진난만한 얼굴로 바라봄으로써 준혁의 마음을 불편하게 했다.

"옛날 사진이 뭐 재미난다고?"

"흐응? 그래도 난 궁금하다고요. 준혁 씨는 내 예전 모습을 아는데 나는 모르잖아요."

"아, 그거야 그렇긴 하지만."

사실 애인의 집에서, 그 애인의 옛 정취를 더듬어볼 수 있는 가장 좋은 방법인 앨범을 구경하는 것은 극히 자연스러운 일이다. 하지만 준혁은 다소 떨떠름한 얼굴로 앨범을 보여줄 수 없는 사정을 설명했다.

"앨범 여기 없는데."

"에엥? 거짓말, 세상에 앨범 없는 집이 어디 있어요?"

"앨범이야 있지. 하지만 여기는 없다니까?"

준혁은 최대한 자연스러워 보이도록 애쓰며 설명하기 시작했다.

"앨범은 고향집에 있어. 여긴 내가 독립하면서 꾸린 집이라

이사하면서 앨범까지는 못 챙겼지. 혼자 나가서 살 짐 꾸리면서 가족 앨범까지 들고 나오는 건 좀 이상하잖아?"

한동안 멀뚱하게 바라보던 도희는 준혁의 설명이 나름 납득이 갔는지 한참 후에야 고개를 주억거리다가 갑자기 물었다.

"기타는 챙겼잖아요?"

"……기타야 내 취미니까 앨범이랑은 다르지. 손에 익은 거니까 어떻게 챙겼는데, 솔직히 말하자면 전에 당신이 발견하기 전까지는 나도 잊고 있던 거였어."

준혁의 해명에 도희는 조금 의뭉스러워하긴 했지만 선선히 이해하는 분위기였다. 하긴, 독립하면서 취미 생활하던 물건은 몰라도 가족 모두의 모습이 들어 있는 앨범을 굳이 챙겨서 나오는 건 유별나다면 좀 유별나다고 할 수 있을 것이다.

"그럼 졸업 앨범 같은 것도 다 고향집에 있어요?"

"당연히 그렇지."

가까스로 화제를 다른 것으로 돌리는 것에 성공한 준혁은 잠시 뭔가를 꼽아보다가 일어서서 서재로 향했다.

"앨범 없다면서요?"

"더 재밌는 것 있어."

재밌는 것이라는 말에 도희 역시 자리에서 일어나 준혁에게 다가갔다. 책이 빼곡한 책장 꼭대기로 팔을 뻗은 준혁은 열심히 뭔가를 찾고 있었다. 뽀얗게 쌓인 먼지를 짚어가며 뒤적거리는 준혁을 바라보며 도희는 곁으로 다가가 책장에 꽂힌 책들을 훑

어보기 시작했다. 몇 권의 소설과 대부분의 전문 서적들 사이에
서 도희는 자신이 예전에 읽었던 책을 발견하고는 반가운 마음
에 뽑아 들었다.

"이거 나도 읽었었는데!"

파라락 책장을 넘겨보던 도희는 책장 사이에 코팅된 뭔가가
책갈피처럼 끼워져 있는 것을 발견했다. 오래되어 보이는 사원
증이었다.

"어? 사원증이네? 준혁 씨 사원증 두 개예요?"

"뭐?"

준혁의 목소리가 갑작스레 치솟았다. 찾고 있던 것도 팽개치
며 준혁은 경악한 눈으로 사원증을 집어 드는 도희를 향해 손을
뻗었다.

"이리 줘!"

그러나 도희는 잽싸게 준혁의 손길을 피하며 장난스레 웃었
다.

"앨범도 없는데 잘됐다."

"그러지 말고 이리 달라니까."

"싫지롱?"

다시 손을 뻗는 준혁을 피해 손을 뒤로 돌리며 도희는 까르르
웃었다. 하필 뒷면이 보이도록 꽂혀 있던 터라 사원증 앞면에
붙어 있는 사진은 보지 못한 상태였다.

"달라니까!"

방 안의 공기가 멈추며 찌르르 울렸다. 커다래진 도희의 눈동자를 발견하고서야 준혁은 자신이 얼마나 크게 고함을 질렀는지 깨달았다. 도희 역시 사귀고 나서 처음으로 본 준혁의 거친 모습에 당황했는지 쉽게 입을 열지 못했다.

"장난치지 말고…… 그러게 달라고 했잖아."

멍하게 내밀어지는 도희의 손에서 사원증을 낚아채 책상 서랍에 집어넣으며 준혁은 어렵게 중얼거렸다. 뒤늦게 감정이 밀려오기 시작했는지 도희의 얼굴이 천천히 구겨졌다.

"뭘 그렇게 화를 내요?"

화가 난다기보다는 서운했다. 그냥 장난을 조금 쳤을 뿐인데 그렇게 소리를 지르다니. 고작 증명사진이 들어 있는 사원증일 뿐이었는데.

"미안…… 그게 거기 있을 줄 몰랐어. 하필이면 거기 있어서……."

답지 않게 횡설수설하는 준혁 역시 제어할 수 없었던 자신의 반응에 당혹해하고 있었다. 싸늘하게 경직된 공기를 풀기 위해 준혁은 책장 머리맡에서 찾아낸 상자를 서둘러 끄집어내며 웃으려고 애썼다.

"이거 보여주려고. 오랜만이지?"

상자 속에서 나온 것은 구식 팩 게임기였다. 어린 시절의 향수를 불러일으키는 물건이었지만 지금 도희에게는 게임기 따위가 중요한 것이 아니었다.

"팩도 그대로 있어. 아마 작동할 거야."

일부러 그러는 것이 분명한 쾌활함. 준혁은 부랴부랴 거실로 나서서 텔레비전에 게임기를 연결하고 전원을 켰다. 꽤 오래되어 보이는 외관에도 불구하고 게임기는 훌륭하게 작동되었다. 단순하지만 정겨운 효과음과 함께 캐릭터들이 움직이기 시작하자 도희는 흐리게 웃었다.

"이런 걸 아직도 갖고 있어요?"

"으응. 저기, 도희 씨……."

왜 그랬냐고 맹렬하게 따질 수도 있었을 테지만, 도희는 그러는 대신 준혁의 옆에 앉으며 환하게 반짝이는 텔레비전 화면으로 시선을 던졌다.

"나도 어렸을 때 이거 진짜 많이 했는데."

준혁은 얕게 한숨을 내쉬었다. 그 이후로 더 묻지 않으며 말없이 넘어가 준 도희에게 형언할 수 없는 미안함과 고마움을 느끼며 준혁은 그대로 안심해 버렸다. 하지만 준혁은 여자란 때에 따라서는 속마음과 겉으로 보이는 표정을 완벽하게 별개로 구사할 수 있다는 것을 알지 못했다.

따지고 보면 모두 사소한 일이었다. 앨범, 동창, 사원증. 하지만 준혁은 온갖 핑계를 대면서 그것을 회피했다. 도희가 느낀 것은 준혁은 자신의 옛 자취를 보여주는 것도 좋아하지 않으며, 동창생을 만났을 때는 그가 누구인지 분명히 기억했으면서 기억이 안 났다고 거짓말을 했다는 것과, 마주칠 사람이 없는 곳

으로 여행을 다녀온 이후로 밖에 나가는 것도 피하고 있다는 것
이었다.

전부 다 뭔가를 아무에게도 알리고 싶지 않을 때 하는 행동들
이었다.

"뭘 그렇게 대놓고 쳐다보니?"

어깨를 건드리는 마리의 손길에 도희는 그제야 자신이 일하
고 있는 준혁을 넋 놓고 쳐다보고 있었다는 것을 깨달았다. 후
다닥 자세를 바로잡는데 마리는 파일로 입을 가리고 호호호 웃
었다.

"아무리 눈이 호사라도 좀 딴 데도 봐가면서 봐라. 그게 뭐
니?"

"무슨 소리야."

도희가 정색을 했지만 마리는 히죽히죽 웃었다. 도희는 마지
막으로 준혁을 힐끗 바라보고는 진지한 얼굴로 모니터를 응시
했다.

과민 반응이다. 의심도 지나치면 병이라고 했어.

그저 희망 사항이라고 생각했던 남자가 먼저 도도희라는 여
자를 좋아하고 있었다고 말하는 사실을 그대로 받아들이기 어
려워 곱씹고, 또 곱씹어보았기에 느껴지는 자격지심이다. 그럴
것이다.

하지만 마음을 정한 후 드디어 준혁과 자신 사이에 사랑이 싹

텄다고 여기게 되었을 때 이런 반갑지 않은 일들이 연이어 일어났다. 어째서일까? 그저 우연의 일치일까, 아니면 처음에 발견하지 못했던 준혁의 다른 모습들이 이제야 드러나고 있는 것일까? 그를 믿기에 앞서 정신 차리자고 되뇌고 있던 때라 오히려 진실을 보지 못하게 된 것이었나?

다음 순간 도희의 고개가 좌우로 흔들렸다. 난 이게 문제야. 능숙하게 자판을 두드려 업무를 해나가며 도희는 뇌 한쪽으로는 자신을 향한 조소를 보냈다. 피해망상도 정도껏이지. 나는 대체 언제까지 이럴까! 그 시간들, 그 속삭임들, 그 눈빛을 전부 다 주고받고 하나뿐인 사람이면 좋겠다고 자신에게 속삭였던 그의 목소리를 의심하다니. 이미 하나뿐인 사람이 되었다고 그에게 한 스스로의 고백을 흔들고 있다니. 행복에 겨웠다더니 내가 그 짝이로구나.

하지만 아무것도 의심하지 않기엔 도희의 과거는 씁쓸했고 사랑에 무턱대고 목메는 것이 아깝지 않을 순수한 시절은 이미 지나갔다. 자신의 상태를 냉정하게 상기하는 순간 도희는 생각뿐만이 아니라 겉으로도 피식 웃었다. 세상의 로맨스가 모두가 해피엔딩일 수 없는 것, 내가 좋아하는 사람이 나를 싫어하는 이유가 없을 수도 있다는 것, 단순한 것들이지만 깨닫지 못한 사람과 깨달은 사람의 차이가 확연한 것들이었다. 구분해 본다면 도희는 그중에서도 후자였다. 그래서 도희는 어쩔 수 없었다. 준혁과 보냈던 시간이 행복하고 아름다웠던 만큼 그의 달갑지 않은 행동들 때문에 불안이 피어났다.

어느 순간 자판을 맹렬하게 두드리고 있던 도희의 손이 뚝 멎었다. 움직임이 사라지고 한참이 지나자 모니터는 화면 보호기가 작동되며 검게 죽었다. 그 검은 거울처럼 변한 화면에 비친 자기 모습을 발견한 도희는 깜짝 놀랐다. 순간 자신이 아니라 다른 사람 같다는 생각이 들었던 것이다. 저 여자는 누굴까. 그림처럼 다듬은 머리에 예쁜 화장으로 얼굴을 꾸미고 예쁜 옷을 입고 앉아 있는 저 여자는. 화면 속의 여자가 황급히 자신의 뺨을 짚어보았다. 그제야 도희는 자신이 뚱뚱하고, 질끈 묶은 머리에, 아무렇게나 꿰어 입다시피 옷을 입고 있던 예전의 자신이 아님을 깨달았다. 검게 죽은 화면 속에 아리땁다고 불러도 좋을 여자가 지금의 자신이었던 것이다. 갑자기 속이 메스꺼워 도희는 더 이상 참지 못하고 자리에서 일어서서 밖으로 나갔다.

화장이 망가지는 것도 아랑곳하지 않고 어푸어푸 세수를 한 도희는 멀끔해진 얼굴이 되어서야 화장실 거울을 들여다보았다. 그 속엔 앞머리까지 젖은 채 이쪽을 바라보고 있는 자신이 그대로 비치고 있었다. 도희의 젖은 손이 그 거울을 짚었다.

도희는 울 듯한 눈을 하고 입으로는 웃음을 떠올리려 애썼다. 자신은 변했다. 하지만 변하지 않았다.

여전히 그대로 있었다. 뚱뚱하고, 수수했지만 열심히 노력하며 아주 가끔씩은 나도 누군가한테 등불 같은 존재가 될 수 있을까 생각했던 도희가, 전과는 비할 데 없이 아름다워진 겉모습과 이미 누군가의 등불이 된 도희의 안에 그대로 남아 있었다. 변했지만 사라지지는 않은 것이다. 껍데기만 바뀐 채 속에서 웅크리고 있는 알맹이처럼, 도희 안에는 변하지 않은 도희가 여전히 자리 잡고 있었다.

"도희 씨."

그 후로 며칠이 지난 회의실이었다. 회의가 끝나고 모두가 빠져나간 회의실을 정리하는 도희를 준혁은 같이 서류 정리를 하는 척하며 부드럽게 불렀다. 프레젠테이션이 끝난 회의실은 아직 불을 켜지 않아 어두컴컴했다.

"네?"

도희가 대답하기 위해 고개를 드는 순간 준혁은 손으로 모으던 서류를 탁 내려놓으며 도희의 팔을 끌어당기며 의자에 앉았다. 회의실과 총무부는 근소하게나마 떨어져 있으니 회의가 다 끝난 마당에 누가 돌아오지는 않을 것이다. 준혁은 빙긋이 웃으며 어어? 하는 도희를 자신의 무릎 위에 앉혔다.

"뭐, 뭐 하는 짓이에요!"

크게 소리 지르지는 못하고 도희는 한껏 숨을 죽이며 다가오는 준혁의 어깨를 꽉 잡았다. 하지만 도희의 볼에 무리없이 준혁의 입술이 닿은 다음이었다.

"버틸 수가 있어야지."

볼에 키스하고 나서 준혁은 그대로 도희의 목덜미에 얼굴을 묻으며 중얼거렸다. 놀람이 가라앉자 도희는 문쪽으로 신경을 집중하는 것을 놓치지 않으며 준혁의 옆머리를 가만히 쓰다듬었다. 그 움직임에 맞추어 준혁은 장탄식 같은 한숨을 토해놓았다.

"힘들어요?"

"그렇기도 하지만 그냥 어리광 부려보고 싶어서."

도희는 놓아둔 서류를 집어 들어 준혁의 어깨를 살짝 때렸고 준혁은 툴툴 웃었다. 지그시 감겨 있다가 서서히 뜨여진 그의 눈꺼풀이 순간 영악하게 반짝였다.

"뭐 하는 거예요?"

요령있게 블라우스 단추를 풀어내는 준혁의 손가락에 도희의 눈망울이 커졌다. 하지만 준혁은 여전히 웃음을 지우지 않은 채 손가락을 멈추지 않았다. 도희는 준혁이 세 번째 단추를 푸는 것과 동시에 그의 손을 움켜쥐었다.

"미쳤어, 정말?"

"이 정도 스릴은 느껴봐야지."

준혁은 어울리지 않게 측은한 표정까지 지으며, 그러나 속으로는 즐거워 못 견디겠다는 얼굴로 블라우스 자락을 살짝 들추었다. 예쁜 레이스 브래지어에 감싸여 있는 봉긋한 앙가슴의 곡선이 그의 눈을 즐겁게 했다.

"그만 못해요?"

"어, 더 떠들면 누가 올지도 모르는데."

간단하게 도희의 입을 막아버린 준혁은 애정이 충만한 시선을 도희에게 고정시켜 둔 채 날렵한 동작으로 브래지어 안으로 손을 집어넣었다. 도희의 숨이 잠깐 멎으며 말캉하게 손에 사로잡히는 촉감이 준혁에게 눈을 뜬 채로 아득해지는 황홀감을 선사했다. 준혁은 집게손가락으로 도희의 유두를 살짝 조몰락거리며 짓궂은 미소를 지었다. 도희는 그의 이마를 톡톡 두드리며 고개를 설레설레 저었다.

"못 말린다니까."

"이 정도 꾸중이야 얼마든지 감수하지. 그러니까."

다음 순간 준혁은 내내 도희에게 고정시키고 있던 고개를 아래로 숙여 예기치 못한 곳에서 드러난 그녀의 속살에 입을 맞춘 다음 살짝 빨아들였다. 도희의 전신에 힘이 들어가며 의지와 상관없이 눈꺼풀이 질끈 감겼다.

가늘게 떨리는 손이 겨우 입을 가리는 순간 준혁은 격심한 아쉬움을 물리치며 고개를 들었다. 안타까워 죽겠다는 얼굴로 도희의 젖무덤을 다시 잘 수습해 주며 준혁은 블라우스 단추까지 잘 여며주었다. 그제야 도희는 쿵쾅거리는 가슴을 진정시키며 눈을 뜨고 준혁을 바라보았다. 준혁은 히죽 웃으며 도희의 볼에 쪽 입을 맞췄다.

"당분간 어리광은 못 부릴 거 같아서 미리 부려놓는 거야."

내키지 않지만 어쩔 수 없이 털어놓는다는 듯, 준혁의 눈가에 순간 미안함이 흘렀다.

"무슨 일 있어요?"

걱정이 배어 있는 도희의 물음에 준혁은 그 자체로 위로가 되는 그녀의 향기를 음미하다가 약간 나른해져서 대답했다.

"앞으로 조금 바빠질 거 같거든. 이런저런 일도 있고."

그 대답에 도희는 마리에게서 들었던 얘기를 떠올렸다. 준혁은 본사에서 나중을 기약하기 위해 공을 들이는 사람이라는.

"그래서 당분간은 주말에도 얼굴 보기가 힘들 것 같아. 물론 회사에서 보는 거야 매일 보겠지만."

덧붙이며 준혁은 도희를 꼭 끌어안았다. 도희는 흐리게 웃었다.

"그럴 수도 있죠. 일이 바쁜 거니까."

"고마워."

준혁은 잠시 도희에게 기댔다가 곧 고개를 들었다.

"먼저 나가봐요. 더 있다간 곤란할 테니까."

도희는 일어서서 다시 한 번 옷매무새를 정돈한 다음 회의실을 나섰다. 준혁은 그 뒷모습을 아련하게 바라보고 있다가 충분할 만큼 사이가 벌어졌다고 생각했을 때 시원스럽게 일어서서 발걸음을 떼기 시작했다. 그 표정에서 방금 전까지 애인에게 어리광을 부리며 짓궂게 굴던 남자의 모습은 찾아볼 수 없었다.

그 후로 준혁은 스스로의 말대로 정말 바빴다. 마침 다가온 월말 때문에 부서 전체가 바빠져 두드러지지는 않았지만, 이전과 비하면 야근하는 빈도수가 월등하게 높아져 있었다. 똑같이 바빠진 도희와 준혁은 매일 얼굴을 보면서도 헤어져 있는 것이나 마찬가지인 상황이 되어버렸다. 도희는 사라지지 않는 불안을 스스로의 자격지심이라 여기면서도 준혁의 속내를 확인해보고 싶었지만, 연일 이어진 강행군 때문에 둘만의 시간을 내기란 쉽지 않았다.

월말이 절정에 다다랐을 무렵, 이른 아침 아슬아슬하게 전철을 잡아탄 도희는 시작부터 격렬하게 포문을 여는 또 다른 하루에 얕은 한숨을 내쉬었다. 이젠 사람이 없으면 놀랄 것 같은 출근길 전철에서 용케 자리를 차지하고 앉은 도희는 간밤 내내 뒤척이게 했던 생각을 떠올리며 입술에 힘을 주었다.

그에게 물어보자.

준혁은 지금 도희의 속내가 얼마나 복잡한지 모르고 있었다. 왜냐하면, 도희가 말하지 않았기 때문이다. 앉아 있던 도희는 스스로에게 꿀밤을 주는 대신 좀 거칠게 머리를 긁적였다.

지금 준혁은 확실히 뭔가 이상했다. 그의 모든 것이 거짓처럼 느껴지지는 않았지만 진실들 사이로 숨기고 있는 뭔가가 언뜻언뜻 내비치는 느낌이었다. 문제는 준혁의 바로 이런 점들에 자신이 휘둘리고 있다는 것이었다. 좋은 쪽보다는 자꾸 안 좋은 방향으로 흘러가는 예감은 도희를 괴롭게 만들었고, 괴로워진 심사는 상황을 더 안 좋은 쪽으로 예견하게 되는 악순환을 반복하고 있었다. 어떻게든 끝을 내야 했다. 상상보다도 준혁을 의

심해야 하는 사실 자체가 더욱 고통스러웠기 때문이다.

그에게 물어보자. 왜 자꾸 그런 느낌들을 내게 주는 것이냐고. 착각으로 밝혀진다면 가장 다행한 일이겠지만 어떤 대답을 듣게 되던 결론이 나온다면 역시 다행스런 일일 것이다. 일단 그를 의심하는 괴로움과 함께 자꾸 옛 모습을 떠올리며 극복하지 못한 자신을 탓하는 자괴감에서는 벗어날 수 있을 테니까. 준혁의 대답이 좋은 것인지 나쁜 것일지는 그다음 문제다.

바쁜 때가 지나가고 나면 얘기해 보자. 지금은 자신도 준혁도 당장 닥친 일이 너무나 바빴다. 이런 때에 민감한 얘기를 꺼냈다간 자칫 모두 상처 입을 수도 있었다. 도희는 차분하게 마음을 가라앉히며 그렇게 마음먹었다. 며칠만, 며칠만 기다렸다가 서로에게 조금이라도 여유가 돌아왔을 때 다시 얘기해 보자고.

생각이 일단락되자 홀가분한 마음으로 회사에 들어선 도희는 절로 가벼워진 걸음으로 총무부로 성큼 들어섰다.

"안녕하세요!"

밝은 목소리로 인사를 끝내자마자 도희는 사무실 분위기가 평소와 약간 다르다는 것을 깨달았다. 이른 아침이었으니 당연할 수도 있었지만, 오늘의 총무부는 어딘가 어수선하고 심란해 보였다. 자리를 살펴보니 마리의 가방은 의자에 놓여 있었지만 정작 마리는 어디 갔는지 보이지 않았다. 이상하게 생각하며 반사적으로 준혁의 자리를 쳐다보는데 뜻밖에도 비어 있었다. 아예 도착하지 않은 것인지 의자에는 앉았던 흔적조차 없었다. 벽

시계를 확인한 도희의 눈썹이 의아하게 꿈틀거렸다. 이 시간까지 준혁이 출근하지 않다니, 전에 없던 일이었다.

"도희야!"

그때 후다닥 들어온 마리가 덮치듯이 다가왔다. 너무 벅찬 기색에 눈을 크게 뜨는데 마리는 놀란 도희를 살펴볼 겨를도 없이 낮게, 하지만 급하게 쏟아냈다.

"우리 구조조정한대!"

10

　그 후로 3일간 준혁은 회사에 나오지 않았다. 도희는 그때서야 준혁이 전날 출장 명령을 받았었다는 사실을 알게 되었다. 자신이 고민에 빠져 침대 속에서 뒤척거리고 있던 그 시각, 준혁은 출장지로 내려가는 차 안에 있었던 것이다.

　마리가 얘기했던 것처럼 회사는 당장 구조조정에 돌입한 것은 아니었지만 총무부, 아니, 회사 직원들 거의 대부분은 모이기만 하면 곧 구조조정이 시작될 것이라는 얘기를 했다.

　말하자면 그것은 아주 큰 소문이었던 것이다. 하지만 소문이 그렇듯이 정확한 사실들은 알기가 힘들었다. 인사부에 누가 그랬다더라, 어떻게 할 것이라더라 하는 뒤숭숭한 이야기들이 떠돌아다니는 통에 소문은 그저 소문일 뿐인가 하는 분위기가 만들어졌지만 사원들이 술렁거리는 것을 알면서도 고위 간부들이 아무런 내색도 하지 않자 말들은 더욱 설득력을 얻었다.

뜬구름 잡는 이야기들 속에서도 특정 부서에 돌아다니는 몇 가지 이야기들은 아주 구체적이었는데, 그중 총무부에 돌아다니고 있는 이야기는 이번에 구조조정이 일어나면 준혁은 다시 본사로 복귀하게 될 것이라는 말이었다. 이유인즉, 준혁처럼 본사에서 지사의 각 부서로 내려보낸 직원들이 어제오늘 사이에 모두 출장 명령을 받았던 것이다. 사람들은 아마 이번 출장이 일종의 시험이나 아니면 포석 삼아 주어진 일일 것이라 말했고, 그 말에 반박을 하는 사람들은 별로 없었다.

"분위기 한 번 상큼하네."

모두가 한마음이라도 된 것처럼 뒤숭숭해하는 가운데 마리가 중얼거렸다. 도희는 그 말을 듣지 못한 채 묵묵히 맡은 일만 해나가고 있었다. 도희는 이번에도 준혁에게 아무런 말도 듣지 못했다. 출장을 가게 되었다는 말도, 출장지에 도착해서 돌아올 날이 될 때까지 준혁은 아무런 연락도, 하다못해 문자 한 통도 보내지 않았다. 도희의 이성은 먼저 연락이 오지 않으면 나도 하지 않을 것이라고 고집을 부렸지만 한편으로는 그런 것 다 때려치우고 그의 목소리를 듣고 싶어하고 있었다. 꼭 지금 그에게 묻기 위해서가 아니라 그저 준혁 그 자체가 그리웠다. 근래에는 회사에서도 서로 얘기할 틈조차 없을 정도로 바빴지만, 오며 가며 얼굴이라도 보는 것과 아예 보지 못하게 되는 것은 크게 달랐던 것이다.

그러나 준혁에게 연락을 해보리라 마음먹을 때마다 평소엔 생각지도 못했던 사소한 것들까지 떠오르면서 휴대전화로 뻗치는 손길을 주춤거리게 했다. 한창 바쁜 중이면 어쩌나, 혹시 운전 중이면 어쩌나, 아니면 자는 중이면 어떻게 하나. 귀찮게 구는 일이 되면 어떡하나.

하지만 도희는 어느 순간 휴대전화를 집어 들어 준혁의 번호를 누르고 있었다. 느지막한 오후, 일부러 한가하리라 생각되는 시간을 고른 참이었다. 하지만 신호는 거의 음성으로 넘어가기 직전에야 가까스로 연결되었다.

"준혁 씨?"

[아, 도희 씨.]

"바빠요?"

[응. 지금 좀…… 미안해, 내가 나중에 다시 걸게.]

가까스로 연결되었던 준혁과의 통화는 그렇게 허무하게 끝나버렸다. 뭐라고 대답을 하기 전에 일방적으로 끊어지는 전화에 도희는 한참 동안 수화기를 들고 멍해졌다. 차라리 돌아올 때까지 참을 것을 괜한 짓을 했다는 자책감이 느리게 밀려왔다. 기다렸지만, 다시 연락하겠던 준혁에게서는 출장이 끝날 때까지 아무런 연락도 오지 않았다.

그렇게 날짜는 흘렀고 준혁이 돌아올 날짜가 가까워지자 도희는 오히려 편해진 기분이었다. 돌아오면 그때 보면 되지. 회사를 그만둔 것도 아니고 고작 며칠 출장인 것이다. 앞으로도 얼마든지 시간은 있을 것이다. 어째서 준혁을 보지 못할 만한 일이 자꾸 생기는지 이상했지만, 우연의 일치가 이토록 오묘한 것을 어떻게 한단 말인가.

"도희 씨, 커피 좀 부탁해요."

오랜만에 김 부장의 커피 주문이었지만 도희는 의식조차 못하고 기계적으로 일어섰다. 멍한 채로 어떻게 탔는지도 모르는 커피를 갖다주고 온 도희는 스르르 자리에 앉았다. 구조조정도, 본사 방침도 지금의 도희에게는 먼 나라 이야기였다.

"그래도 정리 들어가면 평사원들보다는 할 일 없이 연봉만 많이 차지하는 부장 이상부터 시작할 거래. 완전 칼바람이겠다. 어휴."

말은 그렇게 하면서도 마리의 얼굴 한구석은 편치 않았다. 비록 직접적으로 자신에게 영향이 오지는 않는다고 해도 누군가가 떨려 나가는 것을 지켜보는 것이 그리 유쾌한 일은 아닌 것이다. 게다가 말은 그저 말일 뿐, 실상 정리가 들어가면 누가 대상이 될지는 아무도 모르는 일이었다.

"그래……."

"왜 그렇게 넋을 빼고 있어? 왜, 그 사람하고 안 좋아?"

시선은 그대로 모니터에 꽂아둔 채, 도희의 손만 움직임을 멈쳤다.

"몰라. 요 근래에 얼굴을 못 봤어."

"무슨 일 있대?"

"사실…… 모르겠어. 나도 지금."

흘리듯이 대답하며 도희는 고개를 뒤로 확 젖혔다. 그동안 시
달렸더니 이젠 신경마저 무뎌진 기분이다. 그래, 내가 또 전철
을 밟았구나. 하긴 모습 바뀌었다고 원판이 어디 가나. 내가 그
럼 그렇지…… 아냐, 아닐 거야. 예기치 못한 일들 때문에 단지
조금 예민해진 거야. 돌아오면 다시 볼 텐데 뭘 그렇게 걱정하
니. 옛날의 내가 아니잖아. 아직 그의 진심이 어떤 것인지 들어
보지도 않았는데.

정말 사람들 말대로 준혁이 본사로 돌아가게 되면 어떻게 할
까.

무감각하게 천장을 바라보던 도희의 얼굴은 세차게 구겨졌
다. 왜 그렇게 될 수도 있음을 예상하지 못했을까. 자신은 정말
아무것도 모르고, 짐작조차 하지 못했던 것이다. 본사에서 온
그가 언젠가 본사로 돌아갈지도 모른다는 생각은 해보지도 못
했고 할 수도 없었다. 어쩌면 당연한 일이었을 텐데 내다보지
못한 자신이 너무나 바보처럼 느껴졌다. 그 정도도 생각하지 못
하면서 정신만 바짝 차리고 있으면 된다고 생각했다니.

"머리 터지겠네."

그렇게 중얼거리면서 도희는 머리를 세차게 흔들었다. 설사

앞날이 불투명하더라도 지금은 더 이상 생각하고 싶지 않았다. 생각하면 할수록 자신이 모자란 사람이 되는 것 같았기 때문이다.

하지만 그 모든 것과 상관없이 지금 도희는 준혁의 웃는 얼굴을 다시 보고 싶었다. 미소 짓는 그를 본다면, 지금 자신을 복잡하게 하는 모든 문제가 눈 녹듯이 사라져 버릴 것만 같았기 때문이다.

"과장님, 오셨네요?"

나흘째 아침, 출근하던 도희는 조 주임의 목소리에 번쩍 고개를 들었다. 정말로 자리에 앉아 있는 준혁이 거짓말처럼 눈에 들어왔다.

"네. 3일 만에 돌아왔습니다."

"하하, 많이 힘드셨어요?"

"출장이 다 그렇죠 뭐……."

준혁과 조 주임은 계속해서 말을 주고받았지만 도희의 귀에는 더 이상 들어오지 않았다. 도희의 가슴속에서 뭔가가 울컥 치밀어 올랐다. 이렇게, 자신과 준혁은 3일 만에 얼굴을 보고서도 내색할 수가 없었던 것이다. 할 수 있는 것이란 남들과 다름없는 눈인사뿐, 드러내어 잘 다녀왔느냐고 안부조차 묻기 어려운 사이인 것이다. 그때 열심히 조 주임과 잡담을 나누고 있는 것처럼 보였던 준혁의 눈동자가 잽싸게 도희 쪽을 살폈다. 내내 참았던 짙은 그리움이 가득했지만, 섣불리 다가갈 수 없는 상황이 무던히도 안타까운 얼굴이었다.

"이거만 문서 보관소에 넣으면 되는 거지?"

"응."

두 사람이 제대로 된 상봉을 할 수 있었던 것은 오전이 거의 다 지나갔을 때였다. 정리가 끝난 서류를 문서 보관소로 옮기기 위해 도희가 총무부를 나서고 얼마 되지 않아 내내 기회를 살피던 준혁은 티나지 않게 자리에서 일어서서 그 뒤를 따랐다. 멀리 떨어져서 뒤를 따라가던 준혁은 문서 보관소와 총무부까지 이어지는 복도 중간, 비상계단으로 향하는 길목에 멈춰 서서 도희가 다시 나오기를 기다리고 있다가 서류를 넣어놓고 나오는 도희가 앞을 지나갈 때 그 팔을 낚아챘다.

"뭐……?!"

놀랄 틈도 없이 비상계단으로 빨려 들어간 도희의 눈에 보인 것은 검은 정장을 입고 있는 준혁의 상체뿐이었다. 문을 닫으며 잽싸게 문을 잠근 준혁은 뭐라고 말하기 전에 가장 원했던 대로 도희를 꼭 품에 안았다.

"엄청나게 보고 싶었어."

"놀랐잖아요."

가슴에 푹 파묻혀 있는 터라 도희의 목소리는 아련하게 들려왔다. 준혁은 홀가분하게 한숨을 쉬며 편하게 웃었다.

"나 돌아왔다고. 짜잔!"

준혁의 장난에 도희는 미소 지었다. 어이없게도 그동안 자신을 괴롭혔던 모든 고민과 불안과 복잡한 생각들이 준혁의 존재를 확인하자 눈 녹듯이 사라져 버렸다. 품에 안긴 도희가 부드럽게 등을 쓸어 내리자 준혁은 조용히 몸을 떨었다.

"3일이 그렇게 길게 느껴진 건 처음이야. 위안도 못 받고."

"위안?"

"보는 것만으로도 힘이 나는 사람을 못 보게 되니까."

준혁은 아무렇지 않게 도희를 안심하게 하면서 그녀의 목덜미에 얼굴을 기댔다. 도희는 불편하게 머리를 수그리고 있는 준혁의 자세를 보고는 계단을 밟고 올라섰다. 그래서 준혁은 훨씬 편하게 도희에게 '안겨' 있을 수 있었다. 오랜만에 가까워진 도희에게서 익숙한 그녀만의 향기가 풍겨왔다. 준혁은 마취총에 직격당한 검은 맹수처럼 부드러운 목덜미에 코를 묻으며 그르렁거렸다.

"많이 힘들었어요?"

"엄청, 엄청 힘들었어."

대뜸 응석을 부리는 준혁에 도희의 가슴이 따스해져 왔다. 이런 사람을 두고 혼자서 온갖 상상을 했던 자신이 정말 어처구니가 없을 정도였다. 도희는 얼마간의 미안함을 담아 준혁의 어깨를 꼭 끌어안았다.

"우리 이번엔 진짜 데이트 하자."

"바쁜데 괜찮겠어요?"

"뭐가 얼마나 들이닥치든 해. 내가 못 견디겠어."

두 사람은 서로에게 기댄 채 잠시 소리 내어 웃었다. 준혁이 문득 고개를 들어 도희를 올려다보았다.

"귀환 선물."

도희는 눈을 동그랗게 떴다가 곧 짐작하고는 살며시 눈꺼풀을 내리깔았다. 입술이 맞닿는 감촉은 부드럽고, 안온했다.

준혁은 가슴에 쿠션을 받치고 소파 위에 엎드려 녹차를 우려내고 있는 도희를 애정이 충만한 시선으로 바라보고 있었다. 바빠서 어떻게 되어버릴 것 같던 지난날들이 오늘을 위한 것이었다면 그리 나쁜 것도 아니었다고 생각하며, 준혁은 고전적인 찻잔에 잔 받침, 거기다가 앙증맞은 유과까지 곁들여 쟁반에 받쳐 오는 도희를 한순간도 놓치지 않고 지켜보고 있었다.

"와, 유과잖아?"

"오다가 떡집 지나치는데 조금씩 담아서 팔더라고요. 놔두고 갈 테니 심심할 때 먹어요."

준혁은 득달같이 일어나서 바른 자세로 앉아 찻잔을 감싸 쥐었다. 뜨겁지도, 차갑지도 않은 적당한 온기가 손바닥을 타고 전해지며 마음을 편안하게 했다. 넘실거리는 연녹빛 액체를 얼굴 가까이 가져오자 은은하게 풍겨오는 녹차 향이 싱그러웠다.

"어때요?"

"좋은데. 앞으론 커피 대신 이거 갖다 놔야겠다. 진작 그럴걸."

"오늘 사온 거 두고 갈게요."

"과자에 녹차까지, 선물인가?"

"야박하게 다시 가져가기 싫어서 그래요."

준혁은 호기심 어린 눈동자로 유과를 집어 들어 냉큼 입으로 가져갔다. 커다란 유과는 입 안에 넣고 씹는 순간 크기에 어울리지 않게 포슬포슬 부서지며 혀 위에서 눈처럼 녹아내렸다. 과자라고 하면 지나치게 달아 거의 먹지 않던 준혁이었지만, 유과는 여태까지 먹었던 것들과 달리 은은하게 미각을 달래는 달콤함이 입 안으로 조용히 퍼져 나갈 뿐이었다.

"하, 이거 괜찮은데."

"그렇죠?"

준혁은 조심스레 녹차를 음미하는 도희를 풍경처럼 눈에 담았다. 하얀 손에 청자 찻잔을 받치고 앉아 있는 옆모습이 참으로 고즈넉한 광경이었다.

"단 거 안 좋아하는 것 같아서."

"안 좋아했어."

도희는 그렇게 대답하면서 마지막 유과를 잽싸게 집어 드는 준혁을 동그란 눈으로 바라보았다. 준혁은 유쾌하게 웃음을 터뜨렸다.

"근데 이건 맛있다."

살풋 웃던 도희의 눈에 준혁의 입술에 달라붙은 부스러기가 들어왔다. 가만히 손을 뻗어 떼어주는데 준혁의 커다란 손이 다가와 도희의 손을 감싸 쥐며 손등에 입을 맞추었다.

"달콤해."

과자를 말하는 것일까 입술에 닿았던 살갗을 표현한 것일까. 도희의 볼이 수줍음으로 달아오르자 준혁의 미소가 더욱 짙어졌다.

"보고 싶었어요. 정말로."

마치 일생을 헤어져 있다가 가까스로 해후한 오래된 연인이 다른 연인에게 건네는 것처럼 들렸다. 도희는 부드럽게 표현한 준혁의 그리움을 얌전히 받아들이며 한편으로는 맵시있게 화제를 돌렸다.

"회사에서 요새 하는 얘기 들었어요? 구조조정한다고."

"아아, 그거. 알지."

준혁은 입속에 든 과자를 마저 삼키느라 툭툭 끊어 뱉으며 고개를 주억거렸다.

"분위기로 보면 조만간 발표날 것 같던데."

"응. 조만간 곧 실행에 들어갈 것 같던데."

도희는 준혁이 뭔가 다른 얘기를 더 할 것이라고 생각했지만, 준혁은 그저 어깨를 으쓱해 보이곤 깔끔하게 정리해 버렸다.

"나쁜 쪽으로만 안 나오면 되지 뭐."

은연중 자신감이 내비치는 대답이었다. 나쁜 쪽, 자신에게 안 좋은 쪽으로는 나올 리가 없다는 확신이 담긴. 그래서 이렇게 농담 이상으로 취급하지 않을 수 있는 것이다. 자신만만하다고 해야 할까 아니면 그득하게 차오른 자신감이 자만심 근처까지 다다랐다 해야 할까. 도희는 약간 잔인한 미소와 함께 흔히 악동에게 선생님이 하듯이 준혁의 귀를 살짝 잡아당겼다.

"아야야."

"대단히 자신만만하시네요?"

"벌써부터 풀죽어 있을 필요는 없는 일이잖아."

분명히 그렇게 아플 리가 없는데도 익살스레 눈썹을 찌푸리며 준혁은 대단찮다는 투로 덧붙였다. 도희는 그 모습에서 준혁의 일면을 읽어내고는 속으로 탄성을 내뱉었다.

만약 결과가 나쁘게 나온다 해도 준혁은 그것에 연연해하지 않을 것이다. 물론 얼마간은 기분이 좋지 않겠지만, 준혁은 그 나쁜 결과에 얽매여 왜 그랬을까 곱씹어보고 상심하느라 시간을 낭비하지는 않는 성격이었던 것이다. 준혁은 최대한 짧게 감상을 끝내고 곧바로 다음 도약을 준비할 것이다. 박준혁이라는 남자는, 설사 안 좋은 상황에 빠졌다 해도 그것을 경험으로 포용해 버린 후 자기 인생의 다음 스텝을 찾아 다시 힘을 낼 수 있는 남자였다.

"엄살은."

도희는 자신이 읽어낸 것을 내색하지 않으며 준혁의 머리를 가볍게 쓰다듬었다. 준혁의 눈매가 어떤 의미를 띠며 달아올랐다.

"……가자."

"자신만만하게 노골적이네!"

야멸치게 이르는 도희의 모습에 구조조정 따위가 떼로 덤벼도 눈 하나 깜짝하지 않을 것 같던 준혁이 단박에 풀이 죽었다.

"왜애?"

"어리광 너무 자주 부리면 약발 떨어져요."

바늘 같은 도희의 한마디에 준혁은 한일자로 입을 다물었다. 어쩔 줄 모르는 준혁의 모습에 속으로 웃던 도희는 새침하게 눈을 흘기며 들릴 듯 말 듯한 소리로 중얼거렸다.

"……그렇게 대놓고 물어보는데, '좋아요!' 할 여자가 어디 있대?"

사실은 들으라고 한 소리를 잽싸게 알아들은 준혁은 입을 귀에 걸고 웃으며 도희를 향해 덮쳐들었다. 비명 섞인 웃음이 터지는 순간 도희는 소파를 침대 삼아 준혁을 아래에서 바라보며 눕게 되었다. 한들 바람에 살랑이는 버들가지처럼 팔을 들어 올리자 준혁은 급하게 도희의 티셔츠를 위로 밀어 올렸다. 앙증맞은 브래지어에 감싸인 속살이 시야를 가득 채우자 순식간에 진지해진 준혁의 숨결이 잠시 멎었다.

준혁과의 키스에서는 달짝지근한 맛이 났다. 준혁은 밀어 올린 티셔츠를 완전히 벗겨내지 않고 도희의 손목에 그대로 걸쳐둠으로써 다소 자극적인 상황을 연출하고는 만족스럽게 웃었다. 팔이 머리 위로 들려진 덕분에 위로 추켜올려진 도희의 앙가슴은 평소보다 더욱 도발적이었다.

준혁은 벌써부터 이성이 마비되기 시작했다. 보드라운 살결을 어루만지는 손길은 자기도 모르게 떨고 있었다. 애가 타서 통제하기 어려운 손끝을 애써 추스르며 준혁은 도희의 브래지어를 그대로 위로 밀어 올렸다. 소담스런 젖무덤을 제대로 바라보지도 못하고 준혁은 부풀어 오른 계곡의 사이에 급하게 입술을 댔다.

"아!"

오랜만의 사랑에 나름의 심로까지 겹쳐서 그랬을까. 살결에 닿는 준혁의 입술은 원래의 감촉을 수백 배로 확대해 놓은 것처럼 선명했다. 따스한 숨결이 닿은 곳부터 시작된 소름은 도희의 붉은색 유두를 순식간에 도드라지게 만들었다.

"예쁜 소리야……."

그 목소리의 말미는 유두를 입에 머금는 것과 겹쳐져 기묘하게 뭉개졌다. 도희의 발끝이 꼼지락거리는 순간 준혁은 이미 도희의 가슴에 얼굴을 묻은 채 아기처럼 그 첨단을 빨아들이고 있었다. 준혁의 입술이 도희의 살결을 물었다가 놓는 소리에 색을 입힌다면 지금 준혁의 숨결은 진한 분홍색일 것이다.

준혁은 더 이상 참을 수가 없었다. 떨어져 있는 동안 회상하는 것만으로 미칠 정도였던 도희였다. 진짜로 눈을 열어 보고, 손을 대어 만지고, 입술에 닿는 그녀의 감촉과 향기와 소리는 준혁의 신경을 얼었다 녹인 과일처럼 흐물흐물하게 만들었다. 지금 준혁에게 남아 있는 이성은 도희를 조금 더 천천히, 부드럽게 느끼길 바라고 있었지만 나머지 전부는 한순간이라도 빨리 도희와 한 몸이 되고 싶다고 아우성치고 있었다.

"꿀 바른 과자보다 당신이 더 달콤해……."

준혁이 이성을 놓으며 마지막으로 중얼거린 말이었다. 아련하게 눈을 감는 도희를 보며 준혁은 거칠게 옷을 벗어 던졌다. 탄탄한 상체가 유감없이 드러나며 이어 바지가 무슨 장애물이라도 되는 양 내던져졌다. 그렇게 아무렇게나 자신을 벗어버린 준혁의 손길은 도희에게 이르러 순한 양처럼 변했다. 하지만 그것도 잠시뿐이었다.

"준혁 씨……?"

치마와 속옷을 한꺼번에 끌어내리는 손길에 도희의 눈꺼풀이 파르르 떨렸다. 부드럽게 자신의 무릎을 어루만지다가 무엇이 툭 끊어진 사람처럼 갑자기 다가오는 그의 기척에 살짝 눈을 뜨는 순간 준혁은 도희를 열고 있었다.

"……아!"

교접은 갑작스럽고 완고하게 이루어졌다. 군살없는 아랫배가 할딱거리고 하얀 목이 애처롭게 젖혀지며 꽃잎을 열고 들어오는 묵직한 존재감에 신음했다. 갓 이슬을 머금던 도희의 점막은 깊숙하게 밀려드는 준혁을 받아들이며 화들짝 놀라 아우성쳤다. 두 사람의 수풀이 하나가 된 것처럼 맞붙었을 때 내질러진 도희의 교성은 준혁의 뇌리에 번개가 치게 만들었다.

"내내 그리웠다고…… 내내…… 당신하고 닿을 수 없던 그 순간부터……."

　준혁은 어느 때보다 도희에게 강렬하게 자신을 실은 채 그녀의 귓가에 속삭였다.

　"보고 있으면 더 그리워…… 당신 자체가 나한텐 위안이야……."

　준혁은 마치 도희가 어디로 사라지기라도 할 것처럼 그녀를 움켜쥐었다. 부드러운 가슴과 작은 몸을 아프도록 힘주어 잡으며 준혁은 전에 없던 몸짓으로 도희를 점해 나갔다. 조금 전만해도 아이처럼 미소 짓던 얼굴은 사실 준혁의 이런 면을 감추고 있던 것일까. 들불처럼 일어난 준혁의 숨결은 사나운 짐승의 낮은 으르렁거림 같았다. 어떤 흐느낌처럼 들리기도 하는 그 떨림에 도희는 정신이 흐려지는 와중에도 작게 탄식했다.

　한 차례의 격렬한 순간이 지나간 후 준혁은 가라앉지 않은 숨결을 그대로 내버려 두며 도희를 바라보았다. 마구 흐트러진 머릿결과 아직도 떨리고 있는 숨소리는 아직도 위험한 욕구를 자극하는 모습이었다. 손목까지 말려 올라간 티셔츠와 브래지어, 허리까지 걷혀 올라간 치마…… 준혁은 잠시 완전히 이성을 잃었던 자신을 질책하며 평소의 자상한 모습으로 돌아와 도희의 등을 받쳐 올렸다. 흔들리는 동안 느슨해진 티셔츠가 바닥으로 떨어지고 연약한 살결을 긁어대고 있던 브래지어가 무슨 몹쓸 것이라도 되는 마냥 그 곁으로 내려앉았다. 이슬 맞은 꽃처럼 늘어진 여체를 바라보는 준혁의 시선은 애틋했지만, 그 동공 속에는 고삐를 놓으면 위험해지는 욕망이 아직도 일렁이고 있었다.

준혁의 집게손가락이 도희의 유두를 살짝 비틀었다. 깜짝 놀라며 피하듯이 몸을 뒤트는 나신은 그 자체로 유혹이나 다름없었다. 자신의 어깨를 짚는 하얀 손을 잡아 그 손목 안쪽에 입을 맞추며 준혁은 조용히 웃었다.

"미로 같아."

알 수 없는 말에 도희는 지그시 눈을 뜨며 준혁을 향했다.

"빠져나올 수가 없잖아."

새근거리는 얼굴에 떠오른 홍조는 준혁을 들뜨게 했다.

"정말 그래요?"

목소리보다 숨결이 더 많이 섞여 있는 도희의 목소리는 알아듣기 힘들었지만 준혁은 놓치지 않았다. 흔들림없는 확신이 깃든 눈동자가 천천히 위아래로 흔들렸다.

"우린…… 사랑하고 있는 거죠?"

그 순간 도희는 준혁에게 깃들어 있던 확신이 잠시 흔들리는 것을 본 것 같았다. 시선을 피하려고 그런 것인지, 아니면 순간이 겹친 것인지 준혁은 상체를 숙여 도희의 눈꼬리 부분에 입을 맞추었다. 마치 흐르지도 않는 눈물을 닦듯이 정성스런 태도였다.

"왜 아직도……."

준혁은 차마 다음을 말하지 못하고 끝을 흐렸다. 도희로서는 알 수 없는 일이었다. 그렇게 기댄 채 탄식 같기도 하고 슬픔 같기도 한 한숨을 길게 풀어놓은 준혁은 대답 대신 도희의 볼에 입 맞추었다.

"응."

나직한 대답에 도희는 소소하게 기뻐하며 준혁의 어깨를 끌어안았다.

그럼 됐어요.

그 마음속 속삭임을 들은 것처럼, 준혁은 급작스럽게 도희를 안아 올려 자신의 무릎 위에 앉혔다. 소파 위에 준혁이, 준혁 위에 자신이 겹쳐진 이상한 자세에 도희가 어리둥절하고 있을 때 준혁은 짓누르듯이 뱉었다.

"보고 싶어."

언뜻 도희를 향한 부탁인 것 같았지만 사실 그건 누구를 향한 말도 아니었다. 굳이 정하자면 준혁이 자기 내부의 갈망에게 하는 소리일까. 준혁은 마치 다른 사람이 된 것처럼 두 손으로 도희의 허리를 일으켜 세웠다. 그 움직임을 보며 준혁이 무엇을 원하는지 깨달은 도희의 척추를 따라 소름이 돋았다.

준혁은 스스로 바람을 일으켜 꽃잎을 자기 위에 얹는 바위처럼 도희와 하나가 되었다.

팽팽하게 일어선 눈동자는 도희와 자신이 하나가 되는 부분에 고정된 채 움직일 줄 몰랐다. 그의 눈길 앞에 심연까지 낱낱이 드러나는 느낌에 몸서리치며 도희는 머리를 흔들었다. 검은 폭포수같이 흘러내린 머리카락이 가느다란 허리를 잡고 있는 손등을 간질이자 준혁은 서로가 합쳐지는 부분으로 손을 뻗어 촉촉한 사이에 자신을 품은 도희를 애무하며 속삭였다.

"……당신이 날 감싸는 느낌이 좋아."

심해처럼 가라앉은 그의 목소리는 그 어두운 바다빛을 닮아 서글프게 들렸다.

"천국을 보게 해주거든."

준혁은 물결치는 도희를 온몸으로 느끼며 눈을 감았다 떴다. 이 작은 여인이 자신의 것이 되었다는 것을 기필코 확인하려는 것처럼. 억세게 바라보는 시선은 지나치게 억세서 오히려 애달프다. 도희의 떨리는 손이 눈가를 쓰다듬는 순간 준혁은 그것이 천사의 축복이나 되는 것처럼 눈을 감았다. 시야를 닫아도 도희의 모든 것은 생생하게 느껴졌다. 자신이 그녀의 안에 있고 그녀가 자신에게 있었으니까. 보드라운 숨결, 서늘한 살결의 감촉, 자신을 응시하는 따스한 눈빛까지. 준혁은 환희하고 안타까워하며 쾌감에 끌려가는 동시에 애달파하면서 도희와 '사랑'을 나누었다.

도희와 마리는 만감이 교차하며 회사 게시판 앞에 서 있었다. 그 주변에는 많은 사람이 두 사람이 느끼는 것과 똑같은 복잡함을 공유하며 모여 서 있었지만 서로를 돌아보는 사람은 아무도 없었다. 도희와 마리를 포함한 일단의 사람들은 소리를 낮춰 술

렁거리면서 넓은 게시판 복판에 쐐기처럼 걸려 있는 공지사항
에 시선을 고정시키고 있었다.

2009년 하반기 인사이동 대상자 및 계약 인력 해지 통고.
인사이동 대상자:부장급 포함 8개 부서 32명. 대상자에겐 개
별 통보됩니다.
계약 인력 해지 통보 대상자:5개 부서 22명. 대상자에겐 개별
통보됩니다.

문장은 짧았지만 그것이 담고 있는 의미는 엄청났다. 도합
54명이 나무에서 떨어진 낙엽 신세가 되고 만 것이다. 특히 도
희는 마지막 줄에 집중하며 안도의 한숨을 내쉬어야 할지 어째
야 할지 갈피를 잡을 수가 없었다. 자신이 계약직 근로자에서
정규직으로 전환된 것이 바로 작년 초였다. 간발의 차이. 그렇
지 않았다면 자신은 저 명단에 올라 언제 해고 통보를 받을지
모르는 상황이었을 것이다. 기뻐해야 할까. 도희는 쓴 물을 삼
킨 얼굴로 고개를 저었다. 남의 일이 아닌데 안심이라니 무슨
소리인가.
"……진짜네."
힘이 쭉 빠진 채 중얼거리는 마리의 목소리가 들렸다. 떠돌아
다니기만 하던 소문은 어느 날 갑자기 게시판에 나붙으며 돌이
킬 수 없는 현실이 되었다. 직원들은 피부로 와 닿는 위태로움

을 절감하며 뿔뿔이 흩어졌다.

"박 과장, 나 좀 보세."

자리로 돌아오는데 준혁을 호출하는 김 부장의 모습이 눈에
들어왔다. 짐작하던 일이 일어나는 장면은 그저 잔잔한 충격만
이 느껴질 뿐 놀라우면서도 한편으론 아무렇지 않았다.

김 부장은 준혁에게 한참 동안 뭔가를 설명했지만 멀리 떨어
져 있는 도희의 자리까지는 소리가 들리지 않았다. 하지만 듣지
않더라도 짐작할 수는 있었기에 도희는 더 이상 신경 쓰지 않고
컴퓨터를 켰다.

"……그동안 수고 많았네. 축하해."

준혁은 꾸벅 인사를 올린 다음 김 부장의 책상 앞에서 물러났
다. 도희 앞에서 자신만만했던 대로 이번 인사이동이 준혁에게
가져다준 결과는 좋은 쪽이었다. 다음 달부터 다시 본사로 귀환
할 수 있었으니까. 그러나 준혁은 좋은 일이 일어난 자신의 현
실을 드러내 놓고 즐길 수가 없었다. 당장 주변만 둘러봐도 좋
은 일이 일어난 사람보다 그렇지 않은 사람들이 훨씬 많았기 때
문이다. 여태까지 자기를 두렵게 하는 것을 별로 만나보지 못한
준혁이었지만, 이런 순간은 자신 역시 부속품 중에 하나라는 생
각이 드는 것을 막을 수가 없었다.

밖으로 나온 준혁은 그동안 자주 찾았던 옥상 정원으로 향했
다. 마냥 기뻐할 수 없는 현실이 씁쓸하기도 했지만 한편으로는
자신의 노력이 보상받은 것에 대한 뿌듯함도 들었다. 오랜만에

입에 문 담배 맛이 특별히 알싸했다.

당신 덕분이야, 도도희 씨.

회색 연기를 뱉어내며 준혁은 빌딩이 바다처럼 펼쳐진 전경을 향해 씩 웃었다. 햇살 속에 서서 잠시 옛 기억을 더듬던 준혁은 찰나 후 새삼스런 눈으로 옥상 정원을 다시금 둘러보았다. 지난겨울, 녹음이 말라붙어 을씨년스럽던 옥상 정원, 눈이 펑펑 내리던 어느 날, 그 눈발을 헤치며 미친 듯이 달리던 도희의 모습이 그의 기억 속에 자리하고 있었다.

그날 자신은 어떤 일 때문에 답답해서 미칠 지경이었다. 무슨 일 때문이었는지는 잊어버렸지만 답답하고 짜증이 치밀어서 나사가 빠져 버릴 것 같았다는 것은 기억하고 있었다. 어디로든 가고 싶은데 찾을 곳은 없었던 준혁은 하늘에서 쏟아붓는 눈발을 보면서도 옥상으로 올라갔다. 그리고 문고리를 잡아당기는 순간 목도하게 된 광경에 자신이 여기까지 온 이유를 깡그리 잊어버리고 말았다.

눈사람이 되다시피 해서 옥상 정원을 질주하고 있던 도희의 모습은 처절했다. 그동안 준혁은 도희를 맡은 일은 완벽하게 해내면서도 감정을 잘 표현하지는 않는, 몹시 차분하면서도 조금 과묵하다고 말해도 좋을 만큼 조용한 사람이라고 생각하고 있었다. 그런데 대체 어떤 일이 그 조용하고 스스로를 드러내지 않던 여자를 저렇게 미친 사람처럼 만들었을까. 알 수 없었지만 그 계기가 좋은 것은 아니라는 것은 쉽게 짐작할 수 있었다. 좋은 쪽이었다면 저렇게 처절해 보이지는 않을 것이었기 때문이다.

준혁이 조용히 지켜보는 동안 도희는 변했다. 아름답게. 모두가 그 변화에 반색했지만 준혁만은 그것이 정말 도희에게 긍정적인 변화인지 결론 내릴 수가 없었다. 지켜만 보다가는 평생 말 한 번 붙여볼 수 없을 것 같아 나름 무던히도 노력했건만, 처절하게 변신하는 것에만 파묻혀 있던 도희는 아무리 다가가려고 해도 준혁을 그저 직장 상사로 대할 뿐 제대로 돌아보지조차 않았다. 그래서 준혁은 기회를 노리다가 드라마처럼 변한 스스로를 감당하지 못해 우왕좌왕하는 도희의 틈으로 대뜸 끼어들었다. 우여곡절 끝에 시작할 수 있었던 인연이라 더욱 각별했지만, 준혁은 아직도 변한 자신에게 완전히 적응하지 못한 도희가 안쓰러웠다.

왜 아직도 그녀는 나를 믿지 못하는 것일까.

아니, 다음 순간 준혁은 생각을 약간 수정했다. 도희는 나를 믿지 못하는 것이 아니라 '자신을 우상처럼 여기는 남자' 그 자체를 믿지 못하고 있는 것이다. 어려웠지만, 도희의 심정은 이해가 갔다. 수수하고 평범했던 옛날과 화려하고 아름답게 변한 지금 갑자기 바뀐 주변 상황은 그녀에게 몹시 혼란스러울 것이다. 하지만 그 혼란이 날아가고 남을 정도로 나는 그녀에게 내 마음을 다 보여줬는데. 그녀가 느낄 수 있도록 충분히 사랑하고 있는데.

다음 순간 준혁은 담배 연기를 깊이 빨아들였다. 속에 가득 찬 도희의 생각 때문인지 담배 맛은 초콜릿을 연상시켰다.

역시, 그 말을 해줘야 하는 것인가.

거기까지 생각하자 준혁은 엄청나게 쑥스러워졌다. 갑자기 '사랑과 영혼'의 한 장면이 생각났다. 그 영화의 남녀 주인공은 서로를 열렬하게 사랑했지만 사랑한다는 말을 직접 하기가 쑥스러웠던 남자 주인공은 여자 주인공이 자신에게 사랑한다고 말할 때마다 동감이라고 대답했었다. 두 사람만의 특별한 언어였던 그 대화는 후에 여자 주인공이 죽은 연인의 영혼이 자신 곁에 머물고 있음을 확신하게 되는 결정적인 계기가 된다.

그 영화에서처럼 준혁은 한 번도 도희에게 그녀를 사랑하는 자신의 마음을 그렇게 솔직하게 표현한 적이 없었다. 우린 사랑하고 있는 것이냐고 묻던 도희에게 '응'이라고 답하긴 했지만, 여자에게 연인으로부터 '사랑해'라는 말을 듣는 것이 짧은 대답보다 훨씬 특별한 일이라는 것쯤은 짐작할 수 있었다. 혹시 도희도 그래서 그런 것일까. 한 번도 내가 그녀에게 사랑한다고 고백한 적이 없었기 때문에. 최후의 확인을 남겨두었기 때문에 아직 흔들리고 있는 것인가.

사실 남자인 준혁은 사랑하는 것이냐는 물음에 '응'이라고 답하나 '사랑한다고' 답하나 둘 사이에 별다른 차이점을 발견하기가 힘들었다. 한 글자로 대답하든 네 글자로 대답하든 어쨌거나 사랑한다는 뜻임에는 똑같지 않은가. 하지만 바로 그것이 남자와 여자의 다른 점이라면, 사랑을 느끼기만 하는 것과 느끼며 동시에 확인하는 것이 상상도 하지 못할 만큼 커다란 확신과 믿음을 도희에게 줄 수 있다면 준혁은 기꺼이 말할 수 있었다. 문제는 바로 그것이 손발이 오그라들 정도로 쑥스럽고 창피하고 당혹스럽다는 것이었다.

〈사랑해.〉

단지 자신이 도희에게 그 말을 하는 장면을 상상하는 것만으로 준혁의 얼굴은 벌겋게 달아올랐다. 그 말을, 그 쑥스럽고 낯간지럽기 짝이 없는 고백을 어떻게 그녀에게 한단 말인가. 생각만 해도 옴짝달싹못할 정도인데.

담배 연기를 깊이 빨아들이는데 주머니 속의 휴대전화가 느닷없이 벨소리를 울려댔다. 여전히 스모그 어린 빌딩 숲에 시선을 던져 둔 채 휴대전화를 귓가로 가져간 준혁은 그러나 예상치 못했던 목소리에 퍼뜩 놀라고 말았다.

"아버지?"

11

준혁과 김 부장, 양자 중 아무도 떠벌리지 않았지만 본사로 재발령받게 된 준혁의 이야기는 삽시간에 총무부 전체로 퍼졌다. 그냥 재발령이 아니었다. 본사로 돌아가면 준혁은 과장에서 차장으로 직함이 바뀌게 된다. 승진 발령이었던 것이다.

"진짜 그렇게 되었네요."

도희의 한마디에 준혁은 그저 웃었다. 비상계단에서의 몰래 만남이었다.

"축하해요."

"고마워."

준혁은 왠지 수줍어하면서 도희가 자신의 승진에 대해 얘기하는 것을 조금 어려워하는 것 같았다.

"본사로 가게 되면 이렇게 비상구에서 몰래 만나는 것도 끝이
네요."

"그렇지. 밖에서 보면 되니까."

준혁은 '당당하게'라고 덧붙이지 않았다. 도희는 전에 없이
쑥스러워하는 준혁을 물끄러미 응시했다.

"기쁘지 않아요?"

"뭐가?"

"승진."

"아아, 그거……."

준혁은 마치 우연찮게 동전이라도 주운 사람처럼 가볍게 일
렀다. 난간에 팔짱을 끼고 기대어 괜히 손끝으로 금속 뼈대를
톡톡 두들겨 대고 있던 준혁은 어깨를 으쓱하며 입을 열었다.

"분명히 좋긴 좋은데…… 알잖아, 분위기. 그래서……."

그 말에 도희는 납득하며 고개를 끄덕였다. 준혁을 비롯한 몇
몇에게는 희소식이겠지만 그보다 많은 다른 사람에게는 비보가
된 일이다. 희비쌍곡선이 무참하게 교차하는 현실은 이렇게 무
자비한 것이다.

"그래도 뭐 어때요? 내 앞에서까지 관리하게?"

톡톡 어깨를 두드리며 이르는 도희의 모습에 준혁은 유쾌하
게 웃었다.

"그런가? 그럼 도희 씨 앞에선 좀 티내야지."

준혁은 특유의 익살스런 모습으로 거드름 피우는 흉내를 내며 도희를 웃게 만들었다. 한동안 마주 보며 웃음 짓던 두 사람의 웃음소리가 잦아들었을 때, 준혁은 조용히 손을 뻗어 도희의 뺨을 어루만졌다.

"당신 덕분이야."

"……나?"

의아해하는 도희를 향해 준혁은 고개를 끄덕였다. 일일이 설명하자면 너무 긴 이야기였고 그랬기 때문에 지금 당장은 어쩔 수 없었다.

"그래요, 당신."

단지 그렇게만 말할 수 있을 뿐. 다행스럽게도 도희는 그 성격답게 캐묻지 않았고 준혁은 그 마음에 감동할 수 있었다.

"가볼게요. 농땡이 부리다가 꼬리 밟힐라."

팍팍한 생활 중에 오아시스처럼 즐길 수 있는 달콤한 시간을 끝내며 도희는 먼저 비상계단을 나섰다. 언제부터인가 준혁은 저 뒷모습을 자주 보게 된다고 생각하며 틈이 벌어지도록 잠시 기다렸다. 비상계단을 벗어난 도희는 총무부로 향하려다가 방향을 꺾어 화장실로 들어섰다.

세면대에 다가서서 수도꼭지를 돌리던 도희는 작게 들려오는 어떤 소리를 감지하고는 손을 멈췄다. 가냘프게 스치듯 들려오긴 했지만 그건 분명 흐느낌을 급하게 삼키는 소리였다.

"도희 씨…… 있었어?"

당황해서 나가야 하나 말아야 하나 갈팡질팡하고 있는데 화장실 마지막 칸이 열리면서 눈에 익은 사람이 걸어나왔다. 걸어나온 사람의 얼굴이 수치심 섞인 당혹감으로 물드는 것을 보며, 도희는 자신도 알고 있는 그 사람의 모습에 눈을 크게 떴다.

"현정 언니?"

눈물자국은 지웠지만, 빨갛게 충혈된 눈은 급하게 삼키던 흐느낌의 주인이 누구인지 잘 설명해 주고 있었다. 도희는 왠지 보아서는 안 되는 장면을 목격해 버린 것 같아 면구스러워졌다.

"들었니?"

차마 대답은 할 수 없었다. 현정은 듣지 않아도 알겠다는 듯이 세면대로 다가가 손을 씻었다.

"나 이번 달까지만 일해."

담담한 투였지만 도희는 적잖이 놀랐다. 현정은 도희보다 나이는 많았지만 같은 시기에 입사했기에 부서는 달랐어도 유난히 친숙했던 사이였다. 그리고 작년 초에 계약직 여사원들이 대규모로 정규직으로 전환되었을 때 유일하게 전환되지 못했던 여직원이기도 했다. 이유는 현정이 4년제 대학을 나왔다는 것이었다. 4년제 대학을 졸업한 사람은 전문대를 나온 사람보다 정규직으로 전환했을 때 연봉을 더 많이 줘야 했기 때문이다.

"진짜야? 왜?"

스스로가 바보처럼 느껴졌지만 도희는 묻지 않을 수 없었다.

현정은 일그러진 도희를 바라보다가 힘없이 웃었다. 울음의 다른 표현인 것 같은 웃음이었다.

"어쩌겠어."

그것으로 도희는 할 말을 잃었다. 어떤 물음도, 항변도 허용하지 않는 대답. 어쩌겠는가. 위에서 그렇게 결정이 내려졌다는데.

"그래도 넌 다행이다, 도희야. 제때 전환받았으니……."

"언니……."

"그만두고서도 가끔 만나자."

현정으로서는 그렇게밖에 말할 수 없었을 것이다. 한때 같은 처지로 함께 일했던 사람에게 억울함을 담아 힐난을 토해놓을 수는 없었을 테니까. 도희는 빠르게 걸어나가는 현정의 뒷모습을 망연하게 지켜보았다. 멀어지는 그 모습 뒤로 뭉개진 자존심과 배신당한 시간들이 흩어져 내리는 것을 본 것 같은 착각이 들었다.

도희는 위태롭게 세면대를 붙잡으며 몸을 지탱했다. 갑자기 방금 전에 헤어졌던 준혁의 웃는 얼굴이 현정의 뒷모습과 겹쳐지며 떠올랐다. 겹쳐지며 떠오른 기억 속에서 현정의 뒷모습은 현정이 아니라 자신의 또 다른 모습 같았다. 도희 역시 운이 좋지 않았다면, 오늘날 남모르게 눈물지어야 했던 것은 바로 자신이었을지도 몰랐다. 그랬다면 지금처럼 조금은 안심하며 준혁에게 승진을 축하한다는 얘기를 건넬 수도 없었을 것이다. 하지만 준혁은 그때나 현실이나 앞으로 나아갔을 것이고 그렇다면 자신과 가는 길은 완전히 달라졌을 것이다. 마치 방금 깨달은 사실처럼 도희는 자신과는 다른 준혁의 처지를 절감하며 고개를 떨어뜨렸다.

준혁의 미간에 잡혀 있는 주름은 평소보다 두 배 깊은 상태였다. 며칠 사이에 무슨 일이 있었는지 사람을 대하는 태도는 별로 변함이 없었지만 그 표정을 보면 이마에 '나 요즘 까칠해요'라고 써 붙여놓은 것 같았다.

"과장님, 부탁하신 자료 프린트예요."

마리는 준혁에게 다가가 복사한 서류를 조심스럽게 내밀었다. 고개를 끄덕이며 건네는 서류를 받아 들 때 잔뜩 일어선 기색이 다소 누그러지기는 했지만, 그건 다른 사람을 대할 때 본능적으로 행해지는 자기조절 같은 것이었다.

"고마워요. 수고했어요."

딱딱한 인사를 받으며 자리로 돌아온 마리는 고개를 절레절레 흔들었다.

"과장님 왜 저러시지? 무슨 일 있나?"

준혁이 화제에 오르자 자연스럽게 도희의 청각이 곤두섰다.

"왜?"

"아니, 딱히 달라진 건 모르겠는데 분위기가 살벌해서."

"그래?"

잠시 생각해 보던 도희는 곧 얕은 한숨을 내쉬었다. 곧 자리도 옮기고, 근무지도 바뀌니 부담스러워하는 것이겠지. 승진이란 능력에 보내는 최소한의 보답이지만 그건 곧 이때까지보다 더 많은 책임과 더 많은 직무를 수행하며 그만한 기대를 받고 있다는 뜻이 아닌가. 부담스러울 법도 했다.

"이래저래 일이 생겼으니 피곤해서 그렇겠지."

"하긴……."

마리는 곧 준혁에 대한 생각을 지워 버렸고 도희는 그러는 척했다. 퇴근 시간이 되었을 때, 도희는 준혁에게 회사 앞 편의점에서 피로 회복제를 사다 줘야겠다는 생각을 하며 자리에서 일어섰다.

"도희 씨, 무슨 일 있어요?"

"두고 간 게 있어서요."

야근까지는 아니었지만 해야 할 일이 남은 몇몇이 다시 돌아온 도희를 향해 물었다. 뭔가를 살피며 마우스를 움직이던 준혁은 다시 돌아온 도희를 발견하고는 본능적으로 자리에서 일어서려다가 다시 엉거주춤 주저앉았다. 도희는 책상에서 잠시 뭔가를 찾는 척한 다음에 다시 사무실을 나섰다. 만날 장소는 말하지 않아도 서로 알고 있는 곳이었다.

"이거."

잠시 후 비상계단에서, 준혁은 도희가 내미는 피로 회복제를 감개무량한 눈으로 바라보았다.

"피곤해 보여요. 이거라도 괜찮을까 싶어서."

"괜찮고도 남아요."

준혁은 가뭄에 단비를 만난 사람처럼 도희가 사온 피로 회복제를 단숨에 들이켰다. 누군가로부터 보살핌을 받는 소소한 행복감에 미소 짓던 준혁의 눈가에 뭔가가 스친 것은 바로 그때였다. 하고 싶은 말이 있는데 그것이 어려운 것이라 정말로 꺼내기 힘들어 가까스로 다시 삼키는.

"왜 그래요?"

"도희 씨, 저기……."

준혁은 바쁘게 서두를 꺼내놓고는 뭔가가 기도를 꽉 막은 것처럼 다음 단어를 꺼내놓지 못하고 망설였다. 어깨를 꿈틀거리고, 괜히 구둣발을 움직여 보며 쥐어짜려 했지만 준혁이 꺼내놓은 말은 원래 하려던 것과는 전혀 다른 것이었다. 목구멍이 뜨거워지는데 준혁은 스스로를 위로하며 속으로 고개를 끄덕였다. 태어나서 처음 누군가에게 사랑한다고 말하는 것인데, 그런 고백을 이따위 비상계단에서 할 수는 없어.

"그냥, 예전하고 많이 달라진 것 같아서. 참 대담해진 것 같아."

하지만 도희는 별다른 것을 짐작하지 못하며 장난스레 뽐내는 얼굴로 준혁의 목을 쓰다듬었다. 부드러운 손길이었다.

"나 많이 변했죠?"

준혁은 고개를 끄덕였다. 아냐, 지금이라도 안 늦었어. 그냥 말해 버릴까?

"빨리 끝내고 집에 가서 푹 쉬어요."

"아, 응. 그래야지."

하지만 순간의 장난처럼 어긋나 버린 타이밍에 준혁은 가까스로 얼버무리면서 대화를 끝내 버리고 말았다. 자리로 돌아오면서 준혁은 그냥 다 말해 버릴 것을 그러지 못한 것을 무던히도 후회하며 돌아봐야 했다.

도희가 준혁이 말하지 못한 또 다른 사실을 알게 된 것은 준혁으로서는 전혀 짐작할 수 없는 엉뚱한 곳에서였다.

준혁에게 피로 회복제를 전해주고 화장을 다듬기 위해 화장실에 들렀다가 빠져나오던 도희는 바로 옆 남자 화장실에서 들려오는 말소리에 급하게 다시 안으로 들어갔다. 언젠가를 떠올리게 하는 상황이었기에 대번에 기분이 이상해졌지만, 그 말소리들이 나누고 있는 이야기가 준혁에 대한 것이었기에 거의 반사적으로 나온 행동이었다.

"박 과장님, 참 대단하다."

"누가 아니래."

목소리의 주인들이 누구인지 확인하는 순간 도희는 어금니에 가혹할 정도로 힘을 주었다. 삼두마차!

"그 나이에 벌써 차장이라니, 앞길이 좍 뚫렸다."

"안 부러워할 수가 없지. 어떤 여자 만날지 그 여자 참 좋겠어."

"누구는 과장에 차장에 빵빵 승진하는데, 나는 뭐야?"

도희는 기관지가 버거울 정도로 코웃음을 쳤다. 늬들이 여태까지 그 자리에 붙박이로 있는 건 바쁠 때마다 일은 부하 직원에게 맡기고 미니홈피나 들락거렸기 때문이잖아! 어떻게 너희들은 셋이 세트로 짤리지도 않았니!

"근데 여자친구 있다는 얘기 진짜 맞아?"

"있는 거 같던데. 전에 뭐 도시락도 싸왔다더니."

"그래? 그럼 아까 그 얘긴 뭐야?"

이상하게 흘러가는 이야기에 도희는 자기도 모르게 청각을 곤두세웠다. 끊어졌던 목소리가 부지런히 다시 이어졌다.

"아까 얘기하다가 중간에 나왔는데 선본다고 그러던데? 바로 아니라고 얼버무리긴 했지만 틀림없이 선본다고 했어."

"그럴 수도 있지. 도시락 싸준다고 다 애인이냐? 박 과장님 정도 되면 주변에서 가만히 두겠냐? 내가 여자라도 달려들겠다."

그다음은 아무 소리도 들리지 않았다.

그 주 토요일 저녁, 준혁이 어둡다 못해 퍼렇게 뜬 얼굴로 호텔 커피숍의 자리 하나를 차지하고 앉아 있을 무렵, 도희는 적막한 가운데 준혁의 휴대전화 번호를 누르고 있었다. 번호 하나를 누를 때마다 심장의 고동은 빨라지고 있었지만, 도희는 결국 통화 버튼을 누르며 눈을 질끈 감았다. 신호음은 여느 때와 다름없이 평범하게 이어졌다.

[아, 도희 씨.]

준혁의 목소리 또한 평소와 전혀 다르지 않았다. 도희는 자신의 목소리가 떨리지 않기를 간절하게 기도하며 천천히 입술을 열었다.

"뭐 해요?"

[지금?]

수화기 너머의 준혁은 곤란한 듯이 잠시 말을 끊었다.

[나 지금 밖에 나왔어. 볼일이 있어서.]

그 대답에 허탈한 미소를 그리는 자신의 입술에 도희는 어이가 달아나는 것을 느꼈다. 이런 순간, 이런 상황에도 자신은 언제나 이런 식이었다. 제대로 추궁 한마디도 못해보고, 알고 짐작하면서도 어쩔 줄 몰라 하는.

"어딘데요?"

어디냐고 물어봤자 준혁이 선보러 나와 있다고 순순히 대답할 리는 만무했다. 하지만 알면서도 도희는 물을 수밖에 없었다.

[그냥 시내.]

준혁은 짧게 대답하며 말을 아꼈다. 도희는 밀려오는 서글픔이 자신을 덮치도록 그냥 내버려 두었다.

"오늘 봤으면 좋았을걸."

[그러게. 그런데 오늘 저녁은 좀 그래. 미안. 하필이면 오늘

일이 생겨서.]

"바빠요?"

[바쁜 건 아닌데 그냥 일이 조금 있어. 금방 끝날 거야.]

"그럼 일 끝나고라도 볼까요, 우리?"

[……아니, 안 그래도 돼. 다른 날 많은데 뭘.]

준혁의 목소리에 가벼운 웃음기가 묻어났다. 하지만 도희는 웃을 수 없었다.

[끝나면 전화할게. 다음에 가고 싶은 곳 생각해 놔.]

그렇게 준혁과의 연결이 끊어졌다. 도희는 신호가 끊어진 휴대전화를 닫을 생각도 못하고 멍하게 앉아 있었다. 휴대전화 액정을 천천히 닫으며, 도희의 얼굴은 그제야 일그러지기 시작했다. 메마른 볼 위로 투명한 줄기가 그어졌다.

한편, 도희와 통화를 끝내고 연신 손목시계를 살펴보며 더디게 가는 시곗바늘을 이상하게 여기던 준혁은 자신이 1분에 한 번씩 시간을 확인하고 있는 것을 깨닫고는 그만 침울해졌다. 만나기 전부터 이렇게 가시방석이었으니 대면했을 때 어떨지는 상상조차 하기 싫었다.

'적당히…… 거절해야지.'

거기까지 생각하던 준혁은 이 상황에서 자신이 궁리해 낼 수 있는 것이 고작 이것밖에 안 된다는 사실에 머리를 쥐어뜯으려다가 커피숍에 있는 다른 사람들의 시선을 의식하고는 가까스로 억눌렀다. 그러는 사이 잊어버리고 있던 시간은 제 속도로 흘러갔고, 오늘 이 자리에서 만나기로 한 상대와의 약속 시간은 절대 불변의 진리처럼 다가왔다.

"박준혁 씨?"

처음엔 냉수였지만 이젠 미지근해진 물컵을 물끄러미 들여다보고 있던 준혁은 갑자기 들려오는 목소리에 고개를 들었다. 세련되게 차려입고 어색한 미소를 띠고 있는 여자 하나가 그의 얼굴을 살피기 위해 약간 몸을 숙인 채 서 있었다.

"아, 예. 맞습니다. 앉으세요."

여자가 맞은편에 앉는 사이 준혁은 슬쩍 시선을 들어 맞은편 벽에 걸린 시계를 바라보았다. 약속한 시간에서 10분 정도가 지나쳐 있었다.

"죄송해요. 제가 좀 늦었지요?"

"아닙니다. 저도 온 지 얼마 안 됐거든요."

솔직히 말하자면 다른 생각으로 머리가 꽉 차 있었기 때문에 별로 불쾌감도 들지 않았다. 오히려 준혁은 상대가 10분이 아니라 30분쯤 늦었다면 무리없이 자리를 털고 일어설 수 있었을 것이라는 생각마저 하고 있었다.

"말씀 많이 들었어요. 박가희라고 합니다."

"박준혁입니다."

다른 사람들은 선을 볼 때 이다음으로 무슨 얘기를 나눌까. 그저 평소에 다른 사람 대하듯이 하면 충분했지만 혼자 조급한 상태인 준혁은 그답지 않게 버벅거리며 허둥댔다. 부모님의 강권에 못 이겨 있고 싶지 않은 자리를 거절하지 못한 벌인 것일까. 하지만 준혁이 알지 못하는 사이 아버지가 당신의 죽마고우의 여식에게 이미 장소와 시간까지 알려준 상황에서 거절하기란 쉽지 않았다. 사귀는 사람이 있다고 말을 했지만 선보러 나가는 것을 죽기보다 싫어했던 준혁이 수년 동안 핑계로 쓰던 수가 애인 있다는 것이었으니 졸지에 양치기 소년이 된 준혁의 항변은 아무 소용도 없었다.

"……그러시군요."

하마터면 놓칠 뻔했지만 겨우 제때에 맞장구칠 수 있었던 준혁은 속으로 빠르게 생각을 정리하며 결론을 내렸다. 아버님의 둘도 없는 지기의 무남독녀였으니 어른들의 체면을 봐서라도 깽판을 놓을 수는 없고, 어차피 보내야 하는 저녁이라면 예의에 어긋나지 않을 정도로만 대하자. 내키지는 않지만 오늘이 마지막 저녁인 것이다.

사실 오늘 선을 보게 되었다는 것을 도희에게 알리지 않은 것도 그런 이유 때문이었다. 어차피 거절하려고 나가는 자리였다. 나가서 사과하고 거절하고 들어올 일인데, 의미없는 해프닝에 불과한 일을 굳이 도희에게 알려서 기분을 상하게 하고 싶지 않았기 때문이다. 아무리 강권 때문에 어쩔 수 없었다고 해도 애인이 맞선에 나가는 것이 기분 좋은 일은 아닐 테니까. 준혁은 도희의 기분을 상하게 하면서까지 다 털어놓고 이해를 구하는 대신 이런 가치없는 일 때문에 괜히 서로 어색해질 필요 없이 그냥 말하지 않는 것이 더 낫다고 생각했다. 서로가 무엇도 침범할 수 없을 정도로 돈독해진 후였다면 모를까, 사랑한단 말도 제대로 하지 않았는데 이런 일이 있었다는 얘기를 들으면 혹시라도 이제 막 굳어가기 시작한 도희와의 사랑에 안 좋은 일이 일어날까 두려웠기 때문이다. 막무가내로 선 자리에 나가라는 아버지의 성화에 당장 도희와 집에 내려갈까 하는 생각도 해보았지만 아직 정식으로 프러포즈도 한 적이 없는데 집에 가자는 말부터 하는 것도 이상했다. 부모님에게 당장 인사시켜도 되는 애인이 있다고 수십 번이나 설명을 했지만 부모님은 지금 당장 데려올 수 있는 것 아니면 잔말 말고 나가라며 막무가내로 준혁의 등을 떠밀었다.

그동안 애인도 없으면서 선보기 싫어 있다고 거짓말한 자의 말로가 이런 것이었다니. 드러나지 않게 한숨을 쉰 준혁은 정중하게 가희에게 식사를 권했다. 아이러니하지만 이 순간 준혁은 더욱 확실하게 도희에게 고백하리라고 굳게 결심하게 되었다. 사내 연애라고 사람들이 떠들든, 쑥스러워 미칠 지경이든 상관없었다. 준혁은 오늘 저녁이 지나면 정말로 애인이 있다는 말이 거짓이 아니라는 것을 부모님에게 보여 드리리라고 다짐했다. 집에 인사드리러 가자고 하면 도희는 어떤 표정을 지을까.

태어나서 처음 치른 맞선에서 준혁은 염치 불구하고 가희에게 상황 설명을 하고 나서 정중하게 사과를 했다. 다행히 가희 역시 등 떠밀려 나온 준혁과 사정이 비슷했기에 두 사람은 간단하게 식사를 마치고 곧바로 헤어졌다.

그리고 다음 주말이 돌아오기까지 준혁은 제법 분주한 일주일을 보내게 되었다. 도희에게 프러포즈할 준비를 해야 했기 때문이다. 혹시라도 도희가 먼저 눈치 채지 못하도록 틈틈이 짬을 내어 프러포즈할 수 있는 호텔을 알아보고 예약하고 미리 답사를 했다. 심지어 그날 도희에게 안겨줄 꽃다발을 어떤 꽃으로 꾸밀 것인가까지 궁리하는 준혁에게 가장 어려웠던 일은 그 운명의 순간에 도희에게 건넬 반지를 고르는 것이었다.

모든 준비를 다 끝마친 후에도 어떤 것을 택해야 할지 몰라 며칠 동안 고심하던 준혁은 전날이 되어서야 겨우 반지를 고를 수 있었다. 깨끗한 화이트 골드 링 위에 브릴리언트 컷으로 세공된 보석이 내려앉듯이 세팅된 고전적인 디자인이었다. 작은 불빛만으로도 찬란하게 반짝이는 반지를 다시 한 번 확인하고 준혁은 벨벳 상자를 또 다른 심장이나 되는 것처럼 슈트 안주머니에 넣었다. 오늘이 바로 결전의 날이었다.

"아, 빨리 왔네?"

길거리의 조명 때문일까. 밤이었지만 허리까지 내려오는 도희의 머릿결은 부드럽게 반짝이고 있었다. 약속 장소에 먼저 나와 기다리고 있던 준혁은 자신을 향해 다가오는 도희를 발견하고는 부드럽게 미소 지었다. 호리호리한 몸매를 원피스로 성장하고 있는 도희는 오늘따라 더욱 고아해 보였다.

"며칠 사이에 마른 거 같아."

준혁이 볼을 쓰다듬자 도희는 엷게 웃었다. 그 미소에 전에
없던 우수가 깃들어 있어 준혁은 약간 놀랐다.

"웬일이에요? 이런 데서 보자고 하고."

도희가 뒤편을 눈짓하며 이르자 준혁은 씩 웃었다. 오늘을 위
해 준혁이 고른 장소는 언젠가 도희가 지나가듯 말했던 특급 호
텔이었다.

"일단 들어가자. 오느라 힘들었을 텐데."

겉으로는 여유있게 말했지만 속으로는 오늘 마음먹은 일 때
문에 긴장하고 있던 준혁은 도희의 작은 변화를 제대로 잡아내
지 못했다. 준혁은 도희의 작은 어깨를 능숙하게 팔로 감싸며
미리 예약해 둔 레스토랑으로 들어섰다. 조용하고 아늑한 분위
기의 레스토랑은 오늘 같은 밤 최적의 장소였다. 준혁은 전쟁만
큼 치열했던 경쟁을 뚫고 가까스로 얻어낸 창가자리로 도희를
안내하며 뿌듯함과 초조함을 동시에 느꼈다. 다른 자리와 달리
테이블 가운데를 장식하고 있는 꽃다발을 발견한 도희의 눈에
작은 이채가 서렸다.

"예쁘다."

"맘에 들어?"

도희는 자상하게 미소 짓는 맞은편의 남자를 생경한 눈으로
바라보았다. 맞은편의 준혁은 준혁이 아니라 그를 똑같이 닮은
다른 사람 같았다. 저 사람이 정말 내가 알던 그 준혁이란 말인

가. 나를 빛난다고 말해주고, 내가 다시 사랑이란 것을 할 수 있게 만들었고, 내가 믿었던 남자가 정말 저 사람이 맞는 것일까.

"와인, 할까?"

준혁의 권유에 도희는 고개를 끄덕였다. 자신이 알고 있다는 것을 준혁은 모를 것이다. 그런데도 나는 무엇이 무서워서 그에게 왜 그랬냐고 소리조차 지를 수 없는 것인가.

잔잔하게 흐르는 음악은 감미롭고, 부드럽게 서빙되는 음식은 향기로웠다. 간간이 대화를 이어가는 준혁은 도희의 복잡한 심경을 전혀 눈치 채지 못하고 있었다. 준혁의 절반은 오롯이 도희를 향하고 있었지만 나머지 절반은 점점 다가오는 생애 처음의 흥분을 감당하느라 정신이 없었기 때문이다. 누군가가 자신의 반쪽임을 깨닫는 것, 그리고 그 사람에게 마음을 전하는 것은 생각했던 것보다 훨씬 큰 각오가 필요했다. 평생에 한 번이나 느낄 수 있을까 알 수 없었던 상상이 현실이 되는 것은 자기 자신에게도 놀라운 일이었기 때문이다.

"보여주고 싶은 게 있어. 주고 싶은 것도 있고."

"뭔데요?"

"아직 비밀."

이쯤에서 준혁은 도희가 자신이 뭘 계획하고 있는지 은연중 알아차려 줬으면 하고 바랐다. 하늘로 날아오르는 풍선만큼 들떴기 때문일까. 반지를 건넬 때 도희의 표정이 어떨지 상상하는 것만으로 준혁의 입가에는 미소가 떠날 줄 몰랐다. 도희는 시종

일관 미묘한 미소가 떠나지 않는 준혁을 바라보다가 나직하게
물었다.

"준혁 씨."

"응?"

"저번 주에…… 일은 잘됐어요?"

도희는 일말의 희망을 안고 물었다. 지금이라도 늦지 않았다.
그가 지금이라도 사실대로 말해준다면, 자신은 웃으며 그를 용
서할 수 있을 것 같았다.

"잘됐어. 별문제 없이."

하지만 준혁은 조금의 망설임도 없이 대답하며 즐거운 듯 웃
었다. 그 얼굴에서 미끄러져 향할 곳을 잃은 도희의 시선이 접
시 위로 떨어졌다.

"준혁 씨, 있잖아요."

도희는 다시 한 번 준혁에게 기회를 주었다. 그를 위해서가
아니라 자신을 위한 기회였다.

"나한테…… 하고 싶은 말 없어요?"

눈에 담긴 간절함이 덜했던 것일까. 준혁은 잠시 생각하는 듯
하더니 이내 가볍게 어깨를 으쓱했다. 평소의 도희라면 준혁 특
유의 여유와 자신감이 엿보이는 그 모습을 좋아했을 것이다. 하
지만 지금은, 똑같은 행동이 이렇게 아프게 다가올 수도 있다는
것만 생생하게 느껴졌다.

"라운지에 올라가 볼까?"

낭만적인 식사가 끝난 후 준혁은 어색하지 않게 권하며 자연스럽게 도희와 함께 엘리베이터에 올랐다. 물 흐르듯이 호텔의 최상층에 도달한 엘리베이터 문이 열리자 라운지 입구에 서 있던 직원이 다가와 예의 바르게 허리를 숙이며 문을 열어주었다. 알싸한 밤공기가 얼굴을 스치며 갑작스럽게 확 트이는 가슴에 준혁은 짧게 숨을 들이켰다.

서울의 야경이 융단처럼 펼쳐져 있었다.

검은 밤하늘에도, 아래쪽에도, 총총한 별들과 도시의 빛들 사이에 맞물려진 라운지는 마치 밤하늘과 밤하늘 사이에 떠 있는 다른 세상 같았다. 어두운 곳곳에 밝혀둔 조명은 하늘과 땅에 가득한 빛무리 중 하나를 가져와 매달아둔 것 같다. 곳곳에 흩어지듯 놓여 있는 자리에 앉아 있는 사람들은 이곳이 탁 트여 있는 공간임에도 불구하고 어떤 보이지 않는 벽에 감싸여 있는 듯 자기들만의 세계에서 안온한 듯 보였다.

허공을 밟듯이 걸음을 떼어 정해진 자리에 앉으며 도희는 잔뜩 긴장한 준혁과 마주했다. 지금에서야 그가 오늘 준비한 것이 무엇인지 어렴풋이 감이 잡혔다. 하지만 도희는 전혀 기뻐할 수가 없었다.

밤하늘의 별 하나가 도희의 손가락으로 내려앉았다. 준혁의 목소리가 들려왔지만 아스라한 소리는 무얼 말하고 있는지 하나도 알아들을 수가 없었다. 도희는 자신의 왼손 약지 손가락을 말간 눈으로 내려다보았다. 깨끗한 링 위에 서글프리만치 투명

하게 반짝이는 알갱이는 세상 모든 로맨스를 모아놓은 것처럼
찬란했다.

도희는 갑자기 물었다.

"선은 잘 봤어요?"

준혁의 표정에 뚜렷하게 금이 그어졌다. 방금 전 평생 기억할
만한 말을 마침내 연인에게 선사한 남자는 서늘하게 굳은 얼굴
로 역시 서늘하게 굳은 연인을 바라보았다. 이성은 무슨 말이든
해야 한다고 끝없이 채근했지만 정작 머릿속은 하얗게 비어버
렸다.

"뭐…… 라고?"

"잘 만났느냐고요. 저번 주에 선봤잖아요."

등줄기로 얼음이 타고 흐르는 느낌이었다. 준혁은 방금 전까
지 이곳에 찬란했던 모든 불빛이 동시에 사라진 것 같다고 생각
했다. 도희의 손가락에 끼워진 반지의 반짝임마저도. 하지만 사
라진 것은 마주 보고 있는 도희의 눈동자에 어린 눈빛이었다.

"어떻게 알았어?"

도희는 차분하게 대답했다.

"몰랐는데, 화장실에서 남 얘기하는 거 좋아하는 남자들도 있
더라고요."

도희의 말에 준혁은 눈꺼풀을 내리깔며 가볍게 한숨을 쉬었
다. 스스로를 책망하는 투였다.

"설명할게. 그건……."

"됐어요."

준혁은 자신이 끼워준 반지를 손가락에서 빼내는 도희를 경악한 채 지켜보았다.

"도희야!"

도희는 탁자 위에 쓰러져 있는 아름다운 반지를 무감각하게 바라보았다. 곧 그 가라앉은 시선은 곧 준혁에게로 옮겨졌다.

"난…… 당신한테 그래도 기회를 줬어요. 아까 내가 할 말 없냐고 물었을 때…… 그때라도 당신이 사실대로 털어놓는다면…… 나는 알고 있었지만 처음부터 몰랐던 것처럼 당신을 대할 수 있었어. 나는 적당히 화를 냈을 테고, 미안하다고 말하는 당신을 적당히 용서하고 예전처럼 지낼 수 있었을 거야. 아니, 오늘이 되기 전에라도 당신이 어떤 기척이라도 보여줬으면, 내게 솔직했으면, 난 지금 내가 느끼는 감정들을 느끼지 않아도 좋았겠지."

도희는 억양없이 말했다. 무미건조하기 때문에 오히려 숨김 없이 드러난 마음이 그대로 단어가 되어 입술을 벗어나며, 도희는 자신의 안에서 시든 꽃잎처럼 하나하나 떨어져 나가는 무엇인가를 느낄 수 있었다.

"내 손에 반지를 끼워주고 뭘 할 건데요? 어차피 여긴 호텔이니까, 지금까지 그랬던 것처럼 달콤한 말을 속삭이고 나서 객실 중에 하나로 들어갈 거야? 이미 잡아놓기라도 했어? 왜, 만났던 사람은 어디가 마음에 안 들었나 보지?"

준혁은 반지를 다시 수습할 생각도 못하고 멍한 눈으로 도희를 응시하고 있었다. 밤하늘과 밤하늘 사이에 존재하는 신비스런 공간, 사방에 가득한 불빛을 모두 퇴색시키고도 남을 다른 빛줄기가 도희의 눈망울에 엉기고 있었다.

"그런 거 아니야. 그런 거 아니니까 제발 오해하지 마!"

스스로 생각하기에도 자신의 핑계는 궁색하기 짝이 없었다. 도희가 믿어주지 않을 것을 알면서도 준혁은 설명하기 위해 애썼다.

"처음엔 사실대로 말할까 생각했었어. 하지만 해프닝처럼 일어난 일이었고, 그래서 굳이 당신에게 말해서 기분 상하게 하고 싶지 않았어. 내가 부모님한테 그동안 바보 같은 핑계를 대는 바람에…… 여하튼 다 끝났고 그 자리에서 거절했어. 내가 무슨 나쁜 생각으로 그랬던 건 절대 아니야. 그냥 나는, 난 당신이 알아봤자 기분만 상할 거라고 생각해서, 아무것도 아닌 일이 당신 기분을 망칠 것이 싫어서, 그리고 당신을……."

도희는 여리게 웃었다. 하지만 그것이 경멸로 장식한 근육이 짓는 가면이라는 것을 알아본 준혁은 헛바람을 삼켰다.

"나를 위한 것이었다고? 당신은 내가 그런 걸 원했다고 생각해요?"

도희는 잠시 말을 끊었다.

"당신은 그저 자기가 편한 대로 결정했을 뿐이야. 그러면서 나를 위한 것이었다고, 너를 생각해서 그러는 것이었다고……

핑계는 참 좋지. 이해하지 못하면 내가 이상한 사람이 되어버리 잖아. 어떻게 다들 그렇게 말은 잘하는지……."

도희의 눈망울 가득히 고였던 영롱함이 서글픔이 되어 볼을 타고 흘러내렸다. 준혁은 바로 맞은편에서 어떻게도 할 수 없는 자신을 재촉했지만, 뭘 위한 재촉인지는 그 자신도 잘 모르고 있었다.

"미안해. 난…… 그래, 내가 너무 가볍게 생각했어. 정말 미안 해. 하지만 정말 거절했어! 당장 믿어지진 않겠지만 진짜야. 정 말 아무것도 아닌 일이었어. 다시는……."

"당신이 거절했다고 해서 내가 어떻게 해야 되죠? 다행이라 고 안도하며 당신을 안아줘야 되나요? 아아, 그런 줄도 모르고 화내서 미안하다고 사과해야 돼요? 다시는 이런 일이 없을 거란 당신 말을 믿을까요? 당신은 여전히 몰라. 중요한 건 그 자리에 서 당신의 대답이 어땠느냐가 아냐. '아무것도 아닌' 일로 우리 사이에 믿음을 깨버렸다는 거, 그 자체야."

준혁의 말허리를 자른 도희는 다가오는 준혁의 손길을 피했 다.

"난 당신을 믿었어. 당신이 이름까지 기억했던 당신 친구를 내 앞에서 모른다고 거짓말을 했을 때도, 나와 함께 집 밖으로 나가는 걸 싫어하는 당신의 모습을 볼 때도, 당신이 내게 숨기 고 다른 여자와 선을 보고 왔다는 걸 알았을 때도, 난 당신을 믿 었어. 차라리 솔직했으면 덜 괴로웠을 거야. 그런데 당신은 그게 전부 나 때문이었다고 말하는 거야? 날 위해서 그랬다고?"

도희의 목소리가 엉망으로 뭉개지며 위태롭게 갈라졌다.

"그냥 인정해 버려. 왜 끝까지 착한 사람이 되려고 하는 건데?"

도희의 눈꺼풀이 감기며 볼 위로 서글픔이 조용한 호선을 그렸다. 눈물이 스치고 지나가는 입가는 눈에 띌 정도로 떨리고 있었다. 물처럼 상대에게 스며들기를 원했던 자신의 행동이 도희를 불같이 번뇌하게 했다는 것을 깨달은 준혁이 충격에 휩싸이는 동안 겨우 다시 이어지는 목소리에는 슬픔이 번져 있었다.

"처음에는 본사에서 인정받아 앞날이 비단길인 당신이 직급도 없는 나 같은 거한테 진심일 리가 없을 거라고 생각했어. 그래서 믿지 않으려고 했어. 하지만…… 결국 나는, 나는 믿어 버렸어. 내 앞에서 앞뒤 달라지는 사람들과는 다르게 날 배려해 주는 당신을 보면서 나는…… 어쩌면…… 저 사람 정말 진심일지도 모른다고…… 마지막일지도 모른다고 생각했었다고."

도희의 흠뻑 젖은 동공에 준혁의 모습이 반사되었다.

"당신한테 줄 도시락 싸면서 내가 몇 년 만에 설레었는지…… 당신이 어떻게 알겠니."

자리에서 일어서는 도희를 따라 준혁 역시 급하게 몸을 일으켰다. 다급하게 입술이 벌어지며 숨보다 먼저 목소리가 튀어나왔다.

"나한테도 사정이 있었어! 왜 들어보려고 하지 않는 거지? 내가 그렇게 행동했던 건 뭐가 어찌 됐건 간에 당신을 위해서였어. 처음 비밀로 하자고 했던 건 당신이었잖아!"

가열차게 대답했지만 준혁은 스스로의 항변이 비겁하다는 것을 알고 있었다. 그건 도희에게 네가 원했기 때문에 이렇게 된 것이라고 책임까지 전가시키는 구차한 핑계였다. 하지만 정리되지 않은 생각들 때문에 준혁은 머뭇거렸고, 그 머뭇거림은 준혁의 대답을 듣기 위해 마지막으로 기다리고 있던 도희의 마음을 돌려세우지 못했다. 하지만 준혁은 힘겹게 노력했다.

"난 그동안 진심이었어. 왜 그건 믿어주지 않는 거지? 난 내가 당신을 생각하는 것처럼 당신도 나를 생각하고 있다고 여겼어! 그게 진짜라는 건 당신이 제일 잘 알잖아, 그건 사실이었잖아? 그건 중요하지 않은가? 왜 다른 것만 보는 거지? 왜 다른 걸 더 중요하게 생각하는 거야?!"

"그래, 진심이었죠. 아니라면 이렇게 치가 떨릴 리 없으니까!"

도희의 마지막 목소리는 기어코 째지듯이 치솟았다. 준혁은 꽉 쥐어진 채 덜덜 떨리는 도희의 주먹을 바라보았다. 마구 흘러내리는 눈물을 닦아주고 싶었지만, 자신의 손길을 피하는 도희의 행동은 잔인했다. 도희는 비명처럼 소리쳤다.

"진짜였으니까 믿었어! 한 번도 나를 사랑한다고 말한 적

없는 당신을 보면서도, 진짜였으니까 난 당신을 믿었단 말이야!"

주변에 있는 모든 사람의 시선이 자신에게 꽂혔지만 도희는 조금도 신경 쓰지 않았다. 준혁은 대답하지 못했다. 사랑한다고, 도희에게 말한 적이 없었으니까. 하지만 바로 이 순간이었는데. 이 순간 자신은 모든 것을 무릅쓰고 바로 그 마음을 고백하려고 했는데.

"어째서…… 그걸 꼭 말로 표현해야 하는 건 아니잖아?"

준혁을 향해 도희는 웃었다. 체념해 버리는 웃음이었다.

도희는 돌아섰다. 사람의 감정에 따라 주변 풍경이 변할 수 있다면 돌아서는 도희의 곁으로 얼음이 부서지는 것을 볼 수 있을 정도로 냉정한 외면이었다. 준혁은 멀어지는 도희를 향해 손을 뻗었지만 닿을 수는 없었다. '사랑해', 그 쑥스럽고 수줍기 짝이 없는 한마디가 자신이 도희에게 보여줬던 모든 마음보다 확실하게 그녀를 붙잡을 수 있다는 것을 알았다면 백번이고 되풀이했을 것이다. 하지만 준혁은 다른 많은 남자들처럼 자기 마음을 날것으로 표현하는 데 쉽지 않았다. 준혁은 그 수줍고 곰살맞은 단어 대신으로도 얼마든지 사랑을 전달할 수 있다고 믿었다. 하지만 도희를 생각하며 벌였던 많은 일들은 결과적으로 신뢰를 깨버리는 역할만 했을 뿐이었다. 너무나 도희만 생각했기에 정작 도희가 아니라 그녀를 위한다는 자기의 노력을 위한 일이 되어버린 것이다. 준혁은 입술을 짓씹었다. 그의 가슴이 크게 부풀었다.

"사랑해!"

도희는 여전히 멀어져 갔다. 준혁은 알았다, 한발 늦은 고백
이라는 것을.

12

"웬일이야? 그런 건 살찐다고 입에도 안 대던 애가."

치즈가 들어간 돈가스로 점심을 먹고 생크림과 초콜릿, 캐러멜 시럽이 잔뜩 올라간 커피를 후식으로 마시고 있던 도희는 빨대를 입에 문 채 마리를 향해 히죽 웃었다.

"맛있어서."

"맛있어 보인다."

도희는 자연스럽게 커피를 내밀었고 받아 들어 맛을 본 마리는 혀가 오그라들도록 단맛에 미간을 찌푸렸다.

"아오, 웬일이야……."

"달지? 히히히."

월말과 구조조정이라는 태풍이 휩쓸고 지나간 후 총무부는 갑자기 긴장이 확 풀려 버린 근육처럼 이상스럽고 노곤한 평화로움이 감돌고 있었다. 내내 시달리다가 겨우 풀려난 해방감에 마리는 커피를 돌려주면서도 도희에게서 별다른 눈치를 채지 못했다.

"이제 신경 안 쓰기로 한 거야? 칼로리도 막 따지고 그랬으면서."

"귀찮아. 칼로리 신경 쓰는 스트레스가 먹어서 찌는 살보다 더 심하다."

도희는 빨대를 물고 보란 듯이 커피를 쭈우욱 빨아들였다. 마리는 그냥 웃어버렸다.

본격적으로 오후 업무가 시작되고 복사할 것이 있어 자리에서 일어선 도희는 복사기로 향하는 도중 무심코 고개를 돌렸다가 준혁과 정통으로 시선이 얽혀 버리고 말았다. 준혁으로서는 우연히 마주친 것이 아니라 어떻게든 기회를 잡으려고 내내 주시하고 있다가 드디어 포착한 순간이었다. 눈이 마주친 순간 준혁은 '제발 얘기 좀 해!'라는 문구를 온몸으로 표현하느라 상당히 드라마틱한 표정을 짓게 되었다.

하지만 도희는 아무것도 보지 못한 것처럼 볼일이 끝나자 자기 자리로 돌아가 버렸고 준혁은 예상을 훨씬 뛰어넘는 도희의 냉정함에 아연해졌다. 멍해진 준혁은 힘줄이 터질 듯이 뛰어 오른 팔뚝을 내려다보고서야 자신이 온몸에 힘을 주고 있었던 것

을 깨닫고는 서둘러 긴장을 풀었다. 시간이 어떻게 되어가는지
도 모르는 채 도희를 주시하던 준혁은 어느 순간 사무실을 나서
는 도희의 뒷모습을 발견하고는 눈치고 뭐고 살필 겨를 없이 자
리에서 일어섰다.

"얘기 좀 합시다."

고함은 아니었지만 복도에 있던 사람 모두의 시선이 집중될
정도로 뚜렷하게 울려 퍼진 목소리에 도희는 멈춰 서서 뒤를 돌
아보았다. 바라본 곳에는 갈기 세운 맹수로 착각될 정도로 뻣뻣
해진 준혁이 서 있었다.

준혁의 다리가 움직이기 시작했다. 다리가 긴 남자들이 그렇
듯 몇 걸음 지나지 않아 준혁은 도희에게 바싹 다가설 수 있었
다.

"조용한 곳으로 가지."

두 사람은 태엽으로 움직이는 장난감만큼이나 딱딱한 걸음걸
이로 비상계단으로 들어섰다. 복도에서 보이지 않는 모퉁이를
꺾어 들어가자 준혁은 거의 건너뛰는 듯한 걸음으로 비상구 안
으로 들어선 다음 문을 닫았다.

"뭔데요?"

태연하게 묻는 도희를 준혁은 잠시 북받친 시선으로 응시했
다.

"……점심은 잘 먹었어?"

도희는 웃지 않았다. 하다못해 '고작 그따위로 나를 불렀어

요? 하고 되물으며 할퀴지도 않았다. 그저 그게 본론이 아니라
는 것을 안다는 눈빛으로 서 있을 뿐이었다.

"내 말 좀 들어. 그렇게 자기 마음만 이르고 가버리면, 나는
어떻게 하라는 거야?"

도희는 고개를 돌렸다. 더 이상 저 눈빛을 받아낼 자신이 없
었기 때문이다.

"어쩌긴요, 결정은 그날 난 거예요. 우린 이제 아니에요."

도희는 애써 준혁이 아닌 박 과장님으로 그를 대했다. 숨결이
위태롭게 흔들리는 순간 준혁은 낚아채듯이 도희의 팔을 꽉 잡
았다. 그러자 도희는 입매를 비틀며 덧붙였다.

"걱정돼서요? 내가 당신 앞길에 고춧가루라도 뿌릴까 봐?"

"그렇게 말하지 마!"

준혁의 미간이 험악해지며 치솟던 목소리가 가까스로 가라앉
았다. 도희는 여전히 준혁을 외면하면서 입술을 깨물었다. 거칠
게 일어난 준혁의 숨결은 어딘가 위태로웠다. 지금 자신의 마음
처럼. 도희는 당장에 무너지려는 자신의 마음을 짧은 순간 수도
없이 다잡았다. 바로 어제까지 사랑하던 사람이 오늘이 되었다
고 해서 남처럼 느껴질 리가 없다. 이미 끝났다고 생각이 들면
서도 매 순간 곁에 보이는 준혁이 눈에 밟혀 오늘은 하루가 어
떻게 흘러가는지도 모르겠다. 준혁 역시 자신 같은 마음일까.
그래서 지금 이렇게 온몸으로 애절해하며 자신에게 매달리는
것일까. 안타깝고, 서글프고, 화가 나고, 스스로가 어리석다 짝

이 없게 여겨지면서도 그저 보고 싶어서.

"왜 그까짓 일로 우리가 이렇게 되어야 하지? 아무것도, 아무 의미도 없던 일이었단 말이야! 얼마나 얘기해야 나한테 귀 기울이겠어? 왜 내 행동만 생각하고 아무것도 아니었단 내 본심은 묵살하는 거야!"

준혁은 기어코 고함을 지르고 말았다. 비상계단의 철제 난간이 찌르릉 떨렸다. 준혁은 괴롭고 처참한 심정으로 입을 열었다. 거칠게 일어난 숨결을 고르기 위해 준혁이 잠시 말을 끊었지만 도희는 끼어들지 않았다. 덕분에 준혁은 그날 채 이르지 못했던 말들을 꺼낼 수가 있었다.

"그래, 내가 경솔했던 것 맞아. 화낼 만해. 하지만 난…… 겨우 그 정도로 당신이 이렇게 냉정해질 줄 몰랐어. 믿었다고. 한 시간도 이어지지 않았던 맞선 나부랭이보다 우리가 같이 보낸 시간이, 감정이 훨씬 많고 깊었으니까. 겨우 그따위에 어떻게 되지 않을 만큼 견고했으니까 그걸 믿었다고. 분명히 좋아하진 않겠지만 그렇다고 이렇게 단칼에 자르고 돌아설 거라고는 꿈에도 예상하지 못했어. 상상조차 해본 적이 없어. 설사 최악이더라도 잘못했다고 말하면 용서해 줄 거라고 생각했어. 그만큼, 난 우리 사이가 그만큼 단단했다고 믿었단 말이야. 그래서 내가 그렇게 가볍게 생각했던 거고. 당신 같으면 파리가 당신을 죽일 수 있으리라고 의심할 수 있겠어?"

준혁이 그 어느 때보다 진심이라는 것을 도희는 어렵지 않게 짐작할 수 있었다. 도희는 걷잡을 수 없이 흔들리는 마음을 다 잡았다. 이렇게 절절한 준혁의 마음을 받아줄 수 없는 자신이 가혹하다는 생각과 동시에 반대로 그의 말이 거짓일지라도 이대로 준혁에게 고개를 끄덕여 주고 싶었다. 하지만 다른 한편으로는 실연은 지금까지만으로도 충분하다고 외치는 이성이 있었다. 도희의 뇌리로 지난 과거가 주마등처럼 스쳐 지나갔다. 다시 누릴 수 없을 만큼 행복했지만 결국은 비슷하게 끝나 버렸던 지난 기억들. 아직까지도 자신을 놓아주지 않는 그 상처들.

"나는…… 달라지기 전에도 나였어요."

갑자기 알 수 없는 도희의 말에 준혁은 잠시 할 말을 잃었다.

"살 빼기 전에도 나는 지금과 똑같이 일했어. 야근도, 휴일 근무도 마다하지 않고 그때도 난 한 아름씩 되는 서류 뭉치들을 혼자 날랐어. 그런데 사람들은 그때는 빈말로도 하지 않았던 칭찬을 지금에서야 해. 옛날에 내가 들을 수 있는 최고의 찬사는 '힘세고 착하다'는 비아냥이 전부였는데 내가 달라지고 나서야 사람들은 나한테 웃어주고, 온갖 칭찬을 하고, 지금에서야 서류 뭉치를 들어줘. 하지만 그때도, 지금도 나는 나야. 나는 달라지기 전에도 후에도 하나였어. 다른 사람이 된 게 아니었다고. 당신은 나를 언제부터 사랑했지?"

도희의 눈에 어느새 서글픔이 차오르는 것을 목격하며 준혁은 숨을 삼켰다. 그러나 아슬아슬하게 고인 눈물은 위태롭게 흔들리고 있을 뿐이었다.

"난 내가 이렇게 변하지 않았다면 당신이 내게 관심도 없었을 거란 생각을 지울 수가 없어."

작지만 거대한 충격이 준혁의 관자놀이를 직격했다. 그동안 도희에게 많은 것을 표현했다고 생각했다. 그녀가 자신감을 가질 수 있도록, 그 자신이 얼마나 보석처럼 반짝이고 있는지 깨달을 수 있을 만큼 충분하게…… 하지만 도희는 아직도 자신의 진가를 깨닫지 못하고 있었다. 준혁은 순간 충격을 넘어선 갑갑함까지 느꼈다. 많은 의문들이 머릿속을 헤집고 있었지만 그중 가장 뚜렷한 것은 '어째서?' 라는 한마디였다. 어째서? 왜 어째서 아직도…….

준혁은 닿을 수 없는 것을 붙잡으려 애쓰려는 것처럼 도희의 어깨를 잡았다. 눈꺼풀이 감기며 자신을 외면하는 도희의 얼굴은 작은 희망마저 스러지는 것 같았다. 그렇게 막무가내로 외면하고 곡해하며 잘라내려고만 드는 도희를 인지하는 순간 준혁은 머릿속의 회로 한 가닥이 끊어지는 것 같았다.

"당신은 어째서 아직도 그렇게만 생각하는 거지?"

그동안 자신은 무던히도 노력했다. 자신을 이중적으로 대하는 주변의 모습에 혼란스러워하는 도희를 흔들리지 않게 잡아주고, 외모 때문에 갖게 된 콤플렉스와 상처들 때문에 약해진 그녀에게 용기를 불어넣고, 처음 본 순간부터 끊임없이 사랑했다. 그런데도 도희는 그 작은 일 때문에 순식간에 과거에 잠식당하며 현실을 외면하려 하고 있었다. 과거에 상처를 줬던 사람들과 자신을 같은 사람이라고 말하면서. 준혁은 그것을 이해할 수 없으면서 동시에 이해하며 도희에게 화가 나고 야속했다. 차라리 도희가 미친 듯이 화를 냈다면 그것이 오히려 인간적이었을 것이다. 하지만 도희는 화조차도 제대로 낼 줄 몰랐다. 바보같이 여린 모습을 지켜주고 싶으면서도 자신감없이 위축된 그 모습이 답답하여 부아가 치밀었다.

"나한테 화가 나면 그냥 화를 내면 되잖아! 왜 이 지경이 되어서도 참고만 있는 거지? 왜…… 남에게 보낼 비난을 자신에게 돌리는 거야? 당신은 달라졌어, 왜 그걸 받아들이지 못하냔 말이야!"

준혁의 힐난에 도희의 눈꺼풀이 와락 일그러졌다. 어깨를 잡은 손을 뿌리치기 위해 도희가 몸을 뒤틀었지만 준혁의 억센 손아귀는 그녀를 놓치지 않았다.

"이거 놔!"

"결국 다치는 건 당신이잖아! 알면서 왜 벗어나지 못하는 거야!"

벽력같은 준혁의 고함에 도희는 격렬하게 몸을 비틀며 그의 어깨를 밀쳤다. 준혁이 다시 다가오려고 하자 슬픔이 가득하던 도희의 눈에 분노가 차올랐다.

짝!

갑자기 한쪽으로 쏠리는 시야에 준혁은 잠시 후에야 도희가 뺨을 쳤다는 것을 깨달았다. 머리끝까지 차오른 감정 때문인지 아픔조차 느껴지지 않았다. 눈에 띌 정도로 부들부들 떨리고 있는 도희의 어깨가 애처로웠다.

"내가…… 내가 처음부터 이랬는 줄 아니?"

어깨뿐만 아니라 목소리와 눈빛까지, 도희 그 자체가 흔들리고 있는 것 같았다.

"나도 예전엔 솔직했어. 누군가를 좋아한다고 말하고, 누가 날 아껴주면 기뻐하고, 행복하고 순진하게 믿었어! 좋아하니까 잘해주고, 사랑하니까 믿었는데…… 좋아해서 잘해주면 잘해주는 여잔 재미가 없대. 사랑해서 믿어주면, 그렇게 믿어주는 여잔 부담스럽대. 그게 무슨 개소리야, 좋아하는 사람한테 잘해주고 싶은 건 당연하잖아!"

준혁은 만나기 시작한 후로 처음으로 격렬하게 감정을 폭발시키며 오열하는 도희를 먹먹한 눈으로 지켜보았다. 지금에서야 이성으로만 이해하던 도희의 사정이 감당하기 벅찰 정도로 가슴에 와 닿았다.

"당신도 그렇잖아. 내게 진심이라고 말하면서, 처음부터 끝까지 진심은 아니었잖아. 숨기는 게 있었잖아. 그런데 날보고 당신을 믿으라고? 왜 믿어주지 않냐고? 어떻게 그럴 수가 있어…… 왜 자꾸 사람을 악하게 만들어, 왜!"

도희의 마지막 말은 비명과 흐느낌이 겹쳐 엉망으로 뭉그러져 있었다. 준혁은 지금까지 도희를 알아왔던 그 어떤 순간보다 지금이 더 그녀가 가깝게 느껴지는 것에 잔잔하게 감동했다. 고개를 떨군 채 주먹을 꼭 쥐고 어린아이처럼 흐느끼는 도희는 서글프고, 솔직하고, 정말 예뻤다.

"손대지 마!"

무의식중에 도희를 포옹하기 위해 다가가던 준혁의 손은 여전히 흐느끼고 있는 도희의 한마디에 의해 막혀 버렸다. 준혁은 착잡한 눈으로 정신없이 눈물을 훔치는 도희를 지켜보았다. 도희는 아직 엉망인 얼굴을 쉴 새 없이 문지르며 도망치듯 비상계단을 떠나 버렸다. 혼자 덩그러니 남아버린 준혁의 눈은, 그러나 여전히 사라진 뒷모습을 쫓고 있었다.

"응? 네가 웬일이냐, 온다는 말도 없이."

"자식이 집에 왔는데 좀 따뜻하게 맞아주시죠."

정수는 현관으로 들어서는 아들을 향해 피식 웃었다. 맞받아치며 피식 웃는 준혁의 입매는 아버지와 똑같았다. 비슷하지만 전혀 다르게 생긴 두 남자는 숙명의 라이벌처럼 서로를 응시하다가 다시 한 번 히죽 웃었다.

"어머니는요?"

"장 보러 갔지. 얼마 만에 장을 보러 가는지 모른다."

"왜요?"

"엄마들은 자식 다 크고 나면 남편 먹이려고 음식 안 하거든."

"······그렇군요."

아버지의 신랄한 농담을 한 귀로 흘리며 준혁은 자신의 방으로 향했다. 서울로 대학을 가게 되면서 고향집에 있는 준혁의 방은 한 칸짜리 별장이 되었다. 서울에 살게 된 준혁이 가끔씩 집에 내려올 때나 사람을 맞이할 수 있었기 때문이다. 방문을 열자 사람이 거하지 않는 방 특유의 싸늘한 느낌이 감돌았지만 어머니의 손길이 닿았기 때문인지 깔끔한 전경은 떠나올 때와 달라진 것이 없었다.

싱글 침대와 옷장과 책상과 책장. 이젠 낡아 보이는 가구들이었다. 언제부터인가 이렇게 오랜만에 자신의 방에 들어설 때면 낯모르는 이의 공간에 들어서는 것 같은 어색함과 마침내 돌아왔다는 안도감이 동시에 들었다. 잠시 감상에 젖어 있던 준혁은 책장으로 다가가 뭔가를 찾기 시작하며 이곳저곳을 뒤적거리기 시작했다.

"옷도 안 벗어놓고 오자마자 뭐 하나?"

준혁에게 큰 키를 포함하여 거의 대부분의 신체 사항을 물려준 정수는 환갑이 가까워오는 나이에도 여전히 아들과 어깨 높이가 비슷했다. 준혁은 독립하기 전까지 함께 외출했다 치면 부자지간이 아니라 나이 차이가 좀 많이 나는 형제지간이라는 유쾌한 오해를 받곤 했던 아버지를 바라보다가 고개를 갸우뚱했다.

"지금 입고 계신 셔츠 제 것 아니에요?"

"맞아. 왜, 지금 벗어주랴?"

"······아니오."

그렇게 아들한테 셔츠를 강탈한 아버지는 심술궂게 웃었고 잃어버린 줄 알았던 셔츠를 찾았다가 졸지에 아버지에게 선물하게 된 준혁은 씁쓸해진 속을 달래며 뭔가 찾는 일을 계속했다.

"아버지, 제 앨범 치우셨어요?"

"앨범? 앨범은 안방에 있다."

"아니, 그거 말고 졸업 앨범 같은 거요."

"나야 모르지."

도와줄 생각은 아예 하지 않으며 정수는 문간에 비스듬히 기대선 채 팔짱까지 끼고 열심히 이곳저곳을 뒤지고 있는 아들을 내려다보았다. 노년의 나이에도 청년 시절의 몸무게를 엇비슷하게 유지하고 있는 정수의 모습은 부전자전이라는 말이 몸서리쳐지게 실감나도록 준혁과 흡사했다. 덕분에 준혁은 방금 전에 그랬던 것처럼 멀쩡하게 입고 다니던 옷이나 신발을 자기도 모르는 새에 아버지에게 선물하게 되곤 했다. 얄궂게도 부자지간은 사이즈가 비슷했던 것이다.

"진짜 모르세요?"

"왜, 내가 알면서도 헤매고 다니는 네 모습을 보는 게 너무 즐거워서 말을 안 해주는 걸까 봐?"

게다가 정수는 다 자란 아들을 보며 흐뭇해하는 동시에 그를 아직도 애 취급해 버릴 수 있는 능력을 가지고 있었다. 준혁은 만약 정말로 인생에서 '강적'이라 부를 수 있는 사람이 있다면 자신의 인생에서 그건 아버지가 아닌가 하는 생각을 짧게 해보았다.

"베란다."

앞뒤로 붙은 키득거림은 무시하고 중간의 단어만 알아들으며 준혁은 묵묵히 일어나 베란다로 향했다. 과연 베란다에 가득한 잡동사니들 위에 못 보던 종이 상자가 놓여 있는 것이 눈에 띄었다. 거실로 가지고 나와 뚜껑을 여니 벨벳과 가죽으로 겉이 마감된 앨범들이 멀쩡하게 나타났다. 벨벳으로 마감된 얇은 것들은 초중고, 가죽으로 마감된 사전만 한 두께의 앨범은 대학교 때 찍은 것이었다. 준혁은 그중 고등학교 졸업 앨범을 펼쳐 들었다.

"갑자기 웬 앨범이냐? 너 그건 그렇고."

아버지가 중간에 말을 끊을 때는 그 뒤에 뱉을 말들이 길기 때문이라는 것을 준혁은 자동적으로 알고 있었다.

"그 아가씨한테 어떻게 말을 한 거냐? 한 번 보고 바로 퇴짜라니. 그래도 인마, 두 번은 만나보고 정해야 내 체면이 설 거아냐. 친구한테 싹싹 비느라 덕분에 술값 나갔다. 내 생일날 선물에 포함시켜서 갖고 와. 사정사정해서 자리 만들어줬더니 애인 있다는 핑계나 대고. 그 핑계 들은 지가 벌써 몇 년째다. 대체 있다고 말만 하고 모습은 안 보이는 네 애인은 언제 소개시켜 줄 테냐?"

"소개시켜 드리려고 했는데 망하게 생겼어요."

"핑계라는 것은 자고로 처음 한두 번만 효과가 있는 거……
뭐라고?"

"맞선 본 거 그 아가씨한테 들켜서 저 지금 엄청 욕보고 있다
고요."

정수는 아들의 뒤통수를 바라보다가 허둥지둥 그 맞은편에
가서 앉았다.

"진짜야?"

"네."

"그럼 벌써 몇 년째 사귀고 있었다는 얘기냐?"

"……그건 거짓말이고요. 아무튼 엄청 진지하게 생각하는 아
가씨가 있었단 말이에요."

정수는 큰 동작으로 팔짱을 끼며 엄한 얼굴로 고개를 끄덕였
다.

"그동안 거짓말한 벌이라고 생각해라. 자업자득이지. 네가 술
하게 뻥을 쳤으니까 내가 안 믿은 거 아니냐."

아버지가 곱게 미안하다고 말했다면 그것이 더 놀랄 일이었
을 것이다. 그래서 준혁은 앨범 페이지를 넘기면서 대충 대답했
다.

"알아요, 알아."

준혁이 막 자기 반이 찍은 단체 사진을 찾아냈을 무렵 현관문

열리는 소리와 함께 반가운 목소리가 들려왔다.

"어머나, 뭐야? 준혁이 왔어?"

두 남자의 시선을 한꺼번에 받으며 장 본 것들을 양손에 들고 있는 어머니가 화색이 만연한 얼굴로 현관을 들어서고 있었다. 정수는 아들에게 심술궂게 웃던 것과는 딴판으로 커피 향기 같은 미소를 지으며 자리에서 일어섰다.

"당신 왔구려. 준혁이 방금 전에 왔어요."

"전화라도, 에구구, 하고 오지."

정수는 황급히 다가가 아내의 손에 들려 있는 봉투들을 받아 들었다. 세상에서 아버지를 바보로 만들 수 있는 것이 있다면 그 유일한 존재는 어머니다. 그리고 아버지는 어머니 앞에서 바보가 되는 자신을 일 년에 사계절이 존재하는 것처럼 지극히 자연스러운 것으로 인정하는 남자였다. 그 사이에서 태어났기에 그런 부부의 관계를 잘 알고 있던 준혁은 어머니를 향해 웃으면서 셔츠에 대한 복수를 하기로 했다.

"아버지가 또 제 옷 가져가셨어요."

"여보!"

"멍청한 놈."

저녁 식사 후 바둑판 앞에 마주 앉아 그동안 있었던 일의 간략한 사정 설명을 전해 듣고 난 후 아버지가 아들에게 처음으로 한 말이었다. 잔잔한 충격을 어느새 익숙하게 받아들이는 자신에게 서글픔을 느끼며 준혁은 다음 수를 두었다.

"절반은 아버지 탓이에요."

"나머진 네 탓이지."

부정하기 힘든 지적이었다. 그래서 준혁은 반박하는 대신 아버지의 흑돌 하나를 접수했고 정수는 신음을 흘렸다.

"너답지 않은 짓을 했구나."

"그런가요?"

잠시 후 준혁은 아버지의 손길이 거두어가는 자신의 백돌 두 개를 바라보며 빙긋이 미소 지었다. 정수의 시선이 현관 곁에 놓아둔 앨범 더미들을 향했다.

"그래서 저걸 싹 챙겨가는 거냐? 그 아가씨 보여주려고?"

"예. 지푸라기라도 잡아보는 게 낫잖아요."

"거야 그렇지만서도."

바둑돌이 차르륵거리는 소리는 듣기 좋았다. 정수는 예고없이 물었다.

"잘되면 어떻게 할 거니?"

"그건 생각 안 해봤어요."

"안 되면?"

"그건 생각하고 싶지 않고요."

아들의 대답에 정수는 문득 뭔가가 생각났는지 가볍게 어깨를 털었다.

"하긴."

"왜요?"

흑돌 하나가 또 사라지자 정수의 눈썹이 굵게 꿈틀거렸다.

"연애할 때는 네놈만큼은 아니어도 실수는 하게 되기 마련이지."

"……어머니한테요?"

상당 부분이 생략된 대화였지만 정수와 준혁은 무리없이 알아들으며 번갈아 고개를 끄덕였다. 아들과의 대국은 이제 노년으로 접어들게 된 그에게 새로 찾아온 즐거움이었다. 대국을 할 때마다 마지막에 겨루었을 때보다 나아진 아들의 실력을 가늠해 보며 앞으로의 몇 수를 헤아려 보는 것은 상쾌한 일이었다.

"네 어머니랑 처음 만나는 자리에서, 난 두 시간이나 지각을 했어."

"아버지가요?"

"그래."

준혁은 상상과는 조금 달랐을 부모님의 첫 만남을 생각해 보며 실소했다. 그러는 사이 중요한 지점을 이미 흑돌이 차지했다는 것을 깨닫게 되자 빙그레 웃던 입매는 완벽한 하향곡선을 그렸다.

"어떻게 됐는데요?"

"그때까지 식당에서 물벼락 맞는 건 텔레비전에나 나오는 일인 줄 알았었다."

준혁이 키들키들 웃는 사이 정수는 화공이 마지막으로 용의 눈동자를 찍듯이 흑돌을 어느 교차점 위에 놓았다.

"그리고 석 달 후에 네 엄마한테 청혼했단다."

준혁은 경이로운 이야기에 놀라면서, 동시에 어디로도 빠져 나갈 길 없이 완벽하게 진퇴양난에 빠진 백돌의 진형을 보며 울상을 지었다.

"내일이 마지막이네."

퇴근 한 시간을 앞둔 시점에서 마리는 크게 기지개를 켰다. 하루 종일 구겨져 있던 근육이 잡아당겨지면서 통증에 가까운 시원함이 등허리를 타고 흘렀다.

"그러게."

도희는 마지막 업무에 집중하며 막판 스퍼트를 끌어올렸다. 마리의 말대로 내일이 마지막이었다. 내일이 지나면 많은 사람들의 처지가 갈리게 되는 것이다. 좋은 처분을 받은 사람들은 좋은 처분을 받은 대로, 그렇지 못한 사람들은 그렇지 못한 대로. 그리고 준혁은 내일이 지나면 본사로 돌아간다. 그렇게 생각하고 싶지는 않았지만, 영원한 이별인 것이다.

"잘 몰랐는데 그래도 정들었나 보다. 왠지 섭섭하네."

심드렁하던 마리는 아무 반응이 없는 도희를 쳐다보다가 문득 혀를 찼다.

"야, 너는 이제 신경 안 쓰고 먹는 거 같더니 어째 볼 살은 더 없어 보이냐?"

"내가?"

"그래. 볼이 푹 꺼졌는데?"

도희는 반사적으로 얼굴을 쓸어보고는 환절기라 그렇다며 얼버무렸다. 이제 입추가 다가오고 있으니 틀린 말은 아니었지만, 어느 순간 도희는 화사하게 꾸민 모습을 좀처럼 보여주지 않게되었다. 지금도 화장기 없는 맨얼굴에 하나로 묶은 머리를 하고있는 상태였다.

"아유, 그냥 내일이고 뭐고…… 빨리 집에 가고 싶다."

얼렁뚱땅 화제를 돌리며 도희는 퍼뜩 되새겨진 준혁의 기억을 머릿속에서 지워 버렸다. 이미 끝났다. 계속 생각해서 어쩌자는 것인가. 어차피 내일만 지나면 다른 곳으로 가서 다시 보기 힘들어질 사람, 눈에 보이지 않으면 그래도 조금 덜할 것이다.

"도희 씨, 나 커피 한 잔만 주지."

때마침 내려진 김 부장의 커피 부탁에 도희는 오만상을 쓰며엉거주춤 자리에서 일어섰다. 더 얄미운 것은 평소엔 가만히 있다가 김 부장이 시키면 호가호위하는 여우 모양으로 슬쩍 말을보태는 삼두마차들이었다.

"도희 씨, 나도."

"나도 부탁 좀 할게. 난 설탕 빼주고."

"나도."

준혁이 정수기 머리 위로 커피를 옮겨놓고 난 후 한동안 뜸하다 했는데 요새 들어 김 부장의 커피 심부름이 예전처럼 늘어나기 시작했다. 개 버릇 남 주나 하는 심정으로 종이컵을 꺼내는데 스스로가 참 초라하게 느껴졌다. 나는 대체 언제까지 이렇게 부서 제일 말단으로 다른 사람 커피 업무까지 봐야 하는 것일까.

문득 준혁 앞에서 소리치던 자신이 떠올랐다. 갑갑한 상황에 그 모습이 떠오른 것은 그때가 태어나서 가장 강렬하게 속에 있던 감정이 폭발했던 순간이었기 때문일 것이다. 가차없이 자존심을 찌르며 들어오는 준혁의 힐난에 가슴속에 묻어둔 응어리를 폭발시키며 자신은 그날 참 많이 울었다. 비상계단을 빠져나간 후 화장실로 달려가 거의 한 시간 정도는 울었던 것 같다.

처음엔 너무나 슬펐지만, 차차 지나서 생각해 보니 오히려 홀가분했다. 마음속에 내내 지고 있던 응어리가 마침내 사라지며 그동안 가슴속을 꿉꿉하게 짓누르고 있던 무엇인가가 말끔하게 사라진 기분이었다. 사실 도희가 다이어트를 시작한 가장 큰 계기는 자기를 두고 씹어대던 삼두마차들의 뒷담화였지만 그것이 계기가 되기까지 겪어온 일들도 많았다. 그러나 도희는 그때까지 누구에게도 자신의 그런 상처를 토로한 적이 없었다. 그럴 수가 없었던 것이다. 결국 해소되지 않고 상처를 입을 때마다 조금씩 쌓여오던 도희 내면의 고통들은 커다란 그물처럼 도희를 옥죄고 위축되게 만들었다. 그런데 그 단단한 그물이 그날 준혁의 앞에서 터져 버린 것이다. 화장실에서 실컷 울고 엉망이 된 거울 속 자신을 발견했을 때, 이상하게도 도희는 스스로도 잘 몰랐던 자기 자신과 진정으로 대면한 느낌이었다.

하지만 이제 내일이 되면 지난 반년 동안 참 다사다난했던 준혁과의 인연이 영원히 끝나는 것이다.

일부러 그런 생각을 해댄 덕분에 준혁을 같은 공간 안에서 볼 수 있는 마지막 하루가 저물었을 때 도희는 오히려 홀가분한 기분마저 느꼈다. 이제 잊기만 하면 되는 것이다. 밤새 뒤척이게 만들고 집에 가다가 비슷한 뒷모습만 봐도 깜짝깜짝 놀라는 것은 차차 나아질 것이다. 예전에도 그랬던 것처럼. 사랑 하나가 또 저물어 과거가 되어가는 것은 이전에도 경험했다. 익숙해지지도, 좋아지지도 않는 경험이었지만 최소한 자신이 어떻게 되는가는 알고 있었기에 도희는 안도했다. 눈에서 멀어지면 마음에서도 멀어진다는 말처럼 당장은 죽을 것 같은 괴로움도 시간이 멀리 날라다 줄 것이다. 그러면 여름 동안 푸르렀던 나뭇잎이 오래지 않아 낙엽이 되듯이, 그렇게 잊혀지는 것이다.

이번엔 얼마나 갈까.

도희는 터벅터벅 걸었다. 속으로는 이제 떠나간 사랑을 깎아내려 못나게 만들면서. 어떻게 그걸 '마침내'라고 믿었을까. 어떻게 그를 그렇게 절실하게 생각했을까. 어떻게 그런 아무렇지 않은 일에 기뻐했을까. 나는 뭐가 그렇게 행복했을까. 뭐가 그렇게 지금도 하나하나 다 생각이 나는 걸까. 이 기억이 떠올랐을 때 쓸쓸해지지 않게 되려면 몇 개월이나 걸릴까. 개월이 아니라 몇 년이 되려나? 아니면 평생? 아니, 아니. 평생은 아닐 거야. 평생 갈 거라 믿었던 것들도 한참 지나고 나면 그냥 옛날 일이 되었잖아.

그런데 이번엔 진짜 평생 가면 어쩌지?

많이 짧아졌다지만 아직도 태양은 길었다. 한없이 늘어지는 그림자를 질질 끌며 도희는 사막을 걷는 낙타처럼 집으로 향하고 있었다.

뺨 때린 거 미안하다고 할 걸 그랬나. 화는 났었지만 아무리 그래도 얼굴을 때리다니…… 이런 생각들을 하느라 도희는 자신의 앞에 서 있는 또 다른 긴 그림자를 발견하지 못했다.

"너무하네. 벌써 눈에 보이지도 않을 만큼 잊었어?"

환상처럼 들려온 목소리에 고개를 든 도희는 주변을 한참 동안 둘러보고 나서야 자신의 집 앞에 서 있는 준혁을 발견할 수 있었다. 온통 주홍빛으로 물든 주변은 기묘하게 공간감을 상실하며 평면적으로 일그러져 있었다. 움직이는 것은 주체가 아니라 그 주체에 매달려 있는 길쭉한 그림자들 같다. 길게 늘어진 자신의 그림자에 끌려오는 것처럼, 준혁은 흐르듯이 움직여 도희에게 다가왔다.

"오랜만이야."

소탈하게 웃는 준혁의 모습은 일부러 찾아온 것이 아니라 길을 지나다가 우연히 마주친 것 같다. 뭐라고 해야 할지 알 수 없어 멀거니 서 있는 도희를 준혁은 복잡다단해서 오히려 단순해진 눈길로 바라보았다.

"어, 언제……."

"언제 왔느냐고? 얼마 안 됐어. 당신보다 먼저 도착하려고 좀 달려왔거든."

석양 속에서 도드라지는 얼굴이 그제야 현실로 다가왔다. 도희는 그가 그리웠으면서도 동시에 어려워져 자기도 모르게 한 발자국 물러섰다.

"당장 뭐 어떻게 하려고 온 거 아니야."

준혁은 그런 도희의 심사를 다 짐작하는 듯 평안하게 일렀다. 그 눈빛은 마치 나도 당신과 크게 다르지 않았다고 말하는 것 같았다.

"내가 당신에게 말하지 않았던 거…… 그거 말하고 싶어서 찾아왔어."

그러면서 준혁은 안주머니에서 뭔가를 꺼냈다. 도희도 전에 본 적이 있는 물건이었다. 준혁의 서재에서 발견했던 사원증, 준혁으로 하여금 도희가 그것을 보지 못하도록 호통 치게 만들었던 바로 그 사원증이었다.

"이걸 왜……?"

어리둥절해하는 도희에게 준혁은 잠자코 사원증을 내밀었다. 뒷면이 위로 오게 한 상태라 사진은 보이지 않았다. 잠시 망설이다가 사원증을 받아 든 도희는 그것을 무심코 앞면으로 뒤집었다가 흠칫 놀랐다.

그 사원증은 준혁의 것이 아니었기 때문이다.

아니, 그러나 증명사진 밑에 선명하게 박혀 있는 이름은 확실히 '박준혁'이라는 세 글자가 맞았다. 도희는 잠시 이해하지 못하고 준혁의 이름에 낯선 사진이 박혀 있는 그 사원증을 한참 동안 들여다보았다. 턱이 보이지 않을 정도로 투실투실하게 오른 목살, 웃으면 눈을 그대로 파묻어 버릴 만큼 푸짐한 볼 때문에 콧대는 안경을 쓰고 있는 것이 용할 정도로 낮아 보였다. 큰 얼굴을 가두려는 것처럼 꽉 끼어 있는 안경에 지금보다 짧아서 오히려 얼굴을 커 보이게 하는 머리 모양까지.

지금보다 짧은……?

도희는 번개같이 고개를 들어 눈앞의 준혁과 오래된 사원증의 증명사진을 번갈아가며 쳐다보았다. 분명히 준혁이었다. 지금보다 얼굴이 두 배는 커 보일 정도로 뚱뚱하긴 했지만 이 사원증 속의 남자는 분명히 지금 눈앞에 있는, 도희가 알고 있는 박준혁이 맞았다.

"……당신이 했던 말, 곰곰이 생각해 봤어. 처음부터 끝까지 진심은 아니었지 않느냐고, 숨기는 게 있었다던 당신의 말…… 맞더라고. 난 당신한테 정말 숨기는 게 있었어."

준혁은 쓸쓸하지만 진솔하게 웃었다.

"감추고 싶었거든. 이렇게 되고 나서야 깨달은 거지. 진심은 드러내야 보인다는 걸. 웃기게 들리겠지만, 그게 진짜 나야."

준혁은 사원증을 눈짓으로 가리켜 보였다.

"좀 다르지?"

약간 쑥스러워하는 준혁의 모습에 도희는 다시금 준혁과 사진을 번갈아 바라보았다. 이 사진과 지금 눈앞에 있는 이 사람이 동일 인물이라고? 동명이인이 아니라?

"예전에…… 내가 했던 얘기 기억해? 우리 회사에 입사 시험 치른 적 있었다는 내 뚱뚱한 친구 얘기."

"……."

"그거 친구 얘기 아니야. 내 얘기였어."

도희의 입이 약간 벌어졌다. 준혁은 괜히 발끝을 바라보며 일렀다.

"그건 입사하고 처음으로 발급받은 사원증이야. 지금 달고 다니는 건 재발급한 거고. 얼굴이 너무 달라져서 어쩔 수가 없었어."

그리고 준혁은 사원증과 함께 가지고 온 다른 물건을 꺼냈다. 고등학교 시절이 담긴 졸업앨범이었다. 길거리에 서서 다소 우스꽝스런 모습이었지만, 준혁은 개의치 않고 미리 접어두었던 페이지를 펼쳤다. 조금 앳되어 보일 뿐 사원증과 거의 다름없는 뚱뚱한 남학생의 사진이 준혁의 이름에 걸려 있었다.

"이때가 절정이었어. 핑계 같지만, 고3이다 보니 그렇게 되더라고."

준혁은 쓰게 웃었다.

"내가 당신을 언제부터 사랑했었느냐고 물었었지?"

그렇게 말한 준혁은 좀 더 자세히 회상하기 위해 잠시 숨을 골랐다.

"입사 시험을 치르는 날이었어. 서류 전형은 무사 통과였지만, 면접장으로 가면서 사실 난 별로 기대하지 않았어. 그런 경험이 수두룩했거든. 서류는 좋은데 면접은 항상 꽝…… 그래서 그냥 외출하는 기분으로 갔던 거야. 순서를 기다리면서도 혼자 앉아 있었지. 뒤에서 날 보고 뭐라고 수군거리는 소리가 들리더군. 하지만 별로 기분 나쁘진 않았어. 드물지 않은 일이었으니까. 익숙해졌다고 해야 할까……. 예상대로 면접장에 들어가서도 몇 가지 물어보고는 더 이상 관심없어하더라고. 거의 떨어진 거나 마찬가지였지."

어떤 먼 과거를 추억하는 듯, 침잠한 준혁의 눈빛이 아련해졌다.

"나한테 회사 마당에 복숭아나무가 심어져 있다고 가르쳐 준 여직원이 없었다면 아마 난 떨어졌을 거야."

도희의 숨이 잠깐 멎었다. 준혁은 여린 미소를 지우지 않으며 도희에게 그녀가 기억하지 못하는 예전의 그녀가 베풀었던 작은 배려가 어떻게 자신을 구원했는지 털어놓기 시작했다.

"와인색 넥타이를 맨 면접관이 갑자기 물었지. 회사 마당에 심어져 있는 나무가 뭔지 아느냐고. 아무도 대답하지 못했어. 나만 빼고. 그게 플러스가 되어서 난 꽤 스릴 넘치게 합격했지. 체념하고 있던 면접생에게 당신이 해준 조언이 아니었으면 난 지금 여기 없었을 거야. 그래서 기억에 남았지. 언젠가 반드시 다시 만나서 고맙다는 인사를 하고 싶었어. 당신 덕분에 내가 여기서 일할 수 있게 됐다고, 정말 고맙다고. 하루하루, 그날을 그리면서 내 딴에는 열심히 일했지. 그런데 입사를 했어도 내 뒤에서 수군거리는 말들은 여전하더라고. 난 그때도 여전히 엄청나게 뚱뚱했으니까."

도희는 상상력을 발휘하여 앨범 속의 사진에 지금의 준혁의 모습을 겹쳐 보았다. 얼핏 봐야 닮은 구석이 보일 정도로 다른 얼굴이었지만, 한참을 바라보고 있자니 이해가 되었다. 눈을 작아 보이게 하는 안경을 벗고 살에 묻혀 있던 둥근 턱 선과 콧대, 눈두덩이 점차 홀쭉해지고 제 모습을 찾아간다면……

"어떻게?"

거의 무의식중에 던진 도희의 물음에 준혁은 나직하게 이었다.

"살을 뺐어. 솔직히 그때까진 팔자다 생각하고 있었는데…… 어느 순간 굉장히 불합리하다는 생각이 드는 거야. 다른 거였다면 이해할 수 있을 것이다, 그런데 혼자서는 아무런 의사표현도 할 수 없는 이 살덩어리가 내 인생을 이렇게 좌지우지한다는 건 너무 불공평하고 이해가 가지 않는 일이라는 생각이 들더라고. 그래서 싹 털어버렸지. 나보다 주변에서 더 놀라던데."

씁쓸하게 웃는 준혁의 심정을 도희는 백번천번 이해할 수 있었다. 자신이 그대로 겪어본 일이었으니까.

"그리고 당신 앞에 나타난 거야. 몇 년이나 흘렀는데도 당신은 내 기억 속의 그 모습 그대로더군. 세월이 가도 일그러지지 않은 추억을 마주한 기분이었어. 솔직히 당신이 나를 기억하고 있을 거라고는 생각하지 않았어. 그건 아주 사소한 일이었으니까. 게다가 내 모습도 변했고…… 예상대로 당신은 날 못 알아봤지. 상관없었어. 내가 다가가면 되는 거였으니까. 그런데 하필이면 그때 당신한테도 문제가 생겼지."

준혁의 눈가에 잠시 아련함이 흘렀다.

"그때 당신이 얼마나 처절해 보였는지 당신은 모를걸. 내가 왜 그런 선수 같은 흉내를 내며 당신한테 접근했는지 알아? 내가 아무리 옆에서 기를 써도 당신은 날 제대로 보지조차 않더라고."

도희는 헛바람을 삼켰다. 맹세코 몰랐던 일이었다. 준혁이 자신에게 다가오려고 그렇게 노력하고 있었단 말인가? 하지만 도희는 아무리 되새겨 봐도 사고(?)가 있기´전까지 준혁이 특별하게 기억에 남았던 적이 없었다. 그때까지 준혁은 도희에게 그저 직장 상사, 과장님, 기껏해야 호남형에 키가 큰 남자라는 정도였다. 혹여라도 연인으로 발전할 가능성이 있는 남자는 추호도 아니었다. 준혁은 작게 웃음을 터뜨리며 고개를 끄덕였다.

"알아, 알아. 당신은 그때 누구를 돌아볼 여유 따윈 없었고…… 달라지고 나서는 달라진 그 자체에 혼란스러워하고 있었지. 난 알 수 있었어. 나도 한때 겪었던 일이니까. 못났든 잘

났든 나는 난데 주변에선 마치 내가 딴사람이라도 된 듯이 대하고, 뭐 이렇게 가볍나 싶어서 짜증나고 같잖고, 이건 아닌데 싶기도 하고 그렇잖아. 바로 그걸 알았기 때문에 난 당신에게 다가갈 수 있는 방법을 몰랐어. 알 수가 없었다고. 도희 씨, 만약 내가 사실대로 말했다면 내 말 믿었을 거야? 뚱뚱하고 안경 낀 신입 사원이 아니라, 본사 발령받아 당신 말대로 잘나가는 박 과장이 진심으로 사랑한다고 말했으면 그때 믿어줬겠어?"

도희는 빈말로라도 고개를 끄덕일 수는 없었다. 기필코 믿지 않았을 테니까. 준혁은 어깨를 으쓱했다. '거 보라니까' 라고 중얼거리는 듯한 모습이었다.

"그 동창 놈 얘기도 해야겠지. 14살 때부터 내 별명은 '백돼지' 였어. 사진 봤으니 알겠지만, 어울리지? 왜 그 동창 놈한테 소개시켜 주지 않았느냐고 했었지? 그 녀석은 나를 볼 때마다 그 별명을 불러댔거든. 고3 어느 점심시간이었어. 식판을 들고 자리에 앉았는데 그 녀석이 다가와 또 깐죽대기 시작하더군. '백돼지가 여물 먹는다' 면서. 그때 머릿속에서 뭐가 끊어지는 소리가 나면서 들고 있던 식판으로 갈겨 버렸지. 그래서 그 자식 눈썹이 절반밖에 없는 거야. 그런데 내가 그런 녀석에게 왜 당신을 소개해야 해? 당신에게 오물이 묻는 기분이라고."

말하면서도 화가 나는지 준혁의 억양이 거칠게 일어섰다가 처연하게 가라앉았다.

"보여주고 싶지 않았어."

준혁의 팔이 고요하게 다가왔다. 부드럽게 움직이는 손은 흠칫 놀라는 도희의 뺨을 부드럽게 감싸 쥐었다.

"당신에게 왜 벗어나지 못하느냐고 말한 건 나지만…… 사실은 나도 마찬가지야. 당신 말을 듣고서야 깨달았지. 난…… 다 극복했다고 여기고 있었지만 사실은 그렇지 않았나 봐. 보여주기 싫었어. 나의 예전 모습들, 감추고 싶었지. 당신이 그저…… 나의 좋은 모습만 봐주길 원했어. 밖에 나가기 싫어했던 건 그런 이유도 있었어. 혹시라도 내 예전 모습을 아는 사람을 만날까 무서웠거든. 하지만! 하지만 당신을 위한 이유가 더 컸어. 동창이 아니라 조 주임이나 마리 씨를 마주치지 않는다는 보장이 없었으니까."

"그럼 처음에 우리가 알게 되던 날…… 왜 그날 말하지 않았어요?"

"일단 가까워졌으니 상관없다고 생각했어. 지금 돌이켜 보면 후회될 짓이었지만…… 내가 당신 안에 있는 상처를 감싸 안을 수 있을 거라고 생각했지. 나한테도 있는 것들이었으니까. 하지만 당신 말이 맞았어. 처음부터 당신에게 다 알렸어야 했던 거지. 그런데 나는 창피하게도 떳떳하다고 여기면서도 사실은 감추고 싶어했고. 그게 당신을 흔들고 있다는 것도 모른 채."

천천히 움직인 준혁의 손은 이내 팔을 뻗어 도희를 끌어안았다.

"사랑해. 이 말은 쑥스러웠지. 어린애처럼, 말없이도 당신이 알아주길 바랐어."

그 말에는 부드러운 웃음기마저 섞여 있는 것 같았다. 꿈결처럼 가까워진 준혁의 체취가 속으로 밀려드는 것을 느끼며 도희는 생경하게 느껴지는 그의 어깨를 잡았다. 환상이라 여겼던 것이 현실임을 일깨워 주는 감촉에 소름이 돋았다.

"나는…… 하지만 나는……."

"알아, 이해해. 사랑해."

준혁은 어느새 눈물 콧물에 범벅이 된 도희를 바라보며 진정으로 미소를 지었다. 이런 기분으로 미소 지을 수 있다는 것을 깨달은 것은 처음이었다. 준혁은 느리면서도 끊어지지 않는 동작으로 손수건을 꺼냈다.

"어떻게…… 왜 이제야…… 난……!"

대성통곡으로 이어질 뻔한 도희의 흐느낌은 얼굴에 닿은 준혁의 손수건에 의해 멈춰졌다.

"당신 앞에서는 바보가 됐으니까."

뺨과 뺨이 맞닿았다. 마치 처음인 것 같은 느낌이었다. 준혁은 세포 하나까지 진동하는 도희의 떨림을 그대로 받아들이며 속삭였다.

"지금 당장 날 어떻게 해달라고 찾아온 거 아니야. 단지…… 내가 비겁하게 밝히지 않았던 일을 알려주고 싶었어."

준혁의 따스한 손가락이 도희의 볼을 적시고 있는 눈물을 조심스럽게 닦았다.

"난 내가 나 스스로에게 떳떳하다고 생각하고 있었지만 당신을 만나고 나서야 그게 아니란 것을 깨달았지. 그래서 다시 바로잡고 당당해지고 싶었어. 그건 내가 마음먹지 않으면 못하는 일이니까…… 내 바람은…… 당신도 그랬으면 좋겠다는 거야."

부드럽게 속삭이고 나서 준혁은 느릿하게 도희에게서 한 발 멀어졌다.

"그렇게 된다면 우리 사이에 희망이 다시 생겨날 것 같아. ……기다리고 있을게."

준혁은 석양을 향해 돌아섰다. 그의 긴 그림자가 더욱 길게 자취를 남기며 멀어져 갔다. 마치 멀어지는 도희와의 거리를 좁히려고 애쓰는 것처럼, 멀어지는 준혁의 그림자는 그 자리에 못 박힌 듯 서 있는 도희를 향해 자꾸자꾸 길어지고 있었다.

준혁이 본사로 돌아간 지도 벌써 보름이 넘어가고 있었다. 든 자리는 몰라도 난 자리는 안다더니, 처음 며칠 동안은 준혁의 부재로 인해 총무부가 다 썰렁해진 것 같았지만 이제 회사는 언제 그랬냐는 듯이 무심하게 돌아가고 있었다. 하늘은 투명한 돔처럼 높아지고 도로가의 가로수들은 녹음 대신 단풍을 준비하기 시작할 즈음이었다.

보름 남짓한 시간이 흐르는 동안 준혁에게서는 아무런 연락도 없었다. 그렇게 절절하게 자기 안의 모든 것을 다 보여준 남자의 행동이라기엔 냉정한 감이 없지 않았지만, 도희는 그

것이 준혁이 혹시라도 자신에게 부담을 줄까 봐 조심스러워하고 있기 때문이라고 생각했다. 그리고 도희의 생각은 실제로 준혁의 마음과 들어맞는 것이었다.

"이제 가을이네. 올해도 얼마 안 남았구나."

마리의 혼잣말에 도희는 문득 창밖으로 시선을 던지며 미소 지었다. 새파란 가을 하늘은 눈이 시릴 정도로 깨끗했다.

"마리 씨, 부장님이랑 우리 커피 좀."

그 깨끗한 감상에 서슴없이 흙탕물을 튀기는 조 주임의 일갈에 마리의 미간이 격하게 구겨졌다.

"지금 일 있는데요."

"에이, 그러지 말고 한 잔 타줘. 마리 씨 커피 잘 타잖아, 전문 가처럼. 바리스타야, 바리스타."

조 주임은 지난번 같이 영화 보러 가자던 청을 도희가 거절하고 얼마 전에는 마리에게 청했다가 역시 거절당한 후에 더 얄미워진 것 같았다. 마리가 결코 입 밖으로 꺼내놓을 수 없는 거친 단어들을 중얼거리며 자리에서 일어서려는데, 갑자기 부아가 치민 도희가 그 팔을 잡았다.

"내가 할게."

"네가? 왜?"

"맡겨봐."

도희는 급할 것 없다는 투로 선선히 자리에서 일어나 탕비실로 향했다. 탕비실로 들어서자마자 방금 전까지와는 딴판으로

미친 듯이 찬장을 뒤진 도희는 곧 찬장 깊숙한 곳에 꿍쳐 두었
던 다방 명함을 찾아냈다.

다방 장미.

강렬한 색깔로 상호가 인쇄되어 있는 다방 광고 명함의 바탕
에는 성인 사이트에나 등장할 법한 야한 차림의 여자가 뭔가를
몹시 갈구하는 표정으로 찍은 사진과 다방 전화번호가 적혀 있
었다. 도희는 잠시 명함을 노려보며 마음을 다잡고는 휴대전화
를 꾹꾹 누르기 시작했다.

"여기 대성산업 총무부인데요, 커피 넉 잔이요."

순식간에 주문을 마친 도희는 회심의 미소를 지었다. 10분
후, 1층 로비의 경비 아저씨에서부터 엘리베이터에서 총무부에
이르는 복도에 있는 모든 사람들과 도희를 제외한 총무부 직원
전체는 당당하게 들어서는 낯선 사람의 모습에 아연실색하고
말았다.

고데기로 잘 말았지만 염색한 지 오래되어 부스스한 머리, 가
공할 높이의 하이힐, 화려하지만 어딘가 비어 보이는 옷차림,
요란한 화장.

"커피 시키신 분 어딨어요?"

다방 여종업원의 등장에 미리 기다리고 있던 도희는 환하게
웃으며 김 부장과 조 주임 이하 남자 직원들의 자리를 친절하게

안내해 주었다.

"어머, 오빠들 사무실 너무 깨끗하다. 앞으로 자주 좀 시켜줘요. 호호호."

총무부의 모든 사람이 턱이 빠질 정도로 경악한 가운데 도희의 안내를 받아 다방 종업원은 김 부장과 조 주임과 삼두마차들에게 일일이 눈웃음을 치고 친절하게 커피를 따라주고는 다방 홍보까지 잊지 않으며 사무실을 빠져나갔다. 화려한 등장에 다른 부서 사람들까지 몰려와 구경하며 응성대는 통에 귀까지 시뻘게진 조 주임을 향해 도희는 사뿐사뿐 다가가서 〈다방 장미〉의 광고 명함을 내밀었다.

"앞으로 커피는 여기로 주문하세요. 여긴 정말 전문가 커피만 팔거든요."

마리가 입이 찢어져라 웃는 사이 의연하게 자리로 돌아온 도희는 아무 일도 없다는 듯이 일을 시작했다. 생애 가장 통쾌한 순간이었다.

"내가 마음먹지 않으면 못하는 일이니까."

퇴근 시간, 로비를 지나 건물을 나서며 도희는 오늘 하루 종일 머릿속을 맴돌던 준혁의 말을 속으로 읊으며 하늘을 향해 고개를 들었다. 해가 짧아진 하늘에는 벌써 어스름이 깔려 있었지만 상쾌하게 차가워진 바람은 몸은 물론 마음속의 때까지 씻어

버리는 것 같았다.

하루 종일 붉으락푸르락하던 커피 마니아들의 표정이 얼마나 고소하던지. 앞으로 커피의 'ㅋ'자도 꺼내지 못할 만큼 호되게 당했으니 이제 속썩을 일은 없었다 진작 이렇게 할 것을, 뭐가 마음에 걸려서 그동안은 끙끙대면서 스트레스를 그대로 다 받으며 견뎠을까.

통쾌함에 입을 귀에 걸던 도희는 준혁의 생각에 차분하게 가라앉았다. 잘 지내고 있을까. 그는 정말 기다리고 있을까.

생각해 보면 그와 나는 서로를 만나 참 많이 변한 것 같다. 언제나 당당했지만 자기의 과거와 다시 마주치기를 싫어했던 준혁은 자신 때문에 부정하고 싶었던 자신의 과거를 받아들일 수 있게 되었고, 도희 역시 떨치지 못했던 자기 안의 응어리를 녹여 버릴 수 있게 되었으니까. 아마 마음속의 상처를 그대로 갖고 있었다면 오늘같이 대범한 일은 벌이지 못했을 것이다. 스스로가 깨달았기 때문이기도 하지만, 준혁이 없었다면 아마 자신은 스스로 깨닫게 되기까지 훨씬 오래 걸렸을 것이었다.

어느새 까만 어둠이 내린 밤하늘에는 별이 총총히 떠오르기 시작했다. 그 검은 하늘을 마치 한낮의 파아란 것처럼 올려다보고 있던 도희는 문득 홀가분해지는 것을 느꼈다. 그것도 여태까지 억지로 지고 있던 모든 것을 한순간에 내던져 버린 것 같은 가벼움이었다. 도희의 입술이 호선을 그리면서 작은 웃음소리가 새어 나왔다. 그동안 놓지 못하고 꽁꽁 안고 있던 것, 놓아버리면 이런 기분이었구나. 시원섭섭하면서도 소리를 지르고 싶을 만큼 통쾌하고, 신나고, 전부 다 만끽하고 싶을 만큼 재미있었다.

"하……."

도희는 허리에 손을 얹어두고 웃기 시작했다. 처음엔 작게 시작되었던 그 웃음은 나중에는 듣는 사람이 가슴이 뻥 뚫릴 정도의 폭소로 변했다. 길을 오가는 수많은 사람들이 혼자서 웃고 있는 도희를 이상하게 쳐다보며 지나쳤지만, 도희는 아랑곳하지 않고 허리를 붙잡고 웃음을 터뜨렸다.

오랜만에 집에서 영화를 감상하고 있던 준혁은 화면을 잠시 정지시켜 놓고 일어서서 컵에 음료수를 따랐다. 볼일을 끝내고 다시 텔레비전 앞에 자리를 잡으려다가 무심코 눈에 들어온 달력을 발견한 준혁은 약간 의기소침해졌다. 오늘로 벌써 한 달이 다 되어가고 있었지만, 아직 도희에게서는 이렇다 할 반응이 없었다.

잘 지내고 있으려나. 부디 그래야 할 텐데.

자신이 먼저 연락을 할 수도 있었지만, 준혁은 그런 사소한 것까지 도희에게 쓸데없는 마음의 짐이 될까 봐 그러지 않았다. 어떻게 되었건, 무엇을 느꼈건 결정은 도희의 몫이었기 때문이다. 자신이 원하는 대로 밀어붙인다고 해서 해피엔딩이 될 수는 없는 성격의 일이었다.

도희 생각에 그녀와 함께 보았던 나인 하프 위크까지 떠올라

버린 준혁은 피식 웃었다. 옛날에는 그저 파격이었던 영화가 도희와 함께하고 난 다음부터는 추억이라 불러야 옳음 직한 것이 되어 있었다. 이미 몇 번이나 본 영화였지만, 어쩌면 다음에도 또 보게 될지도 모르겠다는 생각이 들었다.

도희와의 일이 있고 나서 준혁 역시 어느 부분은 달라졌다. 도희처럼 단박에 눈에 띄는 변화는 아니었지만 준혁에게는 의미있는 일이었다. 그동안 쓰레기통에 넣지만 않았을 뿐 거의 버려두다시피 했던 옛날 사진들이 이젠 눈에 보여도 아무렇지 않게 된 것이다. 그 증거로 서재에서 처음 발견했을 때 민감하게 반응했던 옛날 사진으로 만든 사원증은 이 집에 들어오는 사람이라면 누구든, 언제든지 발견할 수 있도록 거실 탁자의 다용도함에 들어 있게 되었다. 한때 싹 태워 버릴 작정까지 했던 졸업 앨범들도 서재에 책장 한자리를 당당하게 차지하고 꽂혀 있게 되었다. 할 수만 있다면 싹 도려내어 지워 버리고 싶었던 과거에 담담해진 것이다.

액션 영화였지만 무미건조하기 이를 데 없었던 영화가 끝난 후, 내친김에 반납까지 해버리려고 플레이어에서 DVD를 챙기며 자리에서 일어섰다. 옷을 갈아입을까 하다가 어차피 동네에 나가는데 무슨 상관이랴 싶어 그대로 현관문을 열었던 준혁은, 막 노크를 하기 위해 손을 치켜들고 서 있는 도희를 발견하고는 그 자리에 굳어버렸다.

"도희?"

역시 절묘한 타이밍에 문을 열어젖히며 밖으로 나온 준혁의 모습에 도희 역시 놀란 얼굴이었다. 치켜들었던 팔을 어색하게 내리며 도희는 미소 짓기 위해 애썼다.

"한 달 만…… 이죠?"

"으응, 그러네. 한 달 만이야."

현관문이 닫히는 소리에 퍼뜩 제정신을 차린 준혁은 자신이 그제야 헐렁한 티셔츠에 파자마 바지 차림이라는 것을 깨달았다. 이 중요한 순간에 이 무슨 성의없는 차림새란 말인가. 그러나 도희는 옷가지 따위보다 지금 눈앞에 있는 준혁이 몇만 배는 더 중요해 보이는 얼굴이었다.

"언제부터 여기 있었어?"

"조금 전부터요."

하지만 준혁은 도희의 전신에 가득한 가을 공기 냄새에 속으로 부드럽게 웃었다. 허공에서 시선이 얽힌 채 한동안 아무 말도 없던 두 사람은 어느 순간 동시에 허심탄회하게 웃어버렸다.

"많이 좋아졌네. 편해 보인다."

준혁의 말에 도희는 환한 웃음으로 화답했다.

"생각해 봤어요."

아무렇지 않은 척, 준혁의 심장이 긴장하기 시작했다.

"나도, 준혁 씨도…… 우린 본 모습보다 사실 못 본 모습이 더 많은 것 같아요."

준혁은 말없이 고개를 끄덕였다. 서로를 만남으로써 자신과 도희는 어떤 전환점을 맞이했다. 도희도 자신도, 전과는 달라졌을 것이다.

"그래서 찾아왔어요. 한 번 말해보려고."

준혁은 눈을 들어 도희의 눈을 마주 보았다. 수줍고 연연하게 떨리는 눈동자. 자신의 심장도 꼭 저만큼 떨리고 있었다.

"나…… 아직 기다리고 있나 알고 싶어서……."

도희는 겨우겨우 쥐어짰지만, 준혁이 알아듣기에는 부족함이 없었다. 준혁은 자신의 표정을 통제하지 못하며 도희를 향해 손을 뻗었다. 피하지 않고 손에 잡히는 체온은 가을 공기에 물들어 서늘하면서도 명쾌했다. 그대로 끌어당겨 품에 안으며 준혁은 눈을 감았다. 들고 있던 DVD가 바닥으로 떨어지는 느낌이 들었지만 상관없었다.

"당연하지. 겨우 한 달에 내가 포기할까 봐?"

커다랗게 뜨여졌던 도희의 눈망울이 어스름한 속에서도 찬란하게 반짝이기 시작했다. 준혁은 더욱 작게 느껴지는 도희의 어깨를 있는 힘껏 끌어안았다. 도희가 자신을 그렇게 품에 안았기 때문이다.

"……다시 시작하자."

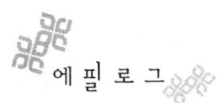
에 필 로 그

"조금만 천천히 하면 안 돼요?"

준혁은 땀방울이 송골송골한 도희의 이마를 바라보았다. 잔뜩 달아오른 숨결과 빨갛게 상기된 볼은 도희가 지금 어떤 상태인지를 대변해 주고 있었다.

"안 돼. 한창 기세가 올랐다고."

준혁은 사악하게 거절함으로써 도희를 좌절에 빠뜨렸다. 하지만 그런 준혁의 숨소리 또한 그리 얌전한 상태는 아니었다.

"준혁 씨도 힘들잖아요?"

"내가? 무슨 소릴, 난 아직 멀었어!"

도희는 거의 쓰러질 것처럼 비틀거리다가 결국 낚아채듯이 러닝머신의 전원 버튼을 눌러 버렸다.

"벌써 끝내면 어떻게 해? 아직 20분이나 남았잖아."

"난 죽을 거 같다고요."

소소하게 터지는 준혁의 웃음소리를 뒤로하고 도희는 헬스장 안에 마련된 좌석에 털썩 주저앉았다. 즐거워하던 준혁은 자기도 곧 러닝머신을 꺼버리고는 도희의 곁으로 다가왔다. 이마며 목이며 가슴이며 할 것 없이 두 사람 모두 땀으로 흠뻑 젖은 상태였다.

"새로 옮긴 부서는 어때?"

"좋죠 뭐. 훨씬 나아요."

"거긴 커피 심부름시키는 사람 없나?"

도희는 물통 빨대를 입에 무는 준혁의 옆구리를 아프지 않게 때렸다. 이듬해 초, 도희는 총무부에서 해외 사업부로 부서를 옮겼다. 그동안 도희를 들었다 놓았다 하던 소개팅남의 진짜 정체가 준혁이었다는 사실을 알게 된 마리는 입에 거품을 물었지만, 도희가 김 부장과 삼두마차에게 먹인 한 방을 두고두고 곱씹으며 즐거워할 수 있었기 때문에 겸허히 용서해 주기로 했다.

새로 시작하고 얼마 되지 않아 도희의 활약(?)을 전해 들은 준혁은 허리를 꼬며 웃었다.

"그 장면을 내가 봤어야 되는 건데."

새삼 아쉬웠는지 준혁이 턱을 긁적이며 중얼거렸다. 박 과장,

이제는 박 차장이 된 준혁 역시 본사에서의 업무는 순조로워 보였다. 아낌없이 햇살이 뿌려지고 있는 창밖을 바라보고 있던 준혁이 나지막하게 덧붙였다.

"벌써 일 년이네······."

"일 년? 뭐가요?"

"둔탱이, 우리 만난 지 말이야. 보통 이런 건 여자가 더 잘 기억하지 않나?"

"벌써? 그러네?"

다시금 도희를 향하는 준혁의 시선에는 따스함이 어려 있었다. 그 말대로, 벌써 일 년이 된 것이다. 도희에게 저돌적으로 다가갔던 것이 여름이었는데, 어느새 돌아온 계절은 다시 여름이 되어 있었다. 그때가 엊그제 같다고 표현하는 시간의 빠르기는 적어도 준혁에게만은 진실이었다. 그때나 지금이나, 이렇게 못 박힌 듯이 달라지지 않을 줄은 본인 스스로도 알지 못했던 일이었기 때문이다.

"아침부터 만나서 운동했는데, 이제 뭐 할 거예요?"

도희의 물음에 준혁은 이마를 훔치며 대답했다.

"일단 사우나 갔다가 한 시간 후에 입구에서 만납시다."

"좋아요."

한 시간 후, 금방 삶아내어 껍질 벗긴 달걀처럼 뽀얀 모습으로 건물 입구에서 재회한 두 사람은 보기 좋게 팔짱을 꼈다. 준혁의 성화에 힘입어 아침부터 끌려나왔기 때문인지 실컷 운동을 하고서도 아직 시간은 정오 무렵밖에 되지 않았다.

"이렇게 같이 운동하는 것도 좋은데. 왜 진작 생각을 못했지?"

도희가 눈썹 위로 손을 들어 햇살을 가리는 사이 준혁은 손을 뻗어 도희의 볼을 살짝 쓰다듬었다.

"운동하면 피부도 좋아진다니까."

"어디 갈까요?"

피하는 척 고개를 돌리는 도희에게서 눈을 떼지 않던 준혁은 잠시 생각에 잠겼다가 경쾌하게 일렀다.

"밥 먹으러 가자. 배도 고픈데. 그리고 오후엔 영화 보고, 저녁에는 남산에라도 갈까?"

"와, 되게 계획적인데? 좋아요!"

모처럼 하루를 몽땅 쏟아붓는 데이트에 들떴는지 도희의 목소리는 평소보다 높았다. 오른팔에 느껴지는 온기에 준혁은 속으로 조용히 미소 지었다. 햇살 아래 반짝이는 머릿결과 호리호리한 몸매가 오늘따라 더욱 연연하게 느껴졌다.

"두 분이시고요, 커플석으로 드릴까요?"

"네."

매표소 직원의 확인에 당당하게 대답하며 준혁은 영화표를 받아 들었다. 표에 적힌 영화 제목을 확인한 도희의 눈이 커졌다.

"공포 영화?"

"여름인데 하나 봐줘야지. 무서운 거 싫어?"

"아니, 그렇진 않은데. 이거 되게 무섭다던데요?"

"그까짓 것 뭐."

상영 시간까지는 아직 시간이 남아 있었지만 어디를 가기에는 애매한 정도였다. 결국 매표소 앞에 마련된 공간에서 시간을 때우기로 한 두 사람은 기하학적으로 디자인된 자리에 나란히 앉았다. 매표소 외에도 매점이나 여러 가지 부대시설이 가득한 극장은 한산함과는 거리가 멀었다.

"극장 오랜만이에요."

"정말? 왜?"

"바빠서. 휴일에는 외출하고 싶기도 한데 언제나 자고 나면 하루가 땡이고."

"휴일이란 게 그렇지. 귀신보다 더 무서운 건 월요일이야."

그렇게 끊임없이 서로 말을 주고받는 두 사람의 모습은 퍽 살가워 보였다. 주변의 적지 않은 커플들 사이에서도 도희와 준혁은 사람들로 하여금 보기 좋은 한 쌍이라는 생각을 하게 만들었다.

"팝콘 사야지."

"내가 갈게요."

매점으로 다가간 도희는 영화를 보며 먹을 팝콘과 더불어 콜라 대신 생수를 샀다. 한가하게 팝콘을 집어먹으며 소소한 수다를 떨던 두 사람은 얼추 다 된 상영 시간에 자리를 털고 일어서서 상영관으로 들어섰다. 잠시 후 조명이 꺼지고, 음산한 효과음이 시작되었다.

"으악, 팝콘 여기까지 들어갔어!"

그러나 영화가 끝나고 불이 켜졌을 때, 옷과 가방으로 쏟아진 팝콘을 털어내는 도희의 뒤로 얼굴이 시뻘게진 준혁이 따라 나왔다. 줄지어 출입구를 나서던 사람들은 옥신각신하는 두 사람을 스쳐 가며 낮게 킥킥거렸다.

"그까짓 것이라더니 팝콘을 그렇게 뿌리나?"

두 사람을 스쳐 가는 웃음소리가 조금 더 잦아졌다. 이유인즉, 별것 아니라고 큰소리를 뻥뻥 치던 준혁은 영화가 절정에 올랐을 때 갑자기 괴물이 튀어나오는 장면에서 들고 있던 팝콘을 허공에 폭죽처럼 뿌렸던 것이다. 참 솔직하게 놀라는 준혁의 모습은 진지하던 영화관 안에 난데없는 웃음을 선사했고 바로 옆에 앉아 있는 도희에게는 팝콘 세례를 내려주었다.

"……많이 들어갔어?"

"이제 다 나왔어요."

그러면서 도희는 뒤늦게 푸하하하 웃음을 터뜨렸다. 준혁은 이제 거의 목까지 빨개지며 도희의 수습을 거들었다. 아, 다른 날은 몰라도 오늘만은 정말 멋진 모습만 보여주고 싶었는데.

"빨리 나가자, 빨리."

허둥지둥하는 준혁을 내내 놀리던 도희는 그가 거의 울상이 될 때에야 놀리는 것을 그만두었다. 극장을 나서서 한가롭게 시내를 거닐며 번잡함 속의 여유를 즐기던 두 사람은 약속이나 한 듯이 남산으로 향하기 시작했다. 케이블카는 도희와 준혁 모두에게 추억이었을 정도로 오랜만이었다. 출발하며 두둥실 떠오르는 느낌은 언제나 흥분되었다. 발밑으로 사라지는 푸른 융단 같은 남산의 수목들을 내려다보며 도희는 작게 환호를 질렀다. 준혁은 아래를 내려다보며 오늘을 위해 진작부터 예약해 두었던 레스토랑의 위치를 다시 한 번 확인해 두었다.

"나 남산 엘리베이터 타는 건 처음이에요."

"진짜로?!"

도희의 작은 고백에 경악하던 준혁은 곧 그 뽀얀 볼에 잽싸게 입을 맞추었다. 주변 사람들은 아랑곳하지 않는 애정표현에 도희는 기겁을 했지만 준혁에겐 즐거움을 더하는 모습일 뿐이었다.

까마득한 서울타워 전망대에 도착한 도희는 신바람난 고양이처럼 여기저기를 뛰어다녔고 내심 감회가 새로운 것은 준혁도 마찬가지였다. 사실 서울타워라는 장소가 혼자서 오기 편한 곳은 아니었고, 그런 점에서 따져 봤을 때 준혁 역시 흔한 데이트 코스로 자주 소개되는 이곳이 낯설기는 마찬가지였다.

"젤라또 판다. 나 저거 볼 때마다 신기하다고 생각했는데."

준혁이 전망대 한구석에 있는 젤라또 판매대를 발견하고는 반색하며 중얼거렸다. 기다란 금속 막대기에 꽂혀서 사람이 움직이는 대로 이리저리 쏠려 다니는 젤라또는 아이스크림이라기보다는 거대한 머쉬멜로우나 하얀 반죽 같았다.

"그럼 내가 쏘죠."

"오케이!"

잠시 후 도희는 좋아라 하는 준혁을 향해 양손에 젤라또 하나씩을 들고 돌아왔다. 천장까지 통으로 뚫린 유리창 곁에 앉은 두 사람은 아득한 높이에서 내려다보이는 서울 경치를 감상하며 사이좋게 젤라또를 음미했다.

"저녁에는 어디 갈 거예요?"

"다 정해놨지."

약간 어둠침침한 조명은 테이블에 밝혀진 촛불을 더 운치있어 보이게 만들었다. 눈치 채지 못하는 사이 준혁이 미리 점찍어두었던 레스토랑으로 들어선 도희는 로맨틱함의 성지 같은 분위기에 눈을 휘둥그렇게 떴다.

"이런 데는 어떻게 알아냈어요?"

"모처럼 데이트인데 이 정도는 당연히 해줘야지."

메뉴판을 펼쳐서 우아한 필체로 설명이 붙어 있는 많은 메뉴들 중에 마음에 드는 것을 주문하고 나서 잠시 시간이 빈 사이 준혁은 자리에서 일어서서 화장실로 향했다. 다급하게 세면대의 수도꼭지를 돌려 냉수에 손을 적시는 준혁의 모습은 여유롭던 방금 전까지와는 전혀 다른 모습이었다. 한동안 찬물에 떨리는 마음을 진정시키던 준혁은 고개를 들어 거울을 바라보았다.

모든 것을 부드럽게 포장해 주는 주홍색 조명 아래, 거울 속
에는 어깨가 굳을 정도로 긴장하고 있는 한 남자의 모습이 비치
고 있었다. 흐트러진 곳 없는 옷매무새와 머리를 다시 가다듬은
준혁은 망설이는 듯하다가 재킷 안주머니로 손을 집어넣었다.
오늘 도희의 눈을 피해가며 몇 번이나 확인했던 벨벳 상자가 손
끝에 닿는 느낌에 부지불식간에 안도하며 준혁은 흐리게 웃었
다. 그나마도 경직된 얼굴근육 때문에 잘 지어지지 않는 웃음이
었다.

주인에게 한 번 퇴짜를 맞았었지만, 세상에서 오직 도희를 위
해 만들어진 반지가 벨벳 상자 안에 들어 있었다.

일 년. 그 이전부터 품어왔던 마음까지 포함한다면 그보다 훨
씬 긴 시간이었다. 도희는 준혁에게 짝사랑이 무엇인지 알게 해
준 여인이었다. 오매불망 그리는 것 외에는 할 수 있는 일이 없
었을 때 자신이 얼마나 애가 탔는지 도희는 아직도 모를 것이
다. 하지만 상관없었다. 이제 오늘이 다가왔으니까.

준혁은 조심스럽게 벨벳 상자의 뚜껑을 열었다. 와인색 벨벳
상자 속 하얀 안감 위에는 어두운 조명 아래서도 찬란하게 반짝
이는 반지 하나가 들어 있었다. 이걸 받으면 도희는 어떤 표정
을 지을까. 오늘을 생각하며 수백 번도 더 연습해 본 말을 다시
한 번 속으로 되뇌며, 준혁은 크게 심호흡을 했다. 이제 나가봐
야 했다. 너무 오래 있다가 혹시라도 도희가 눈치 챌지 모르니.

"왔어요?"

준혁은 도희를 향해 부드럽게 눈짓해 주는 것을 잊지 않았다. 자리에 앉는 것과 거의 동시에 날라져 온 코스의 첫 시작은 수프였다. 준혁은 평소의 자신이 어땠는지를 끊임없이 상기하며 그것과 똑같이 행동하려고 노력했다. 하지만 평소의 모습이 어땠는지가 도통 가물가물하여 기억이 나지 않는 것이었다.

"어디 불편해요?"

"응? 아, 아니."

이 쓸데없는 말더듬은 또 무엇인지! 소리없이 절규하던 준혁은 작게 헛기침을 했다. 다행히 도희는 별다른 것을 눈치 채지 못하는 것 같았고, 용기를 얻은 준혁은 때를 가늠해 보다가 식사의 두 번째 절정이자 그 달콤함처럼 분위기를 최고조로 끌어올리는 디저트가 나왔을 때 조심스럽게 도희의 손등을 감쌌다.

"도희 씨."

그 부름에 마술처럼 화답하며, 찬란한 눈동자가 준혁을 향했다. 준혁은 조용하게, 그러나 그 어느 때보다 열렬하게 박동하는 자신의 심장 소리를 체감하며 굳은 의지를 담아 입을 열었다.

"당신이…… 앞으로 쭉 내 곁에 있어줬으면 좋겠어. 가능한 한 오래."

"응?"

시간이 잠시 느리게 흘렀다. 영롱하게 반짝이는 눈동자를 바라보며, 준혁은 이미 자신의 영혼을 가져간 여인을 향해 가까스로 입술을 움직였다.

"나와…… 결혼해 줄 수 있겠어?"

『그 남자, 날씬해진 그 여자의 사정』終

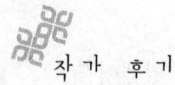 작가 후기

다이어트. 그리고 외모.

솔직히 말하자면 지금 이 글을 쓰고 있는 저 역시도 현재 다이어트 중이기는 합니다. 의자에 앉아 있는 시간이 많다 보니 어느 순간 몸이 뻥튀기처럼 되었거든요.

사람들이 예쁘고 멋있어지려는 이유는 가지각색이겠지만, 이야기를 마무리 짓고 후기를 쓰며 드는 생각은, 시작한 이유가 무엇이던 간에 결국은 자기를 위해서 시작해야 끝이 성공적으로 맺어지는 게 아닌가 싶습니다.

본문의 여주인공 도희가 남자 직원들의 뒷담화에 자존심이 상해 아름답게 변했으면서도 그걸 받아들이지 못하고 혼란스러워했던 것처럼, 자신을 위한 대의가 아니라 주변 환경 때문에 등 떠밀려 시작하는 일들은 대부분 중간에 포기하고 싶은 마음이 들게 마련인 것 같아요.

저조차도 지금까지 몇 번인가 다이어트에 도전하면서, 매번

위기가 올 때마다 '보여줄 사람도 없는데 이게 무슨 고생인가……' 하는 생각에 작심삼일이 되곤 하거든요.

면접 봐야 되니까, 결혼식이 있어서, 떠나간 그 여자(혹은 그 남자)에게 본때(?)를 보여주려고, 멋진 옷을 입으려고…….

이것저것 많은 이유가 있겠지만 무엇보다도 '자신'을 빼고 생각하는 것만큼 소홀한 것도 없다는 생각이 듭니다. 왜냐하면, 자신을 빼고 다른 이유만 생각한다면 그건 결국 남이 시켜서 등 떠밀려 하는 일밖에 되지 않기 때문입니다.

남이 시켜서 어쩔 수 없이 하는 일에 신이 나면 얼마나 나겠습니까. 오히려 고달프고 괴롭기만 하지요.

혹시나 그럴 일은 없을 거라고 생각하지만, 자신이 아닌 다른 이유 때문에 외모를 가꾸시는 분들이 있다면…… 이 기회에 그 방향을 살짝 수정해 보셨으면 하는 바람입니다.

저도 이제까지는 '다른 사람들에게 좋게 보이려고' 했던 결심을 살짝 수정해서, 도희와 준혁이 그랬듯 지금부터는 저 자신을 위해 한 번 매진해 보려고 합니다.

언젠간 보람차게 웃을 날이 오겠지요?

그날까지 저를 포함한 모든 다이어트하시는 여러분, 정말 파이팅입니다!

—조은애 드림